KNAUR

Von S. J. Bennett sind im Knaur Verlag bisher erschienen:
Das Windsor-Komplott
Die unhöfliche Tote
Ein höchst royaler Mord (September 2023)

Über die Autorin:
S. J. Bennett lebt in London und hatte schon immer ein intensives Interesse am britischen Königshaus. Dennoch schrieb sie zunächst mehrere preisgekrönte Jugendbücher, bevor sie ihre Erfolgsserie um die ermittelnde Queen Elizabeth startete. Betonen möchte sie, dass es sich bei den »Fällen Ihrer Majestät« um fiktive Geschichten handelt – nach ihren Informationen hat die Queen nie heimlich ein Verbrechen aufgedeckt …

S J BENNETT

DAS WINDSOR KOMPLOTT

Ein Queen-Elizabeth-Krimi

Aus dem Englischen von
Werner Löcher-Lawrence

KNAUR

Die englische Originalausgabe erschien 2020 unter dem Titel
»The Windsor Knot« bei Zaffre, an imprint of Bonnier Books UK, London.

Besuchen Sie uns im Internet:
www.knaur.de

Aus Verantwortung für die Umwelt hat sich die Verlagsgruppe Droemer Knaur zu einer nachhaltigen Buchproduktion verpflichtet. Der bewusste Umgang mit unseren Ressourcen, der Schutz unseres Klimas und der Natur gehören zu unseren obersten Unternehmenszielen. Gemeinsam mit unseren Partnern und Lieferanten setzen wir uns für eine klimaneutrale Buchproduktion ein, die den Erwerb von Klimazertifikaten zur Kompensation des CO_2-Ausstoßes einschließt. Weitere Informationen finden Sie unter: www.klimaneutralerverlag.de

FSC www.fsc.org MIX Papier aus verantwortungsvollen Quellen FSC® C014496

Eigenlizenz Juni 2023
Knaur Taschenbuch

Ein Imprint der Verlagsgruppe
Droemer Knaur GmbH & Co. KG, München

Redaktion: Antje Nissen
Covergestaltung: Sabine Kwauka
Coverabbildung: gettyimages / Pool /
Tim Graham Picture Library / Kontributor, shutterstock /
Julia Remezova, shutterstock / Happy monkey
Illustration im Innenteil: © Iker Ayestaran
Die Persönlichkeitsrechte des Illustrators wurden gewahrt.
Satz: Adobe InDesign im Verlag
Druck und Bindung: GGP Media GmbH, Pößneck
ISBN 978-3-426-52733-7

2 4 5 3

Für E

Und für Charlie und Ros,
die den Spaß am Erfinden mit der Suche nach Wahrheit verbinden.

TEIL EINS

Honi soit qui mal y pense.

Schande über den, der Schlechtes dabei denkt.
Motto des Hosenbandordens

April 2016

KAPITEL 1

Es war ein fast perfekter Frühlingstag.

Die Luft war frisch und klar, der kornblumenblaue Himmel mit Kondensstreifen überzogen. Vor ihr, über den Bäumen des Parks, leuchtete Windsor Castle im Morgenlicht. Die Queen zügelte ihr Pony, um den Blick zu genießen. Nichts ist so gut für die Seele wie ein sonniger englischer Morgen an der frischen Luft. Auch nach neunundachtzig Jahren staunte sie noch über Gottes Werk. Oder das der Evolution, um es genau zu sagen. Aber an einem Tag wie diesem dachte man eher an Gott.

Wenn sie sich für einen ihrer Wohnsitze entscheiden müsste, wäre es der hier. Nicht Buckingham Palace, dieser vergoldete Bürokomplex an einem Kreisverkehr. Auch nicht Balmoral oder Sandringham, sosehr sie Teile von ihr waren. Windsor war, ganz einfach, ihr Zuhause. Hier hatte sie die glücklichsten Tage ihrer Kindheit verlebt, mit Ausritten und Theaterspielen in der Royal Lodge. Und noch heute kam man an den Wochenenden her, um sich von den endlosen Formalitäten in der Stadt zu erholen. Hier lag Papa begraben, die liebe Mummy und auch Margaret, so schwierig das in dem lauschigen kleinen Gewölbe zu arrangieren gewesen war.

Sollte es je zur Revolution kommen, dachte sie, wäre das hier der Ort, an den man sich zurückziehen wollte. Nicht dass die es ihr erlauben würden, die Umstürzler. Wahrscheinlich würden die sie hinauswerfen … Aus dem Land? Dann ginge sie nach Virginia, der nach ihrer Namensvetterin benannten Heimat von Secretariat, dem Rennpferd, das ’73 die Triple Crown gewonnen hatte. Das Commonwealth mal außer Acht gelassen – und den armen Charles, und William und den kleinen George, die nach all den Grässlichkeiten so schön als seine Nachfolger bereitstanden –, wäre das gar keine so schreckliche Perspektive.

Aber Windsor war das Beste. Hier ließ sich alles ertragen.

Aus der Ferne wirkte das Schloss friedlich, verschlafen, ganz so, als ginge nichts in ihm vor. Aber so war es nicht. Fünfhundert Leute waren dort beschäftigt, waren Teil eines hocheffizienten Gemeinwesens, und sie mochte sie alle, vom Master des Haushalts, der die Konten kontrollierte, bis zu den Zimmermädchen, die sicher gerade die Betten nach der kleinen Soiree gestern Abend frisch bezogen. Aber heute hing ein Schatten über all dem.

Ein Künstler des gestrigen Abends war am Morgen tot in seinem Bett aufgefunden worden, offenbar im Schlaf gestorben. Sie hatte ihn persönlich kennengelernt, sogar kurz mit ihm getanzt. Ein junger Russe, der Klavier gespielt hatte. So talentiert, so gut aussehend. Was für ein schrecklicher Verlust für seine Familie.

Geistloser Triebwerkslärm übertönte das Vogelzwitschern. Die Queen hörte das durchdringende Heulen, hob den Blick und sah einen Airbus 330, der zum Landen angesetzt hatte. Wer unter einer Einflugschneise nach Heathrow wohnt, wird zu einem versierten Flugzeugkundler. Alle geläufigen Passagierflugzeuge allein an ihrer Silhouette zu erkennen, war ein Kabinettstückchen, für das sie allerdings eine Weile gebraucht hatte. Das Flugzeug holte sie aus ihren Gedanken und erinnerte sie daran, dass sie heute einiges zu tun hatte.

Sie nahm sich vor, sich nach der Mutter des jungen Mannes zu erkundigen. Offen gesagt, war sie sonst nicht unbedingt an den Verwandten anderer Leute interessiert. Man hatte genug Ärger mit der eigenen Familie. Etwas jedoch sagte ihr, dass dieser Fall anders lag. Ihr Privatsekretär hatte sie äußerst merkwürdig angesehen, als er ihr die Nachricht vom Tod des jungen Mannes überbrachte. Sosehr sich ihre Bediensteten auch bemühten, sie von allem Misslichen abzuschirmen, spürte sie doch immer, wenn etwas nicht stimmte. Und dass da etwas nicht stimmte, wurde ihr mit einem Mal klar.

»Weiter geht's«, instruierte sie ihr Pony, und der Stallmeister neben ihr trieb auch sein Pferd an.

Das Frühstück unter der reich verzierten Decke im kleinen Speisesaal des Schlosses näherte sich seinem Ende. Aber noch aß der Rennmanager der Queen zusammen mit dem Erzbischof von Canterbury, dem früheren Botschafter in Moskau und einigen anderen Versprengten vom Vorabend Eier mit Speck.

»Ein interessanter Abend«, sagte er zum Erzbischof, der links neben ihm saß. »Ich wusste gar nicht, dass Sie Tango tanzen.«

»Ich auch nicht«, stöhnte sein Nachbar. »Mrs Gostelow hat mir keine Wahl gelassen. Oh, meine Waden, sie bringen mich um.« Er senkte die Stimme. »Sagen Sie mir, auf einer Skala von eins bis zehn, wie lächerlich habe ich mich gemacht?«

Die Lippen des Rennmanagers zuckten. »Um Nigel Tufnel zu zitieren, es war eine Elf. Ich bin nicht sicher, ob ich die Queen je lauter habe lachen hören.«

Der Erzbischof legte die Stirn in Falten. »Tufnel? War der gestern Abend hier?«

»Nein. Der aus dem Film.«

»Oje.« Der Erzbischof griente verlegen, beugte sich vor, um sich die Unterschenkel unter dem Tisch zu massieren, und fing dabei den Blick der äußerst schönen, modeldünnen jungen Frau auf der anderen Seite des Tisches auf. Ihre großen, dunklen Augen schienen bis tief in seine Seele zu blicken. Sie schenkte ihm ein verhaltenes Lächeln, und er errötete wie ein Schuljunge.

Aber Masha Peyrowskaja sah ihn nicht an, sondern durch ihn hindurch. Der gestrige Abend hatte ihr das intensivste Erlebnis ihres Lebens beschert, und sie genoss noch immer jede Sekunde.

»Eine Abendeinladung«, sagte sie stumm vor sich hin, »mit Übernachtung. Eine Abendeinladung mit Übernachtung. In der letzten Woche war ich in Windsor Castle eingeladen. Mit Übernachtung. Oh, ja. Ein Abend mit Ihrer Majestät, der Königin von England. Sie waren noch nicht bei einem solchen Abend? Es ist so wunderbar.« Als gäbe es so etwas jede Woche. »Yuri und ich hatten Zimmer mit Blick auf die Stadt. Ihre Majestät benutzt die gleiche Seife wie wir. Sie ist so witzig, wenn Sie sie näher kennenlernen. Und ihre Diamanten sind unwiderstehlich …«

Ihr Mann, Yuri Peyrowski, behandelte seinen fürchterlichen Kater mit einem Gebräu aus rohem, grünem Gemüsesaft mit Ingwer, angerührt nach seinem persönlichen Rezept. Das Personal hier im Schloss wusste zweifellos, was es tat. Yuri hatte Gerüchte gehört, die Queen bewahre ihr Frühstücksmüsli in Plastikbehältern auf (nicht dass sie heute Morgen zu ihnen gestoßen wäre), und hatte mit altenglisch »schäbigem Schick« gerechnet, schlecht instand gehaltenen Räumen mit mangelhafter Heizung und abblätternder Farbe. Doch da hatte er sich getäuscht. Dieser Raum hier zum Beispiel hatte herrliche rote Seidenvorhänge, um den Tisch herum standen zwei Dutzend vergoldete Stühle, und der Teppich war vom Design her zweifellos eine Maßanfertigung. Alles war makellos. Selbst sein eigener Butler würde hier kaum etwas auszusetzen haben. Auch der Port gestern Abend war ausgezeichnet gewesen. Und der Wein. Und hatte es nicht auch noch Brandy gegeben? Er erinnerte sich dunkel.

Trotz des Pochens in seinem Kopf wandte er sich der Frau zu seiner Linken zu, der Gattin des früheren Botschafters, und fragte sie, wie er sich wohl die Dienste eines persönlichen Bibliothekars sichern könne, von so jemandem wie dem, den sie am Abend zuvor nach dem Essen erlebt hatten. Die Frau des früheren Botschafters, die keine Ahnung, aber viele mittellose, belesene Freunde hatte, setzte ihren Charme in Gang und gab ihr Bestes.

Sie wurden von einer großen Frau mit rabenschwarzem Haar und einem plissierten Hosenanzug unterbrochen, die in der Tür auftauchte, eine Hand in die Hüfte stemmte und alarmiert die karminroten Lippen vorschob.

»Oh, es tut mir so leid. Bin ich zu spät?«

»Ganz und gar nicht«, beruhigte sie der Rennmanager gütlich, wenn »zu spät« auch mehr als eine Untertreibung war. Etliche Gäste waren bereits wieder in ihren Zimmern, um das Packen ihrer Übernachtungstaschen zu beaufsichtigen. »Wir sind hier alle sehr entspannt. Kommen Sie, setzen Sie sich zu mir.«

Meredith Gostelow begab sich zu dem Stuhl, der von einem Hausdiener für sie zurückgezogen wurde, und nickte dankbar, als ihr ein Kaffee vorgeschlagen wurde.

»Haben Sie gut geschlafen?«, fragte eine vertraute Stimme zu ihrer Rechten. Es war Sir David Attenborough, der so melodisch und bekümmert wie im Fernsehen klang und ihr das Gefühl gab, ein vom Aussterben bedrohter Panda zu sein.

»Hmm, ja«, log sie und ließ den Blick über die Gesichter am Tisch wandern, sah, wie die schöne Masha Peyrowskaja ihr zulächelte, und hätte sich fast neben ihren Stuhl gesetzt.

»*Ich* habe kein Auge zugetan«, murmelte Masha heiser. Einige Köpfe drehten sich in ihre Richtung, allerdings nicht der ihres Mannes, der in seinen Saft stierte. »Die ganze

Nacht ich habe über all die Schönheit nachgedacht, die Musik, die … *сказка* … Wie sagt man auf Englisch?«

»Ein Märchen«, murmelte der Botschafter von der anderen Seite des Tisches mit einem Kratzen in der Stimme.

»Ja, es ist ein Märchen, oder? Wie bei Disney! Aber *edel.*« Sie hielt inne. Das hatte nicht geklungen, wie es sollte. Ihr Englisch reichte einfach nicht aus, aber sie hoffte, dass ihre Begeisterung es wieder wettmachte. »Sie haben Glück«, sagte sie zum Rennmanager. »Sie kommen oft her?«

Er grinste, als hätte sie einen Witz gemacht. »Absolut.«

Bevor sie nach dem Grund für seine Erheiterung fragen konnte, kam ein weiterer Hausdiener mit Frack und prächtiger roter Weste herein, ging zu ihrem Mann, beugte sich zu ihm hinunter und sagte etwas, das Masha nicht verstand. Yuri wurde rot, schob ohne ein Wort seinen Stuhl zurück und folgte dem Mann aus dem Raum.

Später gab sich Masha die Schuld, weil sie von Märchen gesprochen hatte. Irgendwie war alles ihr Fehler. Weil, wenn sie darüber nachdachte, es in Märchen immer um finstere Kräfte ging. Das Böse lauert, wo wir es am wenigsten wollen, und oft trägt es den Sieg davon. Wie dumm es von ihr gewesen war, an Disney zu denken, wo sie die Baba Jaga tief im Wald hätte vor sich sehen sollen.

Wir sind niemals sicher. Ganz gleich, in wie viele Felle und Diamanten wir uns wickeln. Und eines Tages werde ich alt und allein sein.

KAPITEL 2

Simon?«

»Ja, Ma'am?« Der Privatsekretär der Queen, Sir Simon Holcroft, sah von der Aufgabenliste hoch, die er in der Hand hielt. Die Queen war zurück von ihrem Ausritt und saß an ihrem Schreibtisch. Sie trug einen grauen Tweedrock und ihre liebste Kaschmirjacke, die das Blau ihrer Augen hervorhob. Ihr privates Wohnzimmer war ein für ein gotisches Schloss gemütlicher Raum mit durchgesessenen Sofas und den kleinen Schätzen und Andenken eines ganzen Lebens. Dennoch, es lag eine Schärfe in ihrer Stimme, die ihn leicht nervös machte, doch er gab sich alle Mühe, es nicht zu zeigen.

»Dieser junge Russe. Gab es da etwas, das Sie mir verschwiegen haben?«

»Nein, Ma'am. Er wird gerade in die Leichenhalle gebracht, glaube ich. Der Präsident möchte am Zweiundzwanzigsten mit dem Hubschrauber kommen, und wir dachten, ob Sie vielleicht …«

»Wechseln Sie nicht das Thema. So wie Sie mich angesehen haben, der Ausdruck auf Ihrem Gesicht?«

»Ma'am?«

»Als Sie mir von seinem Tod berichtet haben. Als wollten Sie mir etwas ersparen. Tun Sie das nicht.«

Sir Simon schluckte. Er wusste genau, was er seiner gealterten Souveränin ersparen wollte. Aber sie war nun mal die Chefin. Er hustete.

»Er war nackt, Ma'am. Als er gefunden wurde.«

»Ja?« Die Queen sah ihn an. Sie stellte sich einen gesunden jungen Mann vor, der nackt unter seiner Decke lag.

Was war daran so ungewöhnlich? Philip war früher dafür bekannt gewesen, Pyjamas zu verschmähen.

Sir Simon erwiderte ihren Blick. Er brauchte einen Moment, um zu begreifen, dass ihr das nicht seltsam vorkam. Sie wollte mehr. Er atmete einmal durch.

»Äh, nackt, bis auf einen purpurroten Morgenmantel. Mit dessen Gürtel er unglücklicherweise …« Er verstummte. Es ging nicht. In vierzehn Tagen wurde diese Frau neunzig.

Ihr fragender Blick klärte sich deutlich, als sie begriff, was er meinte.

»Wollen Sie damit sagen, dass er an dem Gürtel hing?«

»Ja, Ma'am. Höchst tragischerweise. Im Schrank.«

»Im Schrank?«

»Genauer gesagt, dem Kleiderschrank.«

»Nun.« Es wurde kurz still, während sie sich beide die Szene vorzustellen versuchten und wünschten, sie täten es nicht. »Wer hat ihn gefunden?«, fragte sie fast schon barsch.

»Eine der Hausdamen. Jemandem fiel auf, dass er nicht zum Frühstück erschienen war, und …«, er hielt eine Sekunde lang inne, um sich an den Namen zu erinnern, »Mrs Cobbold ging nachsehen, ob er wach war.«

»Wie geht es ihr?«

»Nicht gut, Ma'am. Ich glaube, ihr wurde Beistand angeboten.«

»Wie außergewöhnlich …« Sie verstummte.

»Ja, Ma'am. Aber so, wie es aussieht, unbeabsichtigt.«

»Wie?«

»So wie er … und das Zimmer …« Sir Simon hustete wieder.

»So wie was, Simon? Was war mit dem Zimmer?«

Er holte tief Luft. »Da war Damen…unterwäsche. Lippenstift.« Er schloss die Augen. »Taschentücher. Es scheint, er … hat experimentiert. Um sich zu … Er wollte es wahrscheinlich nicht.«

Mittlerweile war er puterrot. Die Queen hatte Mitleid. »Wie entsetzlich. War die Polizei da?«

»Ja. Der Commissioner hat absolute Diskretion versprochen.«

»Gut. Sind die Eltern verständigt worden?«

»Das weiß ich nicht, Ma'am«, sagte Simon und machte sich eine Notiz. »Ich gehe dem nach.«

»Danke. Ist das alles?«

»Fast. Ich habe für heute Nachmittag eine Besprechung einberufen, damit nichts nach außen dringt. Mrs Cobbold war in dem Punkt sehr verständig. Ich bin ziemlich sicher, dass wir uns völlig auf sie verlassen können. Im Übrigen werden wir der gesamten Dienerschaft klarmachen, dass kein Wort darüber nach außen dringen darf. Den Gästen müssen wir seinen Tod natürlich zur Kenntnis bringen – allerdings nicht, wie es dazu gekommen ist. Da Mr Peyrowski Mr Brodsky gestern Abend mit hergebracht hat, wurde er bereits informiert.«

»Verstehe. Danke.«

»Selbstverständlich, Ma'am. Aber jetzt ist da noch die Frage, wo genau Sie die Obamas empfangen wollen …«

Damit kehrten sie zum Tagesgeschäft zurück. Wobei das alles doch sehr verstörend war.

Dass so etwas hier geschehen konnte. In Windsor. In einem Schrank. In einem purpurroten Morgenmantel.

Sie wusste nicht, wen sie mehr bemitleidete, das Schloss oder den armen Pianisten. Natürlich war es für den jungen Mann weit tragischer. Aber ihr stand das Schloss näher. Es war wie eine zweite Haut. Was für eine fürchterliche Geschichte. Einfach fürchterlich. Nach einem so wundervollen Abend.

Die Queen verbrachte in jedem Frühjahr einen Monat im Schloss. Es war eine lieb gewonnene, »Easter Court« genannte Gewohnheit. Fern der übertriebenen Förmlichkeit von Buckingham Palace waren entspanntere Einladungen möglich, Gesellschaften mit zwanzig Gästen statt der großen Bankette für hundertsechzig Leute, und damit die Möglichkeit, sich mit alten Freunden auszutauschen. Die Einladung gestern, eine Woche nach Ostern, war in gewisser Weise von Charles gekapert worden, um einige reiche Russen für eines seiner Lieblingsprojekte einzunehmen, das finanzielle Unterstützung brauchte.

Charles hatte darum gebeten, Yuri Peyrowski und seine schon übernatürlich schöne junge Frau einzuladen, dazu einen auf russische Märkte spezialisierten Hedgefonds-Manager namens Hax, der dafür bekannt war, sterbenslangweilig zu sein. Am Ende hatte die Queen ihrem Sohn zuliebe die Einladungen ausgesprochen, dabei jedoch auch eigene Wünsche berücksichtigt.

An ihrem Schreibtisch sitzend, überflog sie die Gästeliste, die noch zwischen ihren Papieren lag. Natürlich war auch der stets entzückende und darüber hinaus gleichaltrige – was heutzutage eine Seltenheit war – Sir David Attenborough da gewesen. Allerdings war er sehr bedrückt, was die Erderwärmung anging. Oje. Und ihr Rennmanager, der ein paar Tage im Schloss und Gott sei Dank niemals bedrückt war. Auf seinen Vorschlag hin waren auch eine Schriftstellerin und ihr drehbuchschreibender Gatte gekommen, dessen liebevoll witzige Filme der Inbegriff britischer Wesensart waren. Dann noch der Provost von Eton mitsamt seiner Frau, die ums Eck wohnten und zu den Stammgästen im Schloss gehörten.

Um Charles zu helfen, hatte sie zudem mehrere Leute mit russischen Verbindungen eingeladen. Den kürzlich aus Moskau zurückgekehrten britischen Botschafter … die oscargekrönte, für ihre Leibesfülle und bissige Zunge bekannte Schauspielerin russischer Abstammung … Wen noch? Ach, ja, die britische Stararchitektin, die gerade für eine ziemlich großartige Museumserweiterung in Russland verantwortlich zeichnete, sowie eine Professorin für russische Literatur und ihren Mann (bei Professoren konnte man heute nie sagen, welchen Geschlechts und welcher Geschlechtlichkeit sie waren, was Philip auf die harte Weise hatte erfahren müssen, aber das hier war eine mit einem Mann verheiratete Frau).

Und dann … sie sah noch einmal auf die Liste. Aber natürlich, der Erzbischof von Canterbury. Auch er gehörte zu den Stammgästen und war eine sichere Bank, wenn es darum ging, die Unterhaltung in Gang zu bringen, sollten einige am Tisch die Zähne nicht auseinanderbekommen, was unglücklicherweise schon mal der Fall war. Es kam allerdings auch vor, dass alle zu viel redeten und man kaum ein Wort einwerfen konnte. Dagegen gab es kaum ein Mittel, abgesehen von einem gelegentlichen ernsten Blick.

Die Queen versorgte ihre Gäste gern mit etwas Unterhaltung, und Mr Peyrowski hatte Charles einen jungen Protegé vorgeschlagen, der »traumhaft Rachmaninow spielt«. Dazu hatte es zwei Balletttänzerinnen gegeben, die in kaiserlich russischem Stil zu eigens zu diesem Zweck zusammengeschnittenen Passagen aus *Schwanensee* aufgetreten waren. Kultiviert, ernst und seelenvoll sollte das Ganze werden, wovor der Queen eher gegraut hatte. Der Easter Court war eigentlich eine heitere Sache, und Charles' *Fête à la russe* klang schrecklich trostlos.

Aber man weiß vorher nie, was geschieht.

Das Essen war großartig. Ein neuer Koch, der sich beweisen wollte, hatte mit Erzeugnissen aus Windsor, Sandringham und Charles' Küchengarten in Highgrove wahre Wunder vollbracht. Der Wein war sowieso immer gut und

Sir David, wenn er nicht gerade den bevorstehenden Tod des Planeten voraussagte, ein schelmischer Unterhalter. Die Russen waren auch nicht annähernd so verdrießlich gewesen, wie man befürchtet hatte, und Charles strahlte vor Dankbarkeit (obwohl er sich bereits nach dem Kaffee verabschiedete, um zurück nach London zu fahren, wo er am nächsten Tag eine Verpflichtung hatte, worauf sie sich wie die Mutter eines Studenten fühlte, der nur nach Hause kam, um die Wäsche gemacht zu bekommen).

Leicht angeheitert waren sie nach dem Essen zu einigen anderen Familienmitgliedern gestoßen, die im Octagon Room im Brunswick Tower gegessen hatten. Gemeinsam ging es in die Bibliothek, um ein paar interessantere russische Bücher zu bewundern, darunter einige hübsche Erstausgaben von Lyrikbänden und übersetzten Theaterstücken, die man schon immer hatte lesen wollen, wozu man aber noch nicht recht gekommen war. Philip war seit Sonnenaufgang auf den Beinen und verschwand ohne großes Getue ins Bett. Die oscargekrönte Schauspielerin wurde, nachdem ihr Profil ausgiebig bewundert worden war und sie die Gäste mit ihren Hollywoodeinblicken unterhalten hatte, in ein Hotel bei Pinewood geholt, wo sie im Morgengrauen bereits zu filmen hatte. Und dann … Klavier und Tanz.

Gänzlich entspannt waren die übrig gebliebenen Gäste schließlich in den Crimson Drawing Room gewechselt, um dem jungen Pianisten zu lauschen, der Auszüge aus Rachmaninows zweitem Klavierkonzert spielte und das, wie versprochen, recht großartig. Hatte Simon gesagt, er hieß Brodsky? Anfang zwanzig, dachte die Queen, aber mit dem Musikverständnis eines weit älteren Mannes. Sein Spiel war voller Leidenschaft gewesen, und er wirkte wie entrückt, während sie sich in Szenen eines ihrer liebsten Filme überhaupt, *Begegnung*, zurückversetzt fühlte. Und der junge

Mann sah zudem noch so gut aus. Alle Frauen waren bezaubert.

Der Crimson Drawing Room war einer ihrer Lieblingsräume für Gesellschaften. Sie mochte die roten Seidentapeten und die Porträts von Mummy und Papa in ihrem prachtvollen Krönungsornat rechts und links vom Kamin. Dazu kam tagsüber der Blick in den Park, bei Nacht der extravagante Kronleuchter und der sich direkt anschließende elegante grüne Salon, der dem Brand 1992 zum Opfer gefallen war, worauf allerdings nichts mehr schließen ließ. Er war perfekt restauriert worden und bildete den idealen Hintergrund für einen Abend wie diesen.

Anschließend hatten die Ballerinen ihre Solos dargeboten – sehr hübsch. Margaret hätten sie gefallen. Wobei man sie insgeheim für etwas unbeholfen hielt, doch das lag wohl an ihren Schuhen. Und dann saß mit einem Mal wieder der junge Brodsky am Klavier und spielte Tanzmelodien aus den Dreißigern. Woher kannte er die denn nur? Und sie hatte zugestimmt, die Möbel etwas zur Seite zu schieben.

Es fing wirklich alles ganz schicklich an, dann setzte sich jemand anderes ans Klavier. Wer? Der Mann der Professorin, schien sie sich zu erinnern, und auch er war überraschend gut. Damit war der junge Russe frei, sich den übrigen zuzugesellen. Und was machte er? Mit untadeligen Manieren schlug er die Hacken zusammen und verbeugte sich vor seiner Gastgeberin, eine flehentliche Bitte in den Augen.

»Eure Majestät. Möchten Sie tanzen?«

Nun, in der Tat, man mochte. Und schon ging es im Foxtrott dahin, ohne einen Gedanken an den Ischias. Sie trug ein leichtes seidenes Chiffonkleid, dessen Rock wunderbar mitschwang. Mr Brodsky war ein erfahrener Tänzer, der sie an Schritte erinnerte, die sie völlig vergessen hatte. Sein

Timing war unfehlbar, und es gelang ihm, dass sie sich fast wie Ginger Rogers fühlte.

Mittlerweile tanzten fast alle. Die Musik wurde lauter und kühner. Ein argentinischer Tango. War das immer noch der Mann der Professorin dort am Klavier? Selbst der Erzbischof von Canterbury war, sehr zur allgemeinen Erheiterung, versucht, eine kesse Sohle aufs Parkett zu legen. Ein paar weitere Paare gesellten sich hinzu, aber niemand kam an den Russen und seine letzte Partnerin, eine der Ballerinen, heran, die wahrhaft majestätisch dahinschwebten.

Kurz darauf hatte man sich zurückgezogen und dabei den Gästen versichert, sie könnten weitermachen, solange sie wollten. Zu ihrer besten Zeit hatte die Queen ihrerseits nicht selten das gesamte Außenministerium ins Bett geschickt, dieser Tage jedoch neigte sie dazu, sich gegen halb elf zu verabschieden. Was jedoch kein Grund dafür war, eine gute Party abzubrechen. Ihre Hofdame, die es von einem der unteren Butler gehört hatte, informierte sie, dass es bis lange nach Mitternacht weitergegangen sei.

Das war das Letzte, was sie von dem jungen Pianisten gesehen hatte: wie er mit der schönen, jungen Ballerina im Arm dahingeschwebt war. Großartig hatte er ausgesehen, ganz Herr der Situation, glücklich … und so ungeheuer lebendig.

Philip platzte vor Neuigkeiten, als er kam, um mit ihr nach dem Mittagessen einen Kaffee zu trinken.

»Lilibet, hast du gehört, dass er nackt war?«

»Ja, tatsächlich, das habe ich.«

»Aufgezäumt wie ein konservativer Abgeordneter. Es gibt ein Wort dafür. Wie nennt man das noch? Ein autosexuelles Soundso?«

»Eine autoerotische Atemkontrolle«, sagte die Queen düster. Sie hatte es auf ihrem iPad gegoogelt.

»Genau das. Weißt du noch, Buffy?«

Man erinnerte sich natürlich noch an den siebten Earl of Wandle, einen alten Freund, der dieser Praxis nach allem, was man gehört hatte, in den Fünfzigern ziemlich zugeneigt gewesen war. Damals war so etwas unter gewissen Leuten gleichsam ein Muss gewesen.

»*Was der Butler sah,* wie?«, sagte Philip. »Musste den armen Hund offenbar mehrfach vor sich selbst retten. Buffy war kaum ein Ausstellungsstück, auch nicht im angekleideten Zustand.«

»Was hat er sich nur dabei gedacht?«, überlegte sie.

»Meine Liebe, ich versuche nicht, mich in Buffys sexuelle Begierden hineinzudenken.«

»Nein. Ich meine den jungen Russen. Brodsky.«

»Nun, das ist offensichtlich«, sagte Philip und wies mit einer ausholenden Geste auf den Raum um sich herum. »Du weißt, wie die Leute auf das hier reagieren. Sie kommen her, halten es für den Höhepunkt ihrer verdammten Existenz und wollen Dampf ablassen. Der Übermut, der sie überkommt, wenn sie denken, wir sehen nicht hin … Armes Schwein.« Voller Mitgefühl senkte er die Stimme. »Hat nicht nachgedacht. Das Letzte, was du willst, ist, in einem königlichen Palast mit freiem Gehänge erwischt zu werden.«

»Philip!«

»Aber so ist es doch. Kein Wunder, dass es alle unter der Decke halten wollen. Schon um deine schwachen Nerven zu schonen.«

Die Queen sah ihn finster an. »Sie vergessen, dass ich einen Weltkrieg, die kleine Ferguson und dich in der Navy überlebt habe.«

»Und doch glauben sie, du brauchst ein Riechsalz, wenn sie auch nur etwas Anstößiges andeuten. Sie sehen nur die kleine, alte Lady mit Hut.« Er grinste, als sie die Stirn krauszog. Seine letzte Bemerkung traf zu und war so hilfreich wie traurig. »Sorg dich nicht, mein kleiner Kohlkopf. Sie lieben die kleine, alte Lady.« Er erhob sich steif von seinem Stuhl. »Vergiss nicht, ich will später nach Schottland. Der Lachs ist in diesem Jahr eine Pracht, sagt Dickie. Brauchst du etwas? Toffees? Nicola Sturgeons Kopf?«

»Nein, danke. Wann kommst du zurück?«

»In ein paar Tagen, rechtzeitig zu deinem Geburtstag. Dickie verpestet die Atmosphäre, er transportiert mich in seinem Jet.«

Die Königin nickte. Philip machte dieser Tage seine eigenen Pläne. Vor Jahren hatte es ihr das Herz gebrochen, wenn er einfach so verschwunden war, mit wem immer, wohin immer, und ihr alles überlassen hatte. Ein Teil von ihr war neidisch auf seine Freiheit und Selbstbestimmtheit. Aber er kam jedes Mal mit einer Energie zurück, die wie ein frischer Seewind durch die Korridore blies. Man hatte gelernt, dafür dankbar zu sein.

»Um ehrlich zu sein«, sagte sie, als er sich arthritisch vorbeugte, um ihr einen Kuss auf die Stirn zu geben, »hätte ich gegen ein paar Toffees nichts einzuwenden.«

»Dein Wunsch ist mir Befehl.« Er grinste, brachte ihr Herz mit erfahrener Präzision zum Schmelzen und schritt zur Tür.

KAPITEL 3

Meredith Gostelow schälte sich mühsam aus dem Fond des schwarzen Taxis, das sie für einen Wucherpreis von Windsor nach Notting Hill gebracht hatte, stand da und rang um Atem, während der Taxifahrer ihren Koffer vom Platz neben sich hob.

Sie sah zum blassrosa Stuck ihres Hauses hinauf und hatte das Gefühl, für immer zu einer anderen geworden zu sein. Etwas in ihr hatte sich verschoben, sie war entsetzt, voller Scham, es war etwas, das sie nicht benennen konnte. Sie war nicht mal sicher, was sie gerade dachte, während sich eine Träne einen Weg durch den Puder auf ihrer rechten Wange suchte. Feuchtigkeit, welcher Art auch immer, war dieser Tage hart erkämpft. Sie war eine junge Frau in einem alten Körper, in einen knarzenden Fleischpanzer gehüllt, den sie kaum zu kontrollieren vermochte. Und der gestrige Abend hatte alles noch schlimmer gemacht.

Und dann, heute Morgen … Sie wäre auf die Knie gesunken, hätte sie nicht gewusst, dass sie dann nicht wieder hochgekommen wäre.

»War's das, Missus?«

Sie sah sich um, sah ihren Koffer und ihre Handtasche und nickte. Sie hatte den Mann bereits im Taxi bezahlt. Zweihundert Pfund! Was hatte sie sich dabei gedacht? Aber wer bestellt schon ein Uber, um sich aus Windsor Castle abholen zu lassen? Sie hätte zum Bahnhof gehen und wie jeder vernünftige Mensch, der nicht selbst fuhr, den Zug nach London nehmen sollen – doch in Windsor dachte man anders. Umgeben von livrierten Bediensteten weiten sich die Maßstäbe. Man ist dort, weil man erfolgreich ist, und schließlich hatte sie tatsächlich zwanzig Minuten mit dem Erzbischof von Canterbury über den Auftrag für eine Kirche gesprochen, in Southwark, eine Kirche für das einundzwanzigste Jahrhundert. Und so bestellte man sich eben ein Taxi, vergaß die Kosten … und zahlte, was ein ganzer Eimer Crème de la Mer kosten würde, um im wahnsinnigen, absolut voraussehbaren Verkehr auf der M4 stecken zu bleiben.

Man war … sie war … Sie musste aufhören, sich als eine knausrige Version der Queen zu sehen. Wobei, Ihre Majestät war dafür bekannt, den Kassenschlüssel tief in der Handtasche zu vergraben. Wie immer, sie, Meredith Gostelow, war allein auf sich gestellt.

Ein Partner hätte an den Zug gedacht. Ein Partner hätte sie einen Moment lang nachdenken lassen. Ein Partner hätte verhindert … was immer gestern Nacht passiert war. Ein Partner hätte sie womöglich in einem schönen, großen Auto hergebracht. Würde ihr jetzt den Koffer die schmale Treppe zur Haustür hinauftragen.

Und ihr sagen, was sie zu tun hatte, würde bekocht werden wollen, ein frisch gemachtes Bett und ihre Aufmerksamkeit verlangen. Ein Albtraum. Sie hatte das ganze Theater schon tausendmal im Kopf durchgespielt und verfluchte sich dafür, es schon wieder zu tun.

Aber letzte Nacht hatte sich etwas geändert. Etwas tief in ihr.

Apropos, sie musste aufs Klo. Ziemlich dringend sogar. Sie packte ihren Koffer, drückte ihre voluminöse Handtasche an die Brust und kämpfte sich die Stufen hinauf. Nachdem sie ihre Schlüssel gefunden, die Tür geöffnet, Koffer und Tasche hatte fallen lassen und den Flur hinuntergerannt war, schaffte sie es tatsächlich noch in allerletzter Sekunde auf die Toilette.

Alte Frauen. Keine Feuchtigkeit, wenn und wo man sie bräuchte. Dann wieder literweise und ohne Vorwarnung, wenn keinerlei Bedarf bestand.

Masha Peyrowskaja saß hinten in ihrem Mercedes-Maybach und lauschte den rhythmischen Melodien italienischer Redewendungen, während sich das Auto im Schritttempo zurück nach Hause bewegte. Sie hatte die Hände im Schoß liegen und betrachtete den möweneigroßen, gelb glitzernden Diamanten ihres Eherings. Auf der anderen Seite des Sitzes bellte Yuri russische Obszönitäten in sein Telefon. An ihrem Hals zuckte ein Muskel.

Es war erstaunlich, wie schnell der schönste, beste Tag deines Lebens zu einem von vielen werden konnte.

Die Italienisch-App in ihren Ohrhörern sagte etwas über die Freude, draußen zu sein. Oder ging es um Wandgemälde? Sie stellte sie ab.

Yuri hatte ihr, kaum dass sie im Auto saßen, erklärt, wie unpassend sie sich benommen hätte, wie gewöhnlich. Von einem Disney-Abend zu reden! Das ganze Frühstück habe sie damit verdorben. Für alle.

Aber war er es nicht gewesen, der seinen eigenen Koch hatte mitbringen wollen (was nicht ging), der sich geweigert hatte, irgendetwas Nichtbasisches zu essen, und sein eigenes rosa Himalajasalz in einem Bergkristallspender auf den Frühstückstisch gestellt hatte? Die Frau des Botschafters hatte ihm dabei zugesehen, und Masha war der Blick nicht entgangen, den sie dabei aufgesetzt hatte.

Windsor Castle war ein Traum, dachte sie, den wirkliche Menschen nur zerstören konnten.

Heute Morgen braute sich ein Handelskrieg zusammen. Die Märkte rutschten ab, und Yuri war außer sich, dass seine Leute bestimmte Aktien trotz seiner Anweisung nicht gestern schon abgestoßen hatten. Schließlich ging ihm die

Galle aus, und er beendete das Gespräch mit einem bösartigen Stoß auf das Display seines Smartphones.

»Fünfhunderttausend. Damit kannst du dich von deiner Galerie verabschieden.«

Er blitzte seine Frau an, wütend, verletzt. Bei dem Wort »Galerie« sah sie ihn endlich an. Gut. Deshalb hatte er es gesagt. Was alles nötig war, um Mashas Aufmerksamkeit zu erlangen! Dass sie ihn unterstützte, Gott behüte!, wenn er für sie kämpfte, für sie beide, für ihre Zukunft. Ihr ging es immer nur um Kunst – sie zu sammeln, damit anzugeben und mit Leuten zu verkehren, die ihr das Gefühl gaben, besonders clever zu sein, weil sie das Wort »Post-Impressionismus« kannte. Und angebetet wollte sie werden, wie eine Göttin. Nun, er hatte es jahrelang probiert. Als er sie entdeckt hatte, war sie siebzehn gewesen und tatsächlich eine Göttin in ihrem winzigen T-Shirt und der schmutzigen Jeans. Aber es laugte ihn aus. Und es war nicht wirklich so, als ginge es allein ihm so.

»Übrigens«, sagte er beiläufig, wie er es eingeübt hatte, »Maksim ist tot.«

»Wie?«

Er sah, wie sie erstarrte.

»Heute Morgen. Wahrscheinlich ein Herzinfarkt. Du mochtest ihn, oder?«

Einen Moment lang brachte sie kein Wort heraus. Und dann war ihre Stimme kaum zu verstehen. »Ein wenig.«

»All die Klavierstunden. So viele Stunden. Du musst mir ein paar von den Stücken vorspielen, die du gelernt hast.«

Er sah, wie sie ihn schockiert anstarrte. Als hätte er gerade etwas Ungeheuerliches getan. Wie oft sah sie ihn so an und sagte nichts, sah von ihrem göttlichen Thron auf ihn herab, hoch oben aus der Stratosphäre. Wo er doch nur wollte, dass sie zu ihm herunterkam und die Hand ausstreckte. Dass sie vor Scham glühend zu ihm kam, anschmiegsam und bescheiden, und ihn in den Arm nahm. Warum verstand sie das nicht? *Sie* war hier der Schurke. Warum gab sie *ihm* immer die Schuld an allem? In seinem Kopf pochte es nach wie vor. Warum hatte sie ihn so viel trinken lassen? Hatte sie gewusst, was als Nächstes kommen würde?

Sie nahm die Kopfhörer aus den Ohren. Die Stille senkte sich wie ein Leichentuch über sie, während sie überlegte, was sie sagen sollte.

»Ich werde dir etwas vorspielen«, murmelte sie schließlich. »Wenn wir nach Hause kommen.« Tränen drohten aus ihren himmlisch glitzernden Augen zu strömen, doch sie hielt sie zurück.

Sie war aus Eis, dachte er. Aber eines Tages würde er sie zum Schmelzen bringen.

Die Königin mühte sich vergeblich, nicht mehr an den missgeleiteten jungen Mann im Schrank zu denken. Sie hatte den Nachmittag über mit ihrem Rennmanager besprochen, welche von ihren Pferden sie nach Ascot schicken wollten, und nachdem nun alle das Schloss wieder verlassen hatten, ging sie einen der Wandteppiche im großen Empfangssaal inspizieren, der restauriert werden musste. Auf dem Weg kam ihr eine Wache entgegen, und der Mann sagte, Sir Simon müsse sie dringend sprechen.

»Hat er gesagt, warum?«

Der Mann klopfte auf sein Funkgerät. »Er sagte, ich soll Ihnen ausrichten, es hat eine Entwicklung gegeben, Ma'am«, sagte er zurückhaltend. Sie schätzte seine mangelnde Neugier. Das Letzte, was man brauchte, war Personal, das nickte und einem praktisch zuzwinkerte, wenn es Nachrichten überbrachte. Solche Leute blieben nicht lange.

So machte sie denn seufzend kehrt und ging zurück in ihr Büro. Wenn Sir Simon nach ihr suchen ließ, musste es wichtig sein. Unterwegs kam sie durch die halbstaatlichen Räume, in denen sie ihre Gäste bewirtet hatte, und hielt auf den großen Durchgang und ihre Privatgemächer zu. In der Lantern Lobby kam ihr eine kleine Gruppe entgegen. Genau hier hatte sich das Feuer entzündet, und so wunderbar alles wieder aussah mit der neuen, fächerartigen Holzdecke, erschauderte sie doch mitunter immer noch, wenn sie hier durchkam. Die Gruppe schien erstaunt, sie zu sehen.

Ein distinguierter Mann mittleren Alters mit kantigem Kinn, breitbrüstigem Nadelstreifenanzug und Krawatte löste sich von seinen Begleitern und trat auf sie zu.

»Governor!«

»Eure Majestät.« General Sir Peter Venn schlug die Hacken zusammen und neigte kurz den Kopf. Er allein schien nicht überrascht, ihr zu begegnen. Als der gegenwärtige Governor von Windsor Castle hatte er eine Wohnung im Normannischen Turm beim Tor zum Oberen Hof, und sie kannte ihn gut. Tatsächlich hätte sie all seine Stationierungen rund um die Welt aufzählen und aus der Hälfte seiner Belobigungen zitieren können. Sie erinnerte sich sogar noch an seinen Onkel, den sie in Hongkong auf einer Party auf der *Britannia* als schmächtigen Lieutenant kennengelernt und dem sie später verschiedene Orden für Leistungen verliehen hatte, die zu geheim waren, um genannt zu werden. Die Venns stellten etwas dar im Militär. Sollte es zu einer Revolution kommen, würde sie sich wünschen, Sir Peter hinter sich zu haben. Oder, idealerweise, ein paar Schritte vor sich.

»Sie sehen beschäftigt aus«, sagte sie, als er näher kam.

»Wir kommen gerade zum Schluss, Ma'am. Eine sehr nützliche Besprechung. Machen noch einen schnellen Rundgang.«

Sie nickte der Gruppe vage anerkennend zu. Die meisten von ihnen hatte sie bereits gestern kurz gesehen, und sie wollte schon weitergehen, doch da lag etwas Ungewohntes im Blick von Sir Peter. Bei einem eingefleischten General wie ihm, der allen Eventualitäten trotzte, konnte man es fast schon eine Erregung nennen. So zögerte sie denn einen Moment, und er ergriff die Chance und sagte: »Darf ich Ihnen Kelvin Lo vorstellen? Er hat in Dschibuti interessante Dinge für uns erledigt.«

»Interessante Dinge« bedeutete Auslandsaufklärung. Sir Peter hatte die Besprechung im Auftrag vom MI6 und dem Außenministerium ausgerichtet. Ein junger Mann mit asiatischen Zügen, der eine dunkle Kapuzenjacke über einer – wirklich?, ja! – Trainingshose trug, trat vor und verbeugte sich schüchtern. Er schien völlig überwältigt von der Ehre, sie kennenlernen zu dürfen. Die Queen wünschte, nicht so eine Wirkung zu haben. Es war ermüdend, obwohl natürlich Schwätzer und Oversharer (den Ausdruck hatte sie von Harry, eine sehr nützliche moderne Bezeichnung für jemanden, der alles immer vor sich hertrug, kurz, ein Langweiler) weit schlimmer waren.

»Waren Sie gestern Abend schon hier?«, fragte sie.

»Nein, Eure Majes… äh, Madam.«

»Ah?«

Er blickte lange genug von seinen Turnschuhen auf, um zu sehen, dass sie ihn noch immer ansah.

»Mein Flugzeug hatte Verspätung«, brachte er hervor.

Sie gab es auf. Ihre Zeit für junge Leute, die sich nicht ausdrücken konnten, war begrenzt, so brillant sie sein mochten. Die anderen in der Gruppe waren am Abend zuvor nicht viel besser gewesen, und daran schien sich nichts geändert zu haben. Einer zitterte wie Espenlaub, und der jungen Frau daneben war eindeutig schlecht. Die Queen verabschiedete sich. Sie wollte wissen, was Sir Simon ihr zu sagen hatte, und eilte in ihr Büro, wo er bereits auf sie wartete.

Draußen gingen mittlerweile die Lichter an und warfen ein diffuses Licht auf Rasenflächen, Pfade und den Langen Weg. Sie war froh, dass sie die Vorhänge noch nicht zugezogen hatten. Drinnen bei ihnen war es warm und hell, Zeit für einen Gin.

Aber erst die Arbeit.

»Ja, Simon – was gibt es?«

Sir Simon wartete, bis sie sich hinter ihren Schreibtisch gesetzt hatte.

»Es geht um den jungen Russen, Ma'am. Mr Brodsky.«

»Das habe ich angenommen.«

»Es war kein Unfall.«

Sie zog die Brauen zusammen. »Oje. Der Ärmste. Wie haben Sie es herausgefunden?«

»Der Knoten, Ma'am. Der Pathologe hatte das Gefühl, dass da etwas nicht stimmte. Das Zungenbein war gebrochen. Das ist ein Knochen im Hals, Ma'am …«

»Ich weiß, wo das Zungenbein liegt.«, winkte sie ab. Sie hatte etliche Dick-Francis-Romane gelesen. Zungenbeine gingen die ganze Zeit zu Bruch. Was nie ein gutes Zeichen war.

»Nun, der Bruch beweist notwendigerweise noch nichts, weil es dazu beim Aufhängen durchaus kommen kann. Aber auch der Abdruck um den Hals war ungewöhnlich. Wobei auch das nicht eindeutig war. Die Pathologin hat sich den ganzen Nachmittag damit beschäftigt, weil wir sicher sein wollten. Sie hat sich die Fotografien vom Tatort angesehen und … sie sind nicht unbedingt beruhigend. Es gibt da ein Problem mit dem Knoten.«

»Hat er was falsch gemacht?«, fragte die Queen erschrocken. Sie stellte sich den armen Pianisten vor, wie er mit seinen eleganten Händen panisch am Gürtel zog. Vielleicht hatte er sich noch befreien wollen und konnte es nicht. Wie grässlich.

Sir Simon schüttelte den Kopf. »Der Knoten um seinen Hals ist nicht das Problem, aber der am anderen Ende.«

»Was für ein anderes Ende?«

»Äh, unterbrechen Sie mich, wenn Sie …«

»Oh, nun sagen Sie's schon, Simon.«

»Ja, Ma'am. Wenn man vorhat, sich … zur Befriedigung … oder auch so … auf jeden Fall muss man das andere Ende der Schnur an etwas binden, das nicht nachgibt, und es sieht so aus, als hätte sich Brodsky den Türgriff des Schranks dafür ausgesucht und die Schnur über die Kleiderstange über seinem Kopf geführt.«

Die Queen versuchte sich den Mann im Schrank vorzustellen und hatte Schwierigkeiten, das Ganze zu begreifen. »Woher soll da der Schwung kommen?«

»Den braucht man offenbar nicht.« Sir Simon schien sich erbärmlich zu fühlen mit seinem neu erworbenen Wissen. »So wie er die Schlinge um seinen Hals verknotet hatte, mit einem einfachen Laufknoten, der sich selbst zuzieht, muss man nur in die Knie gehen. Viele Leute, die so etwas tun, um … ihre Lust zu erhöhen … machen es so, wenn ich es recht verstehe, weil sie dann, wenn sie denken, es ist genug, sich wieder erheben und die Schlinge lockern können. Nur funktioniert das nicht immer, weil sie vorher die Besinnung verlieren. Oder sie können sie nicht wieder lösen und verlieren dann …«

Sie nickte. So hatte sie es sich vorgestellt. Der arme, arme Kerl.

Sir Simon fuhr fort. »Aber das alles ist es nicht, Ma'am, weil er so nicht gestorben ist.«

Es kam zu einer kurzen Pause.

»Wie meinen Sie das, dass er ›so nicht gestorben ist‹?«

»Wenn Brodsky so umgekommen wäre, ob nun absichtlich oder nicht, hätte sein Körpergewicht auch an dem Knoten gezogen, mit dem die Schnur, der Gürtel des Morgenmantels, am Türgriff befestigt war. Aber der war noch ganz locker: nicht vom Gewicht des Körpers zugezogen. Die Pathologin hat das in einer ähnlichen Anordnung nachgestellt, und es war ziemlich eindeutig. Der Gürtel muss hinterher am Türgriff befestigt worden sein …«

Jetzt kam es zu einer längeren Pause.

»Oh.«

Eine volle halbe Minute lang war nur das Ticken der Uhr auf dem Kaminsims zu hören.

Erst hatte sie gedacht, es sei ein Unfall gewesen, was schlimm genug war. Dann Selbstmord, grässlich … Und jetzt war die Queen gezwungen, das Undenkbare zu denken.

»Wissen Sie, wer …?«

»Nein, Ma'am. Ganz und gar nicht. Natürlich wollte ich es Ihnen so schnell wie möglich sagen. Im Runden Turm richtet sich ein Team zur Aufklärung ein. Sie fangen gerade an.«

Sie trank ihren Gin mit Dubonnet, und sie hatten ihr einen extra starken gemixt. Sie vermisste Philip. Er hätte etwas Grobes gesagt und sie zum Lachen gebracht, aber gespürt, wie bestürzt sie war, und sie beruhigt.

Nicht dass sich das Personal nicht bemühte. Lady Caroline Cadwallader, ihre gegenwärtige Hofdame, hörte mitfühlend zu, während sie ihr die Geschichte erzählte. Alle, die Bescheid wussten, setzten diese fürchterlich mitleidige Miene auf, die sie einfach nicht ertrug. Sie war nicht persönlich betroffen – das wäre ja lächerlich: Ihr ging es um das Schloss, die Gemeinschaft, den jungen Mann, dem auf so brutale, so entwürdigende Weise das Leben genommen worden war. Und natürlich war sie leicht beunruhigt.

Es gab einen Mörder in Windsor Castle. Oder hatte doch wenigstens in der letzten Nacht einen gegeben.

Die Queen bereitete sich auf das Dinner vor, heute im kleinen Kreis mit Familie und Freunden, und nahm sich vor, sich nichts anmerken zu lassen. Die fähigsten Köpfe der Polizei und zuständigen Regierungsinstitutionen arbeiteten an dem Fall, und man durfte ihnen zutrauen, ihn baldmöglichst zu lösen. Unterdessen sollte sie sich vielleicht noch einen zweiten Gin genehmigen.

KAPITEL 4

Unten bei den Bediensteten sahen Zimmermädchen, Haushälterinnen und Butler mit einer Mischung aus Neugier und Verdruss die Polizei kommen und gehen.

»Was machen die hier so spät am Abend noch?«, murmelte ein Hausdiener einem vorbeikommenden Konditor aus der Küche zu, mit dem er befreundet war.

Mr Brodsky hatte nicht zu den Gästen gehört und war als Künstler im übervollen Dachgeschoss beim Augusta Tower untergebracht worden, über den Besuchergemächern, auf der Südseite des Oberen Hofes, mit Blick auf die Stadt. Die Polizei hatte den Gang abgesperrt, zum großen Ärger der dort Untergebrachten, da es auch so schon kaum genug Zimmer für alle gab, die eines brauchten. Leute mit weißen Kapuzenoveralls und Handschuhen geisterten jetzt dort oben herum, trugen große Taschen hin und her und redeten mit niemandem. Unvermeidlicherweise hatte sich schnell verbreitet, wie der Tote gefunden worden war, allerdings ohne die zusätzliche Information, was den zweiten Knoten betraf.

»Sie tun so, als wäre da einer ermordet worden«, beklagte sich der Konditor. »Ich meine, jeder hat seine verkorksten Geheimnisse. Der Kerl ist tot, und Toten sollte man ihre Ruhe lassen. Verstehst du, was ich meine? Die sollten sich da einfach raushalten.«

»Wie, verkorkst?«, fragte eine Unterbutlerin und blieb stehen, um zu hören, was sie redeten. Die junge Frau hatte Urlaub gehabt und war noch nicht ganz wieder auf der Höhe, was die Gerüchteküche betraf.

»Nun, ich hab's von einer Wache, der was mit einer von

den Wäscherinnen hat, unter dem Siegel der Verschwiegenheit hat sie es ihm gesagt: Er trug einen Frauenslip und Lippenstift und hatte sich eine Krawatte um seinen …«

Sie hörten schnelle Schritte, sahen eine der oberen Haushaltsbediensteten heraneilen und taten so, als wären sie beschäftigt.

»Unter einem Frauenslip? Wie soll das gegangen sein?«, brummte die junge Frau ernsthaft verwirrt. Der Konditor zuckte mit den Schultern. Aber das reichte der Frau nicht, die es gern genau wissen wollte. »Nein, ich glaube, der hat dich hochgenommen.«

»Nein, ich schwöre es!«

»Aber selbst wenn es stimmt«, sagte der Hausdiener, »warum strolchen die hier noch herum um …«, er holte sein Telefon aus der Tasche und sah nach der Zeit, »um halb zehn? Das erweckt ihn auch nicht wieder zum Leben, oder?«

»Vielleicht denken sie, dass es da irgendein Sexspielchen mit jemandem gab«, sagte die Frau, die eine Schnelldenkerin war und eine blühende Fantasie hatte.

»Um Himmels willen, mit wem denn wohl?«, protestierte der Hausdiener. »Er war doch gerade erst angekommen! Für eine Nacht. Und kennst du die Zimmer da oben? Die sind klein wie Gefängniszellen.«

»Das hat noch keinen aufgehalten«, sagte der Konditor. »Vielleicht hat er mit einem von den Mädchen angebandelt, die gestern Abend hier waren. Hast du die gesehen? Die Tänzerinnen? Diese Beine?«

Die körperlich äußerst selbstbewussten Ballerinen hatten die engsten engen Jeans getragen, dazu die knappsten bauchfreien Tops. Das war ganz und gar nicht der typische Windsor-Aufzug und bei der Hälfte des Personals beim Frühstück auf Bewunderung gestoßen.

»Was, und dann haben sie beschlossen, hier pervers zu

werden, in Windsor?«, schnaubte der Hausdiener. Er überlegte. »Und dann noch gleich alle beide?«

»Warum alle beide?«

»Weil sie sich ein Zimmer geteilt haben. Wir hatten einen ziemlichen Ansturm, und ich musste Marion helfen, alle unterzubringen, also sind sie in ein Doppelzimmer gekommen. Nun, ein Zimmer mit zwei Betten, in das kaum eins reinpasst. Wenn eine von den beiden da was vorgehabt hätte, hätte die andere es sicher mitgekriegt.«

»Vielleicht war es das Mädchen von der Bankersgattin«, spekulierte die junge Butlerin. »Oder ein Kerl.«

»Was steckt ihr hier die Köpfe zusammen?«

Die drei fuhren herum und sahen sich der leitenden Haushälterin der Nachtschicht gegenüber, die wie ein drohendes Gewitter auf sie herabsah. Sie war für ihre unglaublichen Standpauken und ihre Fähigkeit bekannt, plötzlich aus dem Nichts aufzutauchen, wie Doctor Whos Zeitmaschine, aber ohne die Begleitgeräusche.

Sie beteuerten ihre Unschuld, allerdings ohne Erfolg, und wurden mit düsteren Warnungen verscheucht, was mit Personal geschah, das Gerüchte verbreitete und nicht tat, wofür es bezahlt wurde.

Ein weiteres Mitglied des Haushalts kam an diesem Abend aus dem Urlaub zurück. Rozie Oshodi war auf der Hochzeit einer Cousine in Nigeria gewesen und brauchte einen Moment, um zurückzuschalten. Nach den leuchtenden Farben und funky Afrobeats in Lagos kamen ihr die Steine und das Schweigen des nächtlichen Schlosses fast schon surreal vor. Rozies Zimmer lag am Mittleren Hof, nicht weit von den Räumen, in denen Chaucer einst gewohnt hatte. Sie trat an ihr gekuppeltes Fenster, sah hinaus auf die weit unter ihr fließende, im Mondlicht glitzernde Themse und fühlte sich wie eine im Turm einer Burg stehende Prinzessin. Eine schwarze Prinzessin, deren Haar nicht lang genug war, um einen Prinzen zu ihr heraufklettern zu lassen, damit er sie rettete. Aber Rozie musste auch nicht gerettet werden, schließlich hatte sie hart dafür gearbeitet, hier zu sein, und war zur stellvertretenden Privatsekretärin der Queen aufgestiegen.

Aber sie musste herausfinden, was in aller Welt hier vorging. Fünfmal hatte Sir Simon ihr geschrieben, sie solle ihn anrufen. Rozie hatte es versucht, sobald ihr böse verspäteter Flug gelandet war, aber nur seine Mailbox erreicht. Der stets ausgeglichene Sir Simon war nicht der Mensch, der leicht in Panik geriet, und diese Woche hatte besonders ruhig sein sollen, nur deshalb hatte sie für die Hochzeit ihrer Cousine Fran freibekommen. (Um ehrlich zu sein, war die Hochzeit extra in diese eine Woche gelegt worden, was Rozie zu peinlich war, um länger darüber nachzudenken. Aber die königliche Familie kam nun mal zuerst, und da Fran unbedingt gewollt hatte, dass Rozie, die gerade erst ihre neue Superstelle im Palast angetreten hatte, dabei war, war eben nur diese eine Woche infrage gekommen.)

Sicher schon zum zehnten Mal checkte Rozie die Nachrichten auf ihrem Telefon. Nichts Ungewöhnliches. Sie fröstelte. Einen kurzen Moment lang liebäugelte sie mit dem Gedanken, ihren Pyjama anzuziehen und sich ins Bett fallen zu lassen. Sie wusste, morgen ging es in aller Frühe los, und es würde ein langer Tag werden. Konnte Sir Simon sie nicht morgen ins Bild setzen, wenn sie ausgeschlafen war?

Aber nein, die Feierei, die ihr zugegebenermaßen noch in den Knochen steckte, und der lange Flug zählten nicht – Rozie wusste, dass der königliche Haushalt so nicht funktionierte: Wer hier unterschrieb, hatte immer bereit zu sein, immer informiert.

So packte sie denn erst einmal aus und summte eine der

Melodien, die sie in allen Clubs in Lagos gespielt hatten. Sie lächelte, als ihr der Schlüsselanhänger mit dem Bild von Braut und Bräutigam in die Hände fiel, den sie gleich an ihrem wertvollsten Besitz festmachte, dem Schlüssel ihres Mini-Coopers. Dann setzte sie sich auf ihr Bett, immer noch voll angezogen und im Mantel, ging die zahllosen Fotos auf ihrem Handy durch, die sie von Fran und Femi gemacht hatte, und wartete auf Sir Simons Anruf.

Es war bereits ein Uhr, als er sich am Ende seines Arbeitstags meldete. Rozie ging hinüber zu ihm. Sir Simon bewohnte mehrere Räume auf der Ostseite des Oberen Hofes, nicht weit von den Privatgemächern der Queen. Sir Simons Wohnung war vollgestopft mit Bildern und alten Möbeln, aber dennoch makellos sauber und aufgeräumt. Ganz wie sein Kopf, dachte Rozie.

Er starrte sie einen Moment lang an, nachdem er ihr die Tür geöffnet hatte. Sie erwiderte seinen Blick.

»Ist etwas?«

»Ihre Frisur. Sie haben sie geändert.«

Nervös fuhr sie sich mit einer Hand über den Kopf. Sie war in Lagos aus einer Laune heraus zum Friseur gegangen. Seit der Army hatte sie einen forschen Kurzhaarschnitt, jetzt aber noch was draufgelegt, mit asymmetrischen Ecken. Sie war nicht sicher, wie ihre Kollegen mittleren Alters aus den örtlichen Grafschaften darauf reagieren würden.

»Ist sie okay?«

»Sie ist … anders. Ich … Himmel. Entschuldigung, kommen Sie herein.«

Sir Simon konnte ihr gegenüber mitunter etwas unbeholfen sein, aber auf nette Weise. Sie ließ ihn sich alt fühlen, dachte Rozie, und zu kurz geraten (auf Absätzen überragte sie ihn um fünf Zentimeter), während er ihr seinerseits das Gefühl gab, nicht genug zu wissen – über die königliche

Familie, die Verfassung, so gut wie alles. Aber sie rauften sich zusammen. Wobei sie im Moment beide nur müde waren. Auf seinen chintzgepolsterten Stühlen saßen sie sich gegenüber, und Sir Simon nippte, um sich wach zu halten, an einem Kristallglas mit Single Malt. Rozie fürchtete, Whisky könnte auf sie genau die entgegengesetzte Wirkung haben, und hatte ihn um ein Mineralwasser gebeten. Sie hielt ihren Laptop auf dem Schoß und machte sich Notizen, während er sie über die polizeilichen Ermittlungen ins Bild setzte.

»Ein fürchterliches Durcheinander«, seufzte er. »Ein völliger Albtraum. Es gibt etwa fünfzig Verdächtige, aber kein Motiv. Gott, ich bedauere die Detectives. Sie können sich die Schlagzeilen ausmalen, wenn die *Mail* dahinterkommt.«

Er schilderte ihr den Fall in seinen Grundzügen, und Rozie sah die Titelseiten bereits vor sich.

PARTY BEI DER QUEEN – RUSSE STIRBT BEI SEX-SPIELCHEN

Oder Ähnliches. Die Schreiberlinge würden sich die Tastaturen vollsabbern angesichts der Möglichkeit, die ungeheuerlichste Schlagzeile aller Zeiten herauszuhauen.

»Wer genau war er?«

Sir Simon sah auf das letzte Update von den Ermittlern.

»Maksim Brodsky. Vierundzwanzig Jahre alt. Musiker, wohnhaft in London. Kein Vollzeitprofi – er hat sich seinen Lebensunterhalt in Bars und Hotels zusammengespielt, hat Klavierunterricht gegeben und hier und da bei Musikerfreunden ausgeholfen. Es ist nicht ganz klar, wie er seine Miete bezahlen konnte, offenbar hatte er mit noch jemandem eine schöne, große Wohnung in Covent Garden. Das wird man sich näher ansehen. Und sie möchte wissen, wer seine Eltern waren.«

»Wer?«

»Die Queen! Wachen Sie auf, Rozie! Die Chefin will es wissen! Sie möchte ihnen ihr Beileid ausdrücken. Wir warten darauf, dass uns die Botschaft die Einzelheiten mitteilt.«

Rozie sagte etwas kleinlaut: »Verstehe.«

»Bisher haben wir da noch kein Glück. Sein Vater ist tot. Er wurde 1996 in Moskau ermordet, als Maksim fünf war.« Rozie sah ihn überrascht an. »Da waren Sie kaum geboren«, murmelte Sir Simon und schenkte ihr ein schiefes Lächeln.

»Da war ich zehn.«

»Allmächtiger.« Er seufzte. »Jedenfalls war damals ein Mord auf Moskaus Straßen eine Alltäglichkeit. Ich spreche von Jelzins Zeiten, die Sowjetunion war gerade kollabiert, und der Kapitalismus lief Amok. Das war wie Chicago in den Zwanzigern, Banden, Verbrecher, Korruption. Jeder mit etwas Geld lebte in der Angst, von der einen oder anderen Seite abserviert zu werden. Ich hatte Freunde, die zu der Zeit mit ihrer Familie in Moskau lebten. In ständiger Angst.«

»Wer hat Brodskys Dad umgebracht?«

»Er ist vor seiner Wohnung erstochen worden. Er war Anwalt und arbeitete für einen Risikokapitalfonds. Offiziellerseits hieß es, es sei eine Straßenbande gewesen, aber zehn Jahre später, als Maksim siebzehn war, gewann er ein Musikstipendium für ein englisches Internat, und der Rest der Kosten wurde von einer Firma mit Sitz auf den Bermudas bezahlt. So auch seine Ferienunterkunft – nach allem, was die Polizei bislang herausgefunden hat, ein gehobenes Bed & Breakfast in South Kensington. Da hat er Weihnachten und die Sommerferien über gewohnt.«

»Mit siebzehn?«

»Ganz offenbar. Ein paarmal war er über Ostern mit einem Schulfreund in dessen Haus, dem der Eltern, auf Mustique, aber ich bin mehr an den Bermudas interessiert. Die gegenwärtige Hypothese ist, wer immer Brodskys Vater töten ließ, hat ein Vermögen verdient, dann hat sich sein Gewissen gemeldet, und um seine russische Seele zu retten, hat er dem Jungen England ermöglicht, mit Geld, das sich nicht zurückverfolgen lässt. Vielleicht ist es einer der Oligarchen, die hergezogen sind, um Putin nicht in die Quere zu kommen.«

»Peyrowski?«

»Der hat seine Milliarden erst um die Jahrtausendwende gemacht. Der war keiner der harten Jungs zu Jelzins Zeiten.«

Rozie dachte an das, was sie die Queen am Morgen womöglich fragen würde.

»Was ist mit Maksims Mutter?«

Sir Simon schnaubte seufzend. »Die Botschaft behauptet, sie kann sie nicht ausfindig machen. Sie hatte psychische Probleme. Maksim ist bei Verwandten und Nachbarn aufgewachsen, bevor er nach England kam. Das Letzte, was man weiß, ist, dass sie in einer Art Krankenhaus am Rand von Moskau war. Aber mittlerweile offensichtlich nicht mehr.«

»Er war also praktisch eine Waise?«

»So scheint es.«

Sir Simon sah nachdenklich in sein Whiskyglas, und Rozie überlegte, wie sehr wohl Maksim Brodskys frühe Jugend der klassischen Biografie eines Spions glich. Wuchsen Spione so auf? Sie beschloss, ihr Unwissen nicht zu zeigen, indem sie dumme Fragen stellte.

»Möglicherweise«, sagte Sir Simon.

»Wie bitte?«

»Sie fragen sich, ob er zum FSB gehört hat. Das ist möglich. Allerdings haben wir ihn nicht auf der Liste.«

Rozie nickte nur und versuchte, sich nichts anmerken zu lassen. Der Job war immer noch neu für sie, und sie dachte, wie unglaublich es war, dass sie noch vor einem Jahr das kleine Strategieteam einer Bank geleitet hatte – und jetzt hier saß und mit einem in diesen Dingen erfahrenen Mann völlig zwanglos besprach, ob jemand ein russischer Spion gewesen war oder nicht. Der Official Secrets Act war eine furchterregende Sache, aber sie war darauf vereidigt worden und mittlerweile tagtäglich von solchen Staatsgeheimnissen umgeben. Daran musste sie sich noch gewöhnen.

»Und was ist mit dem anderen Mörder? Dem von gestern Nacht, meine ich.«

Sir Simon nahm einen Schluck Glenmorangie. »Das ist der verdammte Albtraum: ein Russe, der nackt und tot bei uns im Schloss gefunden wird, umgeben von Wachen und Sicherheitsleuten. Nach Sonnenuntergang kommt hier keiner ohne Sicherheitsnachweis mehr rein oder raus, nicht mal Sie oder ich. Alles wird überwacht und aufgezeichnet. Jeder wird überprüft, Besucher haben sich auszuweisen – was alle getan haben. Die besten Detectives kommen her, und man denkt, der Fall wird bis zum Tee gelöst sein, aber …« Er zuckte mit den Schultern. Er sah wirklich sehr müde aus. Rozie wusste, wie anstrengend sein Job war.

»Brodsky ist von Peyrowski hergebracht worden«, fuhr er fort. »Also scheint es am wahrscheinlichsten, dass es jemand aus seinem Gefolge war. Da ist einmal sein Hausdiener, der das Zimmer neben Brodsky hatte. Er war nach der Feier noch bei Peyrowski, was nicht unbedingt ungewöhnlich ist. Brodsky kannte er jedoch kaum, wie die Polizei bestätigt. Ganz sicher gibt es keinen Hinweis auf eine Beziehung oder einen Streit. Mrs Peyrowskaja hatte ihr Hausmädchen dabei, das ihn wiederum ziemlich gut kannte, aber das Mädchen ist offenbar winzig. Wie es aussieht, hat sie kaum genug Kraft, Messer und Gabel zu heben, geschweige denn, einen gesunden jungen Mann zu überwältigen und zu erwürgen. Und den Malen am Hals nach zu urteilen, wurde er erst erwürgt, im Liegen, und dann aufgeknüpft. Entschuldigung. Das ließe sich netter ausdrücken. Es war ein langer Tag.«

Rozie sah von ihrem Laptop auf. »Kein Problem. Gibt es noch andere Verdächtige?«

»Nach dem Essen sind zwei Balletttänzerinnen aufgetreten. Stark wie Ochsen, würde ich annehmen, aber sie behaupten, ihn erst im Auto auf dem Weg von London kennengelernt zu haben. Die beiden haben sich ein Zimmer geteilt, und eine von ihnen hat die halbe Nacht mit ihrem Freund gefacetimt. Beide schwören, sie waren nur kurz auf der Toilette und haben geduscht. Das hätte sicher nicht gereicht, um mit einem Fremden sexuell anzubändeln, ihn umzubringen und einen Selbstmord vorzutäuschen.«

Sir Simon rieb sich die Augen und fuhr fort: »Zur Not könnten es natürlich alle getan haben, aber es ist alles andere als offensichtlich. Ein paar Dutzend Leute haben gestern in den überall im Schloss verteilten Besucherzimmern übernachtet. Es gab Besprechungen, Konferenzen und alles mögliche andere. Wie am verflixten Piccadilly Circus ist es zugegangen. Ich meine, gibt es ein Besucher-Tinder, von dem ich nichts weiß? Und habe ich schon die Zwei-Uhr-Zigarette erwähnt?«

Rozie zog die Brauen zusammen und sah von ihrem Laptop auf. Sie schüttelte den Kopf.

Sir Simon hob sein Glas ins Licht und starrte in das elfenbeinfarbene Leuchten.

»Einer der diensthabenden Polizisten hat Brodsky um zwei auf der Ostterrasse erwischt, wie er eine Zigarette geraucht hat. Praktisch unter dem Schlafzimmer Ihrer Majestät. Brodsky behauptete, er habe die Nachtluft genießen wollen und sich verlaufen. Wie kann man sich in Windsor Castle verlaufen, wenn die Queen da ist? Oh, und vergessen wir nicht das Haar.«

Wieder hob Rozie den Blick. »Das Haar?«

Sir Simon schien in seinen Gedanken zu versinken. »Sie haben ein einzelnes dunkles Haar im Kragen von Brodskys Morgenmantel gefunden, direkt an seinem Hals. Etwa fünfzehn Zentimeter lang. Offenbar stammt es von niemandem aus Peyrowskis Gefolge. Eine DNS-Goldmine. Erzählen Sie ihr von dem Haar. Das könnte sie aufmuntern.«

»Wird sie aufgemuntert werden müssen?«, fragte Rozie. Die Vorstellung einer unglücklichen Queen machte sie unruhig.

»Jepp«, sagte Sir Simon, bevor er sich den letzten Schluck Whisky in die Kehle gluckern ließ. »Wahrscheinlich wird sie das.«

KAPITEL 5

Das Haar im Kragen munterte die Queen nicht auf. Rein gar nichts schien sie aufmuntern zu können. Ein junger Mann war ums Leben gekommen, auf schreckliche Weise, in einem alten Schloss, das eine moderne Festung sein sollte. Und jetzt waren bereits über vierundzwanzig Stunden verstrichen, ohne dass jemand eine Ahnung zu haben schien, wer der Mörder war und wie er die Sache angestellt hatte. Das gab ihr nicht unbedingt das Gefühl großer Sicherheit.

Aber es half auch nicht, sich nervös oder beunruhigt zu zeigen, also kam sie, während die Woche voranschritt, wie gewohnt ihren Pflichten nach und nickte düster, wenn Rozie und Sir Simon ihr vom fortdauernden Auf-der-Stelle-Treten der Ermittlungen berichteten.

Sir Simon und die Pressestelle hatten den Medien gegenüber beste Arbeit geleistet. Die Geschichte, die »nach außen drang«, war langweilig und kaum bemerkenswert: Ein Besucher des Schlosses, keiner der Gäste der Königin, war nachts unerwartet gestorben. Ihre Majestät sprach seiner Familie ihr aufrichtiges Mitgefühl aus. Anfänglichen Gerüchten, dass es sich um einen im Schlaf erlittenen Herzinfarkt gehandelt habe, wurde nicht widersprochen. Ein paar verkommene Internetkanäle versuchten – völlig haltlos – Gerüchte zu streuen, dass der Tote in einer sexuell kompromittierenden Stellung mit einem Mitglied der Hofreiterei aufgefunden worden sei, doch das schien so hanebüchen und passte zu den fraglichen »Quellen«, dass keine seriöse Nachrichtenagentur darauf ansprang.

Währenddessen mühten sich vier Detectives und zwei Beamte des Geheimdienstes in einem kleinen Raum ganz oben im Runden Turm, Licht in die Geschichte zu bringen, doch der Himmel blieb düster. George IV. hatte die mittelalterliche Version des Runden Turms nicht für beeindruckend genug gehalten und ein paar Stockwerke und gotische Zinnen draufgesattelt. Der Raum oben war normalerweise den königlichen Archivaren vorbehalten, doch die hatte man vorübergehend weiter unten untergebracht. Whiteboards und Flipcharts standen vor den deckenhohen Glasschränken voller königlicher Unterlagen, zudem verfügten die Ermittler über ein paar an ein Hochsicherheitsnetz angeschlossene Computer. Die Bitte um einen Wasserkessel hatte man jedoch höflich abgelehnt, da der Dampf den alten Dokumenten nicht wiedergutzumachenden Schaden hätte zufügen können. Dafür wurde eine Hotline zur Küche eingerichtet, aus der die Detectives und ihre neuen MI5-Kollegen mit einem nicht versiegenden Strom an Sandwiches versorgt wurden.

Immer höhere Beamte kamen und gingen über die von Nieselregen aufgeweichten Pfade. Laut der Hofdame der Queen wetteten die meisten auf Peyrowskis Hausdiener und eine geheime schwule Affäre, die aus dem Ruder gelaufen war. Der Rennmanager hatte allerdings von ein paar Stallburschen gehört, dass die inoffiziellen Quoten sieben zu vier für einen versehentlichen Selbstmord standen und die polizeilichen Ermittlungen nicht mehr als eine Vorsichtsmaßnahme seien.

Sie alle wissen nichts von dem zweiten Knoten, dachte die Queen. Es war immer gefährlich, großzügige Quoten zu gewähren, wenn man nicht wirklich wusste, was im Stall vorging. Überhaupt zeugte die Wetterei von schlechtem Geschmack, doch man musste sehen, dass sie Windsor nun mal im Blut lag. Es waren nur sieben Meilen bis nach Ascot, über eine eigens dorthin gebaute Straße, und die Rennen standen vor der Tür.

Es waren alles nur Menschen, dachte sie. Sie waren, wie sie waren, taten, was sie taten. In Tudor-Zeiten waren öffentliche Hinrichtungen ein regulärer Anlass zu Feierlichkeiten gewesen. Da war ein kleiner Wetteinsatz gar nichts.

Erst am Freitag, drei Tage nach Auffinden der Leiche, tauchte das Ermittlerteam schließlich aus seinem stickigen, fensterlosen Raum im Runden Turm auf. Sie trafen sich mit den Vorgesetzten ihrer Vorgesetzten, die wiederum Ihrer Majestät von den Ergebnissen berichten würden. Eine Stunde vor dem Mittagessen bereitete sich die Queen gerade darauf vor, einen Spaziergang mit ihren Hunden zu machen, als ihr Stallmeister sagte, eine Delegation wolle sie sprechen.

»Sagen Sie ihnen, sie sollen sich Gummistiefel anziehen«, sagte die Queen. »Es ist matschig.«

Es war eine traurige Truppe, die zehn Minuten später mit geliehenen Regenmänteln und Gummistiefeln auf der Ostterrasse erschien. Sie waren zu dritt, und der Jüngste, der ihr als Detective Chief Inspector David Strong vorgestellt wurde, sah aus, als hätte er tagelang nicht geschlafen. Er war der Mann, der die Ermittlungen im Runden Turm leitete.

Blaugraue Ränder umschatteten seine Augen, und in der fahlen Haut waren ein paar Schnitte zu sehen, nachdem er sich offenbar etwas hastig rasiert hatte. Er brauchte frische Luft und Bewegung, diagnostizierte die Queen. Der Spaziergang würde ihm guttun.

Die beiden anderen waren in deutlich besserer Form und mussten ihr nicht vorgestellt werden. Ravi Singh war ein erfahrener, kompetenter Commissioner der Londoner Metropolitan Police, der zuletzt für Dinge hatte Schläge einstecken müssen, die außerhalb seiner Kontrolle lagen, und die

Queen verspürte den Drang, seine Hand zu nehmen und ihn zu bemitleiden, aber natürlich tat sie das nicht.

Der Dritte war Gavin Humphreys, der im Jahr zuvor zum neuen Generaldirektor vom MI5 ernannt worden war, dem Inlandsgeheimdienst, in Regierungskreisen »die Box« genannt. Es hatte zwei ausgezeichnete, hoch qualifizierte Bewerber für den Posten gegeben, die von ihren Unterstützern heftig propagiert wurden, aber wie es so oft geht, hatte der Kampf zwischen den beiden einem dritten, weniger umstrittenen Kandidaten, einem eher unbeschriebenen Blatt, den Weg ins Amt geebnet. Humphreys.

Weniger umstritten, weil sich niemand wirklich für ihn und seine Führungsqualitäten interessiert hatte. Humphreys war Teil einer neuen Spezies: ein Verwaltungstechnokrat. Als es um die Gefahren des Cyberspace gegangen war, hatte die Queen einige faszinierende Experten kennengelernt – Humphreys, dem sie während seines nichtssagenden Aufstiegs verschiedene Male begegnet war, hatte nichts dergleichen zu bieten. Haar, Anzug und Geist waren gleichermaßen grau. Im Übrigen war er davon überzeugt, dass man mit neunundachtzig unmöglich die komplexen Zusammenhänge der modernen Welt verstehen konnte. Er schien nicht zu begreifen, dass sie all die Jahre, aus denen heraus diese Welt überhaupt erst entstanden war, selbst miterlebt hatte und vielleicht einen differenzierteren Blick auf sie hatte als er.

Kurz gesagt, sie mochte ihn nicht. Gott sei Dank waren die Hunde da.

»Willow! Holly! Kommt. Hierher.«

Die letzten verbliebenen Corgis, wie auch zwei freundliche Dorgis, sprangen ihr um die Beine, und die kleine Gruppe brach auf.

»Es tut mir leid, dass wir so lange gebraucht haben«, sagte Humphreys, während sie abwärts in Richtung Park gingen. »Dieser Fall hat sich als weit komplizierter erwiesen, als man annehmen würde. Wir haben die ganze Nacht gebraucht, um die einzelnen Teile zusammenzusetzen.«

Die Queen warf einen verstohlenen Blick auf DCI Strong, dessen bleiches Gesicht nächtliche Stunden vor dem Computer erahnen ließ. Humphreys strahlender, taufrischer Teint eher nicht.

»Und ich fürchte, das Ergebnis ist besorgniserregend.«

Der Queen sah ihn an. »Oh? Wer war es?«

»Das können wir noch nicht mit Sicherheit sagen«, gab Ravi Singh zu. »Aber wenigstens wissen wir, wer den Auftrag gegeben hat.«

»Den Auftrag?«

»Ja«, sagte Humphreys. »Von höchster Stelle. Einer Regierung. Es war ein Auftragsmord.«

Sie blieb stehen, was die Hunde aufjaulen ließ, die noch kaum in Gang gekommen waren. »Ein Auftragsmord? Das kommt mir unwahrscheinlich vor.«

»Oh, ganz und gar nicht«, sagte Humphreys mit einem nachsichtigen Lächeln. »Sie unterschätzen Präsident Putin.«

Die Queen wusste, dass sie Präsident Putin ganz sicher *nicht* unterschätzte, vielen Dank auch, und es gefiel ihr nicht, dies unterstellt zu bekommen. »Erläutern Sie es.«

Weiter ging es. Humphreys war etwas zu schnell für die beiden nach Hundejahren über neunzigjährigen Holly und Willow. Der Commissioner hielt sich neben ihm, und der arme, erschöpfte DCI Strong hing etwas zurück. Der Nieselregen bildete einen feinen Nebel, in dem sich die mächtigen Bäume des Parks vor ihnen abzeichneten. Ihre Schritte knirschten im Kies und tauchten schließlich ins nasse Gras, während sie den Hunden den Hang hinunterfolgten. Für gewöhnlich mochte die Queen diese Spaziergänge, den heute jedoch nicht.

»Brodsky war offenbar ein guter Pianist«, begann Humphreys.

»Ich weiß. Ich habe ihn spielen hören.«

»Oh, richtig, natürlich. Aber das war nur eine Fassade. Wir haben herausgefunden, dass er der Kopf hinter einem anonymen Blog war, der Putin und Russland angegriffen hat. Ein Blog ist eine Art Website. Es ist die Abkürzung für ›web log‹ …«

Die Queen zog die Brauen zusammen. Sie war sicher, dass sie ihn an eine tatterige Großmutter erinnerte. Es reizte sie, ihm zu sagen, dass sie heute Morgen bereits etliche Staatspapiere unterzeichnet hatte und ihm sämtliche afrikanischen Länder in alphabetischer Reihenfolge aufzählen könnte, dazu die Namen der englischen Königinnen und Könige seit Ethelred. Aber sie tat es nicht. Grimmig richtete sie den Blick in den Nieselregen vor sich und bereitete sich innerlich darauf vor, auch weiterhin gönnerhaft behandelt zu werden.

»Brodsky hat sich hinter einem Avatar versteckt, einem falschen Internetnamen, wenn Sie so wollen, und wir haben es nicht gleich erkannt. Eine nähere Untersuchung seines Laptops hat allerdings schnell gezeigt, dass er ein großer Putin-Kritiker war. Er besaß eine Liste sämtlicher Journalisten, die unter verdächtigen Umständen ums Leben gekommen sind, seit Putin in der Ex-Sowjetunion an die Macht kam. Die bekannteste ist Anna Politkowskaja, die vor zehn Jahren umgebracht wurde, aber es ist eine lange, lange Liste. Brodsky hat für einen Amateur ein paar ziemlich intelligente Nachforschungen angestellt. Er hielt sich für einen von ihnen und machte auf ihre Fälle aufmerksam. Was gefährlich ist, selbst in London. Putin scheut nicht davor zurück, Russen auf fremdem Territorium umbringen zu lassen. Vor zehn Jahren haben sie die gesetzlichen Grundlagen dafür geschaffen, und es war nicht das erste Mal.«

»Nicht in einem meiner Schlösser.«

»Es sieht aus, als wollte er einen Gang höher schalten, Ma'am. Vielleicht will er uns damit eine Botschaft schicken«, sagte Humphreys. »›Seht her, ich kriege sie überall, jederzeit.‹ Das sieht ihm ähnlich, dreist und brutal, wie er ist.«

»Sogar hier im Schloss?«

»Erst recht hier. Direkt im Herzen des britischen Establishments. Das ist Putin, wie er leibt und lebt.«

Die Queen wandte sich an Mr Singh. »Stimmen Sie dem zu, Commissioner?«

»Ich gebe zu, dass ich erst überzeugt werden musste. Aber das Motiv scheint klar. Und Putin ist unberechenbar.«

»Candy! Aufhören!«

Die ältere der beiden Dorgis sah betreten aus der Pfütze auf, in der sie sich gewälzt hatte, kam herbeigetrottet und schüttelte sich heftig, wobei Humphreys' Hose den Löwenanteil abbekam. Die Queen drückte ihren Beifall gewohnt besonnen aus.

»Entschuldigung, das tut mir so leid.«

»Macht nichts, Ma'am.« Humphreys bückte sich, um etwas von der Brühe von den Hosenbeinen zu schlagen. Um die Knie herum waren sie tropfnass. »Und natürlich wissen Sie, was das bedeutet.«

»Weiß ich das?«

»Es ist so: Wir haben Peyrowskis Leute und die Tänzerinnen genauestens durchleuchtet, und es gibt keinerlei Hinweis darauf, dass sie Agenten sein könnten, schon gar nicht von dem Kaliber, um solch eine Sache durchzuziehen. Nein, es ist weit wahrscheinlicher, fürchte ich, dass sich der Mörder bereits seit einiger Zeit im Schloss befindet.«

»Noch bevor jemand ahnte, dass Brodsky herkommen würde?« Die Queen warf einen fragenden Blick zu Singh hinüber, aber der Commissioner kam nicht zu Wort, hatte Humphreys sich doch warmgeredet.

»Sie wollen auf alles vorbereitet sein. So arbeiten sie, Ma'am. Diese Leute werden Jahre vorher eingeschleust. Schläfer, die darauf warten, im richtigen Moment ihre Instruktionen zu bekommen. Stellen Sie sich das vor.« Er machte eine ausladende Geste um sich herum. »Eine Hinrichtung hier in Windsor Castle, sozusagen direkt vor Ihrer Nase. ›Niemand ist sicher‹, das ist die damit verbundene Botschaft.«

»Ein Schläfer«, sagte sie wenig überzeugt.

»Ja, Ma'am. Einer Ihrer Angestellten. Vom Personal. *Wenigstens* einer, vielleicht auch mehr. Natürlich ist es auch möglich, dass der Mörder ein Besucher war, aber wenn sie den Ort hier wählen, scheint es wahrscheinlicher, dass sie jemanden damit beauftragen, der sich bestens im Schloss auskennt.«

»Es tut mir leid, aber das halte ich nicht für wahrscheinlich.«

Sie standen unter einer ihrer Lieblingsbuchen, und Humphreys sah sie mitleidig an.

»Ich fürchte, doch, Ma'am. Wir müssen den Tatsachen ins Auge sehen. Es wäre nicht das erste Mal.«

Die Queen presste die Lippen aufeinander und drehte um. Die durchweichte kleine Männergruppe folgte ihr, die Hunde kamen aus dem Gebüsch und liefen voran.

»Was werden Sie jetzt tun?«, fragte sie endlich.

»Ihn ausfindig machen. Es wird nicht leicht sein, aber wir werden auf jeden Fall diskret vorgehen.«

Singh fügte etwas hinzu, das sein Kollege mit seiner Putin-Manie vergessen hatte.

»Wir glauben, dass Brodsky mit seinem Mörder nach der Feier verabredet war, Ma'am. Etwa gegen zwei Uhr früh wurde ein Mann, auf den seine Beschreibung passt, draußen beim Rauchen gesehen und zurück in den Besucherteil des Schlosses gebracht. Es muss sich um eine Art Treffen gehandelt haben. Es tut mir leid, dass ich der Überbringer dieser schlechten Nachricht bin.«

Es schien Singh tatsächlich leidzutun. Im Unterschied zu Humphreys machte er nicht den Eindruck, als betrachte er das alles als ein aufregendes Spionagespiel, sondern sehe sehr wohl, dass da nun viele Menschen mit einem unguten Verdacht zusammenleben mussten. Was niemals guttat.

»Vielen Dank, Mr Singh.«

»Wir halten Sie auf dem Laufenden.«

»Bitte, tun Sie das.« Sie hätte ihn gern zum Mittagessen eingeladen, aber dann hätte sie auch Humphreys mit dazubitten müssen, und das konnte sie nicht.

Was sie am meisten schmerzte, waren die sechs kleinen Worte: »Es wäre nicht das erste Mal.« Es stimmte, durchaus, aber die Queen fand sie unverzeihbar.

KAPITEL 6

Abends musste Sir Simon ein paar nähere Einzelheiten des Obama-Besuchs mit der Queen besprechen. Die Sicherheitsbeamten des Weißen Hauses kamen mit immer neuen Details, um die es sich zu sorgen galt. Er fand Ihre Majestät ungewöhnlich bedrückt. Sir Simon hätte es auf das Wetter geschoben, hätte er nicht gewusst, dass sie völlig unempfindlich gegen Regen und Kälte war.

Vielleicht setzt ihr der Mord am Ende doch zu, dachte er. Sie war zäh wie Leder, aber alles hatte seine Grenzen. Vielleicht hätte er ihr die schmutzigen Einzelheiten ersparen sollen. Sie hatte ihn danach gefragt, aber es war genauso seine Aufgabe, sie zu schützen, wie ihr zu dienen. Wenigstens saß die Box mit an dem Fall. Er erinnerte sie vorsichtig an Gavin Humphreys' Fortschritte, doch das schien sie nicht so zu trösten, wie er gehofft hatte.

»Ist Rozie da?«, fragte sie.

»Natürlich, Ma'am.«

»Könnten Sie sie herschicken? Ich würde gerne etwas mit ihr besprechen.«

»Ma'am … wenn Rozie etwas getan hat …« Sir Simon war entsetzt. Er hatte gedacht, Rozie mache ihre Sache sehr gut für jemanden, der noch so neu im Job war. Ihm war ganz sicher nichts aufgefallen, und er machte sich gleich Vorwürfe, worum immer es gehen mochte. »Wenn ich helfen kann …«

»Nein, nein, es ist nur eine kleine Sache. Nichts, um sich Sorgen zu machen.«

Rozie kam zehn Minuten später und schien leicht verwirrt.

»Eure Majestät? Sie wollten mich sprechen?«

»Ja, richtig«, sagte die Queen. Sie spielte mit einem Stift und schien tief in Gedanken. »Ich habe mich gefragt, ob Sie etwas für mich tun könnten.«

»Was immer es ist ...«, sagte Rozie mit mehr Hingabe in der Stimme, als sie gewollt hatte. Aber es stimmte. Was immer die Chefin wollte, würde sie tun. Rozie wusste, dass die meisten im Haushalt das so empfanden. Nicht wegen dem, *was* sie war, sondern *wer* sie war. Sie war ein ganz besonderer Mensch, eine Frau, der eine fast unmögliche Aufgabe übertragen worden war, und sie hatte sie, ohne je zu klagen, angenommen und bestens erfüllt – und das länger, als die meisten Leute in diesem Land überhaupt auf der Welt waren. Ihre Angestellten liebten sie. Sie hatten alle auch größte Angst vor ihr, doch die Liebe überwog. Rozie empfand es als ein Glück, dass sie immer noch weitermachte.

»Könnten Sie jemanden zu mir bringen?«

Rozie wurde aus ihrer Träumerei gerissen. Der Blick, mit dem die Queen ihr diese Frage stellte, war merkwürdig, als könnte die Antwort tatsächlich ein Nein sein. Für gewöhnlich gab sie verbindliche Instruktionen. Das jetzt schien mehr etwas Philosophisches zu sein.

»Aber natürlich, Ma'am«, sagte Rozie freudig. »Wen?«

»Ich bin nicht ganz sicher. Es gibt da einen Akademiker, den ich mal kennengelernt habe, aus Sandhurst oder dem Staff College, glaube ich. Einen Experten für das postsowjetische Russland. Er hat eine verlotterte Frisur, einen fuchsroten Bart und heißt Henry. Oder William. Ich möchte ihn zum Tee einladen. Privat. Wobei, ich denke, er würde sich freuen, meine Freundin Fiona kennenzulernen, Lady Hepburn. Sie wohnt in Henley, und ich bin sicher, sie wird gern die Gastgeberin spielen. Sie könnte *mich* und *ihn* zum Tee einladen. Dann können wir uns unterhalten.«

Rozie stand vor ihrem Schreibtisch und versuchte zu verstehen, worum es ging. Sie wusste nicht wirklich, worum sie da gerade gebeten worden war, aber das war eine Kleinigkeit, um die sie sich später kümmern würde.

»Wann sollte das sein?«

»So bald wie möglich. Sie kennen meinen Terminplan.« Es entstand eine kurze Pause. »Und Rozie …«

»Ma'am?«

Die Queen sah sie wieder so komisch an. Diesmal noch etwas anders. Eben noch hatte eine gewisse Unsicherheit aus ihrem Blick gesprochen, jetzt signalisierte er eine Herausforderung. »Es geht um eine *private* Unterhaltung.«

Zurück an ihrem Schreibtisch, ging Rozie das gesamte Gespräch noch einmal im Kopf durch.

Was hieß »privat«? Natürlich war eine Einladung zum Tee bei Lady Hepburn etwas Privates. Sollte der Experte – Rozie glaubte zu wissen, wen die Queen meinte – nichts über das Zusammentreffen mit Ihrer Majestät verlauten lassen? Rozie würde dafür sorgen, dass er es nicht tat. Aber warum es nicht offen aussprechen? Bis jetzt war ihre Beziehung zur Chefin ziemlich geradlinig gewesen: Sie tat, was die Queen ihr auftrug, und wenn es eine Unklarheit gab, fragte sie Sir Simon, der fast zwanzig Jahre Erfahrung hatte und *alles* wusste, aber …

Plötzlich begriff Rozie, was die Queen meinte und warum sie es unmöglich laut hatte aussprechen können. Und warum das Ganze eine Probe war, wenn auch eine, auf die sie die Queen, das spürte sie, eigentlich nicht stellen wollte.

Es war alles ziemlich beängstigend, aber auch aufregend.

Sie loggte sich in eine Regierungsdatenbank mit Experten ein und machte sich auf die Suche nach einem bestimmten Mann, den sie zum Tee einladen würde.

Die Queen saß im Bett und verfasste ihren abendlichen Tagebucheintrag. Sie schrieb nie viel und ganz sicher nicht, was sie gerade dachte. Viele Historiker bekämen nur zu gerne in die Hände, was sie Tag für Tag pflichtgemäß aufschrieb und was eines Tages im Königlichen Archiv im Runden Turm landen würde, neben den Tagebüchern von Queen Victoria. Aber diese Historiker wären mit ziemlicher Sicherheit enttäuscht. Wer immer im zweiundzwanzigsten Jahrhundert diese Seiten lesen würde, hielt eine detaillierte Quelle zu Pferderennen in der Hand, Beobachtungen, was die Geistesarmut bestimmter Regierungschefs betraf, garniert mit einigen familiären Anekdoten. Ihre tieferen Überlegungen jedoch gingen nur sie und den lieben Gott etwas an.

Und der wusste, dass Wladimir Putin das Zeug hatte, einen die Wände hochzutreiben, dass er zweifellos ein grausamer Mensch war, aber nicht dumm. Man wurde nicht der reichste Mann der Welt, wie Gerüchte besagten, indem man unüberlegt Fehler beging. Und ganz sicher gehörte Putin nicht zu der Sorte Mensch, die die unausgesprochenen Regeln zwischen den herrschenden Klassen ignorierten, zu denen er sich dieser Tage so stolz zählte: Prinzen drangen nicht einfach in den persönlichen Bereich anderer Prinzen vor. Man mochte versuchen, sie auszuspionieren, sicher, wenn es möglich war. Man mochte versuchen, Verhandlungen oder Wahlen seiner Feinde zu unterminieren und zu stören. Aber man verging sich nicht an anderen Majestäten oder stürzte ihre Schlösser ins Chaos. Wenn doch, dann – wer wusste? – konnte das Gleiche eines Tages im eigenen Haus passieren. Selbst Diktatoren verstanden das.

Technokratenköpfe an der Spitze vom MI5, wie es schien, nicht.

Die Queen hatte sich nicht die Mühe gemacht und Mr Humphreys zu korrigieren versucht. Er schien sich seiner so sicher und kaum interessiert an ihrer Meinung, obwohl sie den russischen Präsidenten doch persönlich kennengelernt hatte und, rein zeitlich betrachtet, seit langen Jahren schon neben ihm regierte.

Hunde. Sie wussten Bescheid. Wie Candy heute Morgen. Die Corgis hatten Mr Putin vom ersten Moment an gehasst und versucht, ihm bei seinem Staatsbesuch in die Waden zu beißen. Selbst der Blindenhund eines Ministers hatte gebellt, wie sie sich erinnerte. Hunde haben gute natürliche Instinkte. Aber Putin benutzte sie zu seinem Vorteil. So wusste er, dass Angela Merkel Angst vor Hunden hatte. Lag das daran, dass sie in Ostdeutschland aufgewachsen war, fragte sich die Queen, wo Hunde womöglich eher zu Wachhunden ausgebildet worden waren, als dass sie als Haustiere gehalten wurden? Das wissend, hatte Putin die deutsche Kanzlerin mit zwei aggressiven Schäferhunden empfangen, als sie zu ihm in den Kreml kam. Die Ärmste. Es zeigte, was für ein Kleingeist dieser Mann war. Die Queen stimmte nicht immer mit Merkels Politik überein, aber sie mochte sie. Merkel war es gelungen, sich über Jahre an der Spitze einer der großen Demokratien dieser Welt zu halten. Sie war eine Frau in einer Männerwelt, was gerade zu Anfang ihrer Karriere schwer gewesen sein musste – aber eine Männerwelt war die Politik noch immer. Man musste sich nur die Fotos von den Treffen der Staatsoberhäupter ansehen: Da stand sie häufig allein zwischen lauter Krawattenknoten. Die Queen wusste sehr gut, wie sich das anfühlte – obwohl sie mit der deutschen Bundeskanzlerin sicher nicht deren doch etwas teutonisches Modebewusstsein teilte.

Der Queen wurde bewusst, dass sie seit etwa zehn Minuten nichts mehr in ihr Tagebuch geschrieben hatte, und versuchte den Satz weiterzuführen, der noch unvollendet vor ihr auf dem Papier stand. Aber schon schweiften ihre Gedanken wieder ab.

Putin war genau der Mann, der versuchen würde, eine Frau wie Merkel in eine für sie unbehagliche Situation zu bringen. Er war ein Rüpel, ein ehemaliger KGB-Offizier mit einer ungesunden Schwäche für Macht und Kontrolle. Wie und was für Hunde er sich hielt, sowie deren Anhänglichkeit an ihn, besagte alles. Was aber noch längst *nicht* bedeutete, dass er einen jungen im Ausland lebenden Russen auf ihrem Terrain töten würde. Was so unnötig wäre.

Laut Humphreys hatte dieser kalte, berechnende Mann einen Schläfer in ihren Haushalt geschleust, *nur für den Fall*, dass einer seiner Feinde sie besuchte – ein sehr junger, in Brodskys Fall –, um dann das Ausmaß seiner Macht demonstrieren zu können. Und als der Moment gekommen war, hatte dieser Schläfer, der schon seit Jahren im Schloss gelebt und gewartet hatte, auf verrückt komplizierte Weise versucht, einen Selbstmord zu suggerieren, dabei aber versäumt, den einfachsten aller Knoten zu überprüfen. Und warum überhaupt einen Selbstmord, oder Unfall, suggerieren, wenn es doch um den Beweis von Macht ging? Sollte die Polizei herausfinden, dass es doch ein Mord war? Da hätte es elegantere Möglichkeiten gegeben, als diese ganze schmutzige Geschichte so tollpatschig verbockt erscheinen zu lassen. Wenn da schon ein Verräter in ihrer Mitte sein sollte, dann doch bitte einer, der halbwegs kompetent war. Oh, das Ganze war unaussprechlich lächerlich.

Und doch: »Es wäre nicht das erste Mal …«

Nun, wäre es nicht. Und auch das damals war auf den ersten Blick unmöglich gewesen.

Anthony Blunt war der oberste Verantwortliche für ihre Gemälde gewesen, er hatte bereits für ihren Vater gearbeitet. Was für ein gebildeter, kultivierter Mann, ganz zu Hause bei Hofe. Professor in Cambridge, Mitarbeiter vom MI5, Kunsthistoriker und Fachmann für den sizilianischen Barock, der ihrem Onkel Edward einiges an Peinlichkeit erspart hatte, indem er etliche seiner Briefe aus den letzten Phasen des Krieges gesichert hatte.

Aber er war, wie er später gestand, auch ein überzeugter Kommunist und Sowjetagent, und er und seine Freunde hatten Menschen, die ihr lieb waren, unerhörten Schaden zugefügt. Dennoch war er noch Jahre, nachdem sie darüber ins Bild gesetzt worden war, im Palast geblieben, damit man der Schande und Blamage entging, zugeben zu müssen, wie weit er es hatte bringen können – bis Margaret Thatcher die Katze aus dem Sack ließ und Blunt gehen musste. Einiges von dem, was er getan hatte, schien er zu bereuen, aber da konnte man nicht sicher sein.

Sie konnte nicht so tun, als wären alle ihre Bediensteten über jede Kritik erhaben. Es hatte sogar einmal ein Stück gegeben, aus dem die BBC einen Film gemacht hatte, in dem sie als selbstgefällige, eingebildete alte Schachtel porträtiert worden war. Was keineswegs eine der Sternstunden der Krone gewesen war.

Gavin Humphreys' Worte hatten unangenehme Erinnerungen ausgelöst und Selbstzweifel in ihr wach werden lassen, was sie nicht besonders mochte. Und sie genoss es auch nicht unbedingt, sich auf Rozie Oshodi verlassen zu müssen, da das Mädchen doch noch so neu und jung war. Aber man tat, was man zu tun hatte. Und hoffte, angenehm überrascht zu werden.

Sie schrieb noch einen Absatz über etwas völlig anderes in ihr Tagebuch und sank langsam, unter Schwierigkeiten, in den Schlaf.

TEIL ZWEI

DER LETZTE TANZ

KAPITEL 7

Was steht morgen auf dem Plan?«

Rozie sah von ihrer Tastatur zu Sir Simon auf, der den Kopf durch die Tür steckte. Sie versuchte, jeden Hinweis auf Nervosität aus ihrer Stimme zu halten.

»Nachmittags, meinen Sie?«

»Ja. Die Chefin sollte nach dem Mittagessen ihre Cousine in Great Park besuchen. Das ist seit Wochen ausgemacht.«

»Ich weiß. Aber unglücklicherweise ist Lady Hepburns Bruder kürzlich gestorben, und die Queen möchte sie sehen. Als die Einladung zum Tee kam, bat sie mich, sie anzunehmen.«

»Wann?«

»Gestern.«

»Das haben Sie mir nicht gesagt.«

»Es schien nicht wichtig.«

Sir Simon seufzte. Im großen Zusammenhang der Dinge war es nicht wichtig, doch er war ein Kontrollfreak und gerade deshalb so gut in seinem Job. Ja, er versuchte loszulassen und Aufgaben zu delegieren, und wenn du deinen Untergebenen nicht vertrautest, wo kämest du dann hin? Trotzdem, da störte ihn etwas.

»Wie hat Ihre Majestät davon erfahren? Von der Einladung, meine ich. Ich habe nichts gesehen.«

Rozie zögerte eine halbe Sekunde. Sir Simon sah jede E-Mail, jede Anruferliste, jedwede Art von Nachricht. Und wenn nicht, konnte er nachträglich noch alles checken. Wahrscheinlich würde er sich nicht die Mühe machen, aber wenn doch?

»Lady Caroline hat mir von Lady Hepburns Bruder erzählt.« Sie improvisierte, fuhr auf Gehör. Sir Simon war kein enger Freund der Hofdame. Sie musste einfach beten, dass er nicht bei ihr nachfragte. Wobei Rozie tatsächlich gleich in der Frühe kurz mit Lady Caroline über Lady Hepburn geredet hatte, aber es war andersherum gewesen: Rozie hatte sie angesprochen, nachdem ihr aufgefallen war, dass beide in Henley wohnten, nicht weit voneinander entfernt. War es vermessen anzunehmen, dass reiche, adlige Nachbarinnen miteinander bekannt waren? – nein, wie sich herausstellte, waren die beiden befreundet.

»Er ist vor ein paar Wochen gestorben, oder? Ein Herzinfarkt in Kenia.« Sir Simon wusste wirklich alles.

»Ja. Lady Caroline sagte, Lady Hepburn sei immer noch recht mitgenommen.« Hatte sie nicht. »Und als ich das der Queen gegenüber erwähnte, bat sie mich, Lady Hepburn ihr aufrichtiges Beileid zu übermitteln, und die lud Ihre Majestät daraufhin zum Tee ein, was sie annahm.«

War das überhaupt möglich? Gab es so etwas? Rozie hielt den Atem an. Ihr Herz schlug so heftig in ihrer Brust, dass sie sicher war, Sir Simon könnte es unter ihrem Kleid sehen.

Sir Simon legte die Stirn in Falten. Das war höchst ungewöhnlich. Die Queen besuchte Fiona Hepburn gerne, aber nicht aus einer Laune heraus. Die Chefin war keine launenhafte Person. Wie außergewöhnlich. Wie merkwürdig. Vielleicht ein Zeichen ihres fortschreitenden Alters? Doch sicher keine Demenz? Nein, das war unsinnig. Aber was Rozie da sagte, war …

Er starrte sie einen Moment lang an. Sie erfand da doch nicht etwas? Aber warum sollte sie? Er nahm sich vor, die Queen zu fragen, ob sie diesen Beileidsbesuch tatsächlich machen wollte, und kehrte an seinen Schreibtisch zurück.

Etwa eine Stunde später hatte sich Rozies Herz beruhigt. Sie wusste nicht, ob sie stolz auf sich sein sollte oder zutiefst beschämt. Sie hatte ihren direkten Vorgesetzten belogen, was die Worte und das Verhalten zweier Ladys und der Monarchin betraf. Auf der Damentoilette von allem abgeschirmt, schickte sie ihrer Schwester per Snapchat ein paar glotzäugige Grimassen. Fliss würde keine Ahnung haben, was das sollte. Aber es half.

Das Wochenende gestaltete sich schwierig. Die Queen bekam die ersten Reaktionen zu spüren, die Humphreys' Einschätzung im Schloss auslöste.

Das Mädchen, das ihr Tee und Kekse ans Bett brachte, hatte dies am Morgen mit einem zweifelnden Blick getan und sich dabei auf die Lippe gebissen. Das ließ auf ein großes Unbehagen und das Bedürfnis nach Beruhigung schließen. Hätte die Queen es nicht besser gewusst, hätte sie eine Frage gestellt und ein Gespräch ermöglicht. Für gewöhnlich ließen sich Probleme schnell beheben, wenn man sie frühzeitig anging. Nur wusste sie heute nicht, was sie zur Beruhigung sagen sollte.

In ähnlicher Weise schenkte ihr der Diener später im Frühstücksraum ihren Darjeeling mit einem etwas mürrischen Blick ein. Sie kannte den Mann seit Jahren (Sandy Robertson hatte in Balmoral klein angefangen, Witwer mit zwei Kindern, eines studierte in Edinburgh Astrophysik) und konnte leicht die unausgesprochene Frage in seinen Augen erkennen: *Sie haben mich befragt. Und nicht nur mich. Wir sind alle besorgt. Was geht hier vor, Ma'am?*

Der Blick, mit dem sie seinen erwiderte, war ebenso leicht zu entschlüsseln: *Es tut mir leid. Es liegt nicht in meinen Händen. Ich kann nichts tun.* Er nickte traurig, als hätten sie tatsächlich miteinander gesprochen, und bewegte sich im Übrigen mit seiner gewohnt ruhigen Sachlichkeit. Sie wusste, er würde seinen Kollegen und Kolleginnen berichten, und es würde keine gute Nachricht sein. Etwas war faul im Staate Dänemark, und selbst die Chefin konnte nicht garantieren, dass es sich bald schon klären würde.

Den ganzen Tag über spürte sie den Schatten aus Angst und Unsicherheit, der sich über das Schloss gelegt hatte. Sie und ihr Haushalt folgten einem Kodex absoluter Loyalität, in beiden Richtungen. Niemand ihrer Angestellten plapperte herum oder verkaufte Geschichten an die *Sun* oder die *Daily Mail,* forderte oder erwartete die übertriebenen Gehälter, die Leute wie Peyrowski zahlten, stellte unverfrorene Fragen oder erlaubte irgendwelchen (unvermeidlichen) Streitigkeiten untereinander (mitunter auch persönlichen Belangen), den problemlosen Ablauf des Betriebs zu stören – wenigstens nicht oft. Im Gegenzug respektierte und schützte die Chefin ihre Angestellten, schätzte die Opfer, die sie erbrachten, und belohnte lebenslange Dienste mit Orden und anderen Ehren, die weit mehr galten als Gold.

Ausländische Würdenträger, Präsidenten und gekrönte Häupter bewunderten die Akribie und Aufmerksamkeit auch noch für das kleinste Detail, mit denen diese Männer und Frauen jeden Aspekt ihrer Besuche bedachten. Sogar die eigene Familie war darauf neidisch, und immer wieder gab es Versuche, die herausragenden Stars abzuwerben, gelegentlich mit Erfolg. Ob in Balmoral oder Buckingham Palace, Windsor oder Sandringham, die Hunderte zählende Armee der Bediensteten war *Teil* der Familie. Diese Männer und Frauen hatten die Queen durch neunzig komplizierte Jahre begleitet, hatten sie von den Wellen der Unzufriedenheit abgeschirmt, die ihre Untertanen manchmal zu zeigen beliebten, und unermüdlich daran gearbeitet, einen tatsächlich sehr schweren Job immer wieder mühelos erscheinen zu lassen. Das alles fußte auf gegenseitigem Vertrauen, und jetzt unterminierte der Geheimdienst das alles, mit einer tückischen Befragung nach der anderen.

Trotzdem, die Frage blieb: *Hatte* ein Mitglied ihres Haushalts Brodsky getötet? Und wenn, warum? Bis sie das beantworten konnte, musste sie Humphreys seine Untersuchung auf seine Weise fortführen lassen.

Am Sonntagnachmittag dann war die Queen froh, die düstere Atmosphäre verlassen und Lady Hepburns Einladung zum Tee in Dunsden Place annehmen zu können, einem kleinen Besitz ein paar Meilen westlich in Henley-on-Thames. Die beiden waren seit Jahrzehnten befreundet, zu Zeiten von Fionas stürmischer Ehe in den Fünfzigern und Sechzigern schon, dann auch in Siebzigern, als Fiona als Single am Arm begehrter Junggesellen um die Welt gereist war, und schließlich während ihrer zweiten, ruhigeren Ehe mit Lord Hepburn in den Achtzigern, nach der sie jetzt ein eher gemächliches Witwenleben führte.

Fiona war gute zehn Jahre jünger als die Queen, aber dieser Tage waren Freunde im eigenen Alter selten wie weiße Raben – ganz sicher die, die noch bei Verstand waren –, und es war ein Segen, mit jemandem reden zu können, der den Krieg noch miterlebt hatte und die Werte teilte, die das Land durch die schweren Zeiten gebracht hatten.

Fiona war eine Gärtnerin. Ihr Haus, im eleganten Queen-Anne-Stil mit ein wenig jakobinischem Schnickschnack auf der einen und einem eher unglücklichen viktorianischen Anbau auf der anderen Seite, war leicht renovierungsbedürftig, der Garten jedoch entzückend. Fiona führte sie durchs Haus und sah mit ihrem hoch auf dem Kopf zu einem Knoten gebundenen weißblonden Haar und der weiten Hose, an der nur hier und da etwas Erde zu erahnen war, hübsch aus wie immer.

Es war ein windiges Aprilwochenende, und riesige Töpfe mit Narzissen leuchteten gelb und cremefarben vor dem Buchsbaumgrün und den wunderbar in Form geschnittenen Eiben, durch die hier und da der Fluss sichtbar war. Die meisten Leute hätten den Tag für zu kühl gehalten, um draußen zu sitzen, aber Fiona kannte ihren Gast und hatte hausgemachte Scones und preisgekrönte Himbeermarmelade auf die Terrasse bestellt, von der man über den Garten sah. Dazu gab es dicke Kaschmirdecken für die Knie und reichlich heißen Tee.

Der Fahrer der Queen wartete in der Küche, und ihre Schutztruppe passte sich außer Hörweite in den Hintergrund ein und lehnte alle Erfrischungsangebote ab. Die einzigen weiteren Personen draußen waren Fiona selbst, Rozie Oshodi und ein bärtiger Mann in seinen Vierzigern mit Tweedanzug und Krawatte, der bereits an dem großen Tisch aus Teakholz saß, als sie herauskamen. Er erhob sich von seinem Stuhl, sobald er sie sah.

»Ich habe Henry Evans eingeladen«, sagte Fiona aufgeräumt, als wäre es ihre Idee gewesen. »Ich glaube, Sie kennen einander.«

Mr Evans verbeugte sich. Als er sich wieder aufrichtete und lächelte, erinnerte sich die Queen mit einem Mal wieder an seinen freundlichen, jungenhaften Ausdruck, und wie charmant und unschuldig er wirkte, so speziell sein Fachgebiet auch sein mochte. »Das tun wir tatsächlich. Einen guten Tag. Wie schön, Sie zu sehen.«

»Und Sie, Eure Majestät.«

»Ich hoffe, es hat Ihnen nicht zu große Umstände bereitet, herzufahren.«

»Im Gegenteil. Was für ein Vergnügen. Besonders, hier nach Henley zu kommen. Sie haben ein wunderschönes Haus, Lady Hepburn.«

»Oh, Henry, Sie Charmeur.« Fiona schmunzelte. »Nehmen Sie ein Scone.«

Sie schwatzten höflich vor sich hin, während Rozie an einem Nebentisch saß und so tat, als wäre sie in ihre Unterlagen vertieft. Es beeindruckte sie, dass Henry Evans so angeregt von seiner Herfahrt aus Sandhurst erzählen konnte, wo er an der Royal Academy lehrte, ohne auch nur die leichteste Unruhe in Bezug auf den Grund zu zeigen, aus dem er herbestellt worden war. Rozie hatte ihm am Telefon nicht viel erklären können und nur erwähnt, wie sehr sie seine Vorträge genossen hatte, als sie ihre Beamtenausbildung dort absolviert hatte. Aber das hatte mit dem Treffen heute nichts zu tun, und so schenkte sie ihm nur ein kurzes Lächeln und hielt sich abseits.

Nach einer Weile entschuldigte sich Lady Hepburn, sie müsse nach einer Frau aus dem Dorf sehen, die in der Küche aushelfe. Damit waren die beiden für sich.

»Nun, Henry, was ich Sie fragen wollte«, sagte die Queen fast ohne Pause.

»Ja?«

»Die verdächtigen Todesfälle von Russen auf britischem Territorium. Sie haben sich eine Weile damit beschäftigt, richtig?«

»Über Jahrzehnte, Ma'am.«

»Es gibt einen Bericht von Ihnen, den ich im letzten Jahr bekommen habe. Ich erinnere mich, wie Sie mit dem Minister im Buckingham Palace waren.«

»Genau.«

»Sie glauben, der russische Staat hat seine Feinde hier auf britischer Erde ungestraft ermordet?«

»Nicht direkt der russische Staat, Ma'am. Putin und seine Verbündeten. Ich weiß, er erweckt mittlerweile den Eindruck, der Staat zu sein. Es ist alles ein wenig undurchsichtig.«

»Standen auf der Liste auch Journalisten?«

»Nur Markow, der für die BBC gearbeitet hat. Ein bulgarischer Autor und Dissident. Markow wurde '78 mit einer aus einem Schirm abgefeuerten Rizin-Kugel getötet. Das war natürlich noch vor Putins Zeit. Aber es schuf einen Präzedenzfall.«

Die Queen nickte. »Auf der Waterloo Bridge, ich erinnere mich.«

»Genau, Ma'am. Es war fast zu sehr le Carré, um wahr zu sein.«

Sie nickte. Die Leute nahmen alle an, sie lese nicht, Gott allein wusste, warum. Dabei las sie in einem Monat mehr Papiere als die meisten Menschen in ihrem ganzen Leben – und sie mochte gute Spionagegeschichten. Henry Evans verstand sie besser als irgendeiner ihrer Minister.

»Wie viele Tote hat es seitdem gegeben?«

»Auf britischem Boden? Fünf oder sechs. Der erste war Litwinenko, 2006. Ein ehemaliger FSB-Agent, der mit Polonium 210 vergiftet wurde. Eine schreckliche Geschichte.«

»Ziemlich. Und doch wurde niemand verhaftet oder angeklagt, für keinen der Morde.«

»Nein, Ma'am«, bestätigte Evans. »Nicht seit dem Agenten, dessen Auslieferung wir wegen Litwinenkos Vergiftung gefordert haben.«

»Die Amerikaner erklären meinem Botschafter immer wieder, wie wütend sie deswegen auf uns sind.«

Er lächelte ein wenig schief. »Sie können uns gerne die Beweise liefern.«

Es kam zu einer Pause, in der er einen Schluck Tee nahm. Rozie fiel auf, wie natürlich die Queen ihm nachschenkte. Sie war eine bemerkenswert pragmatische Person für eine Frau, die buchstäblich Hunderte Bedienstete hatte, auf die sie zurückgreifen konnte, ganz zu schweigen von ihrer Army. (Wie Rozie aus Erfahrung wusste, schwor die britische Army *ihr* die Treue, nicht der Regierung, und meinte es ernst damit.)

Nach einem weiteren wärmenden Schluck fuhr er fort: »Putin agiert mittlerweile sehr effizient. Seit dem Ausrutscher mit Litwinenko – das war reine Nachlässigkeit – wurden alle nachfolgenden Morde äußerst professionell durchgeführt. Und da ist immer noch das Fragezeichen zu Boris Berezowskis Tod. Ob es Mord oder Selbstmord war.«

»Was denken Sie?«

»Oh, eindeutig ein Mord. Die Farbe des Gesichts, die gebrochene Rippe, die Form des Würgemals … Aber man kann natürlich, wie es ja geschieht, argumentieren, dass er in einem von innen abgeschlossenen Badezimmer gefunden wurde und depressiv war. Der Fall Berezowski ist schwierig. Er war einer der prominentesten Putin-Kritiker, der reichste, bis Abramowitschs Klage ihn in den Bankrott trieb. Ein Mann, der sich ganz offensichtlich in Putins Fadenkreuz befand. Ich kann nur sagen, wer immer seinen Selbstmord in Szene gesetzt hat, wenn es denn so war, hat es verdammt gut gemacht. Und die anderen Morde waren Moskau noch schwerer nachzuweisen.«

»Erzählen Sie.«

»Nun, Perepilichny ist vor vier Jahren beim Joggen an einem Herzinfarkt gestorben. Man hat Spuren von Gift in seinem Körper gefunden, aber keinen Hinweis darauf, wie es in ihn hineingelangt ist. Gorbuntsow wurde im selben Jahr Opfer eines Anschlags in Mayfair. Er hat es überlebt, aber sein Attentäter konnte entkommen. Scott Young – er hatte Verbindungen zu Berezowski – litt unter Depressionen, als er aus dem Fenster fiel. Es ist nicht so, dass wir keinen Verdacht auf eine russische Beteiligung hegen, aber wir wollen keinen diplomatischen Krieg ohne unanfechtbare Beweise anzetteln.«

»Verständlich. Und sie sind alle bei sich zu Hause oder an öffentlichen Orten umgekommen?«

»Ja.« Er schien überrascht, dass sie ihn das fragte.

»Und alle hatten hochkarätige Verbindungen zu Leuten in Moskau? Ich denke, so stand es in Ihrem Bericht.«

»Absolut. Es gab Probleme wegen Geld, oder weil sie aus dem Nähkästchen geplaudert hatten. Da lag die Bedrohung für Moskau.«

»Sagen Sie, was halten Sie von der Vorstellung, dass jemand umgebracht wird, nur um damit eine Botschaft zu senden.«

»Was für eine Botschaft?«

»Um zu zeigen, dass man dazu in der Lage ist. Jemand, der eigentlich gar nicht so wichtig ist. Nur eben der falsche Mann am falschen Ort. Sozusagen.«

Henry Evans überlegte. Er sah zu den metallgrauen Wolken hinauf, deren Umrisse sich den Eiben unten anzupassen schienen, überdachte die Ergebnisse jahrzehntelanger Untersuchungen zu verdächtigen Todesfällen hinter dem Eisernen Vorhang und später hier im eigenen Land. Schon als Schüler in Manchester, kurz vor seiner Hochschulreife, hatte er sich dafür interessiert.

»Das ist nicht Putins Stil«, sagte er schließlich. »Mir würde da kein Beispiel einfallen. Denken Sie an einen besonderen Fall?«

Die Queen überhörte seine Frage. »Stellen Sie sich vor, die ändern die Taktik. Dass es nicht mehr darum geht, *wen*, sondern *wo*.«

Evans' Stirn legte sich in Falten. »Das verstehe ich nicht.«

Die Queen versuchte Gavin Humphreys' Ansatz so objektiv wie nur möglich darzulegen. »Sie haben mit Gift gearbeitet, richtig? Manchmal mit seltenem, radioaktivem Gift, als wollten sie klarmachen, dass sie dahinterstecken, auch wenn sie nicht dafür zur Verantwortung gezogen werden können.«

»Ja, aber das waren Racheakte. An bestimmten Personen für ganz bestimmte Handlungen, und um andere Personen zu warnen, nicht das Gleiche zu tun. Ich sehe nicht, wie das gehen sollte, wenn es nur auf den *Ort* ankommt.« Der Gedankengang der Queen wollte ihm immer noch nicht recht einleuchten.

»Was, wenn der Ort sehr … speziell wäre? Ausgesucht, um zu zeigen, wie dreist sie sein können? Wenn sie wollen.«

»Es ist nur … ich …« Evans verstummte. Er war frustriert. Er wollte seiner Souveränin helfen, ihrem Gedankengang folgen und ihr zustimmen, wenn es irgend ging. Er hatte sie nie etwas vorbringen hören, was in anderer Gesellschaft schlicht als »Blödsinn« abgetan worden wäre, und so war er sehr überrascht. Wer hatte je von einem Auftragsmord gehört, bei dem es um den *Ort* ging? Was redete sie da?

»Sie sagten, Litwinenkos Ermordung war nachlässig«, fügte die Queen hinzu. »Agenten verhalten sich also nicht immer so professionell, wie sie sollten. Geraten diese Leute manchmal in Panik? Ist Ihnen das schon begegnet?«

Wieder starrte er sie an und versuchte, nicht unhöflich zu sein. »Panik, Ma'am?«

»Ja. Auch der Fall Berezowski. Sie sagten, da gebe es Unstimmigkeiten mit dem Würgemal.«

»Nun, offenbar hatte es die falsche Form, rund, keine V-Form, wie man es beim Aufhängen erwarten würde. Aber wer immer es getan hat, *wenn* die es waren, hat es geschafft, die Badezimmertür von innen abzuschließen, was nicht unbedingt nach Panik riecht …«

»Und Litwinenko?«

»Da war auch keine Panik im Spiel, würde ich sagen, Ma'am. Sie haben den Mann im Salon eines Hotels vergiftet, völlig kaltblütig, und sind dann verschwunden.« Er zuckte mit den Schultern. »Zur Nachlässigkeit kam es vorher, als sie an einigen Orten radioaktive Spuren hinterlassen haben. Das heißt, sie waren wahrscheinlich nicht damit vertraut, wie leicht nachweisbar diese Dinge sind. Polonium gehört nicht direkt zum Standardarsenal …« Er begriff, dass er schon wieder gegen sie argumentierte, was kaum höflich war. Er hielt ein weiteres Mal inne, immer noch verwirrt.

»Danke«, sagte sie. Was ihn umso mehr verblüffte.

»Es tut mir leid, Ma'am. Ich glaube nicht, dass ich …«

»Sie haben mir sehr geholfen, Mr Evans.«

»Ich denke wirklich nicht …«

»Mehr als Sie denken. Darf ich Sie um etwas bitten …?«

»Aber sicher.«

»Nun, es war sehr schön, Sie wiederzusehen. Aber es geht um eine sehr heikle Sache, und ich wäre Ihnen äußerst dankbar, wenn Sie, falls Sie nach heute gefragt werden …«

Sie machte eine Pause, um die richtigen Worte zu finden, doch noch bevor sie weiterredete, antwortete er schon: »Da war nichts, Ma'am.«

»Danke.«

»Ich war nicht hier.«

»Sie sind sehr, sehr zuvorkommend.« Sie nickte und lächelte dankbar. Von ihrem Tisch aus sah Rozie, wie eine unausgesprochene Übereinkunft zwischen den beiden geschlossen wurde, die besagte, dass Henry nichts über sein Treffen mit der Queen sagen würde, ganz gleich, wer ihn danach fragte, selbst wenn es der Kommandant in Sandhurst wäre oder einer seiner Kontakte beim MI5 und MI6. Dieses Gespräch würde absolut privat bleiben.

Rozie fragte sich einen Moment lang, warum es so leicht für Henry Evans war, diesem stummen Pakt zuzustimmen, wo es für sie so viel komplizierter zu sein schien. Aber bei ihr *war* es auch komplizierter. Evans schuldete seiner Königin absolute Treue, und das war es. Der Mann, vor dem Rozie dieses Gespräch zu verbergen hatte, den sie, wenn nötig, belügen musste, war die rechte Hand der Queen – was ihre, Rozies, Verschwiegenheit so merkwürdig machte und ihr so ein Unbehagen verschaffte. Es war nicht so, dass die Queen Sir Simon nicht vertraute, da war sich Rozie sicher. Sie sah täglich, wie eng und warmherzig die seit so langer Zeit schon bestehende Beziehung der beiden war. Es war etwas anderes … Was? Sie wusste es nicht.

In diesem Moment erschien auch Lady Hepburn wieder, wie aufs Stichwort, als besäße sie telepathische Fähigkeiten. Sie brachte eine frische Kanne Tee und einen Walnusskuchen, den sie selbst am Morgen gebacken hatte. Das Gespräch wandte sich Kricket zu, und wie gut sich England in der Weltmeisterschaft schlug. Die Queen, die bisher schon ganz bei sich gewesen war, sah ihre Freundin an, als wäre ihr ein riesiges, unerwartetes Gewicht von den Schultern genommen worden. Sie strahlte geradezu.

»Würdet ihr gern meine Blumen sehen?«, schlug Fiona vor. »Ich habe ein paar wunderschöne Narzissen von Sarah Raven, die sich wirklich prächtig machen.«

Purdey und Patsy, ihre Golden Retriever schlossen sich ihnen an, als sie die Stufen in den Garten hinabstiegen. Henry, dessen Frau und dessen Mutter ebenfalls gerne gärtnerten, war überraschend interessiert, wie ein »Lasagne«-Garten funktionierte. Rozie, deren Mutter jede Balkontomate aus zehn Schritt Entfernung eingehen lassen konnte, war eher gelangweilt. Aber sie wurde schnell wieder wach, als sich Lady Hepburn mit einem plötzlichen Lächeln an die Queen wandte und das Thema wechselte.

»Wie ich höre, hattet ihr am Montag einen netten Abend.«

»Ja?« Die Queen wirkte überrascht.

»Caroline hat es mir erzählt. Wir haben wegen Bens Gedenkgottesdienst telefoniert. Ach, du meine Güte, das erinnert mich – aber ja, da war dieser junge Mann. Ich habe gehört … es war ein Herzinfarkt, oder? Tags darauf? Das hatte doch nichts mit eurer abendlichen Gesellschaft zu tun, hoffe ich? Er war doch kein Gast? Niemand Bekanntes?«

»Nein, nein«, sagte die Queen vorsichtig. Ihre Freundin versuchte nicht, sie auszuhorchen, höchstens, nach ihrem unbedachten Themenwechsel nicht ins Fettnäpfchen zu treten – in dem sie unglücklicherweise bereits stand. Wobei es absolut der Wahrheit entsprach, dass der junge Brodsky kein Gast gewesen war. Und zu behaupten, dass ihn jemand gekannt hätte, wäre ebenfalls nicht richtig gewesen. Nicht wirklich.

»Oh, Gott sei Dank. Es ist schrecklich, wie diese gesunden jungen Leute heutzutage völlig unerwartet dahinsterben. Aufgrund eines Herzfehlers, oder was es gewesen sein mag. Aber vielleicht war es schon immer so, und man hat nur nicht so viel darüber gehört. Caroline meinte auf jeden Fall, der Abend sei ein großer Erfolg gewesen. Mit reichlich toller Tanzerei nach dem Essen. Oh, ich tanze so gerne, du nicht auch? Ich kann mich gar nicht mehr an das letzte Mal erinnern, als richtig getanzt wurde. Und offenbar gab es einen gut aussehenden jungen Russen, der mit allen Ladys getanzt hat.«

»Ja, den gab es.«

»Auch mit dir?«

»In der Tat.«

»Oh, wie wundervoll! War er so gut, wie Caroline erzählt hat?«

»Nun …« Die Queen fragte sich, wie überschwänglich die Beschreibung ihrer Hofdame gewesen sein mochte.

»Ha! Ich sehe dir an, dass er es war. Und dann hat er diese andere Frau förmlich von den Beinen geholt.«

»Welche Frau?«, fragte die Queen. »Ich erinnere mich nur, dass er mit einer Ballerina getanzt hat.«

»Caroline sagte, er hat mit beiden getanzt. In Perfektion – wie jemand aus *Let's Dance*. Aber dann noch mit einer anderen Frau, einem Gast, und zwar völlig jenseitig. Vielleicht hattest du dich da schon verabschiedet. Sie sagte, es war nicht einfach nur der Tanz, ein Tango, sondern was zwischen den beiden entstand. Wie aufgeladen.« Lady Hepburn verdrehte die Hände und spreizte die Finger. »Fast schon zu persönlich, um zuzusehen. Wie die Fonteyn und Nurejew.«

»Oh, das bezweifle ich!«, spottete die Queen.

»Nun, fast. Caroline hat vielleicht nicht von Nurejew gesprochen, wenn ich's mir recht überlege, aber so stelle ich es mir gerne vor.«

»Deine Fantasie erstaunt mich immer wieder, Fiona. Sieh, wie die Ohrläppchen des armen Mr Evans glühen.«

Verlegen versuchte Henry es abzustreiten. Vergeblich.

»Meine Fantasie ist das Einzige, was mich dieser Tage den Kopf hochhalten lässt. Und der Garten. Und Besuche von reizenden Akademikern. Versprechen Sie, wieder herzukommen, Henry. Sie sind immer willkommen.«

»Vielen Dank, Lady Hepburn.«

»Wir müssen gehen.«

Die Worte der Queen waren an Rozie gerichtet, die einen Blick auf ihre Uhr warf und sah, dass seit ihrer Ankunft genau sechzig Minuten verstrichen waren. Sie hatte ihre Chefin kein einziges Mal ihre Uhr konsultieren sehen. Ihre Pünktlichkeit war legendär.

»Ich gebe dem Chauffeur Bescheid, Ma'am«, sagte sie, und schon waren sie auf dem Weg nach Hause. Die Queen saß aufrecht hinten im Bentley, die Hände im Schoß, die Lider zu einem effizienten Kurzschlaf geschlossen.

KAPITEL 8

Sir Simon war bester Laune, als er am Morgen mit den abgewetzten roten Schachteln hereinkam, in denen sich die tägliche Regierungskorrespondenz für die Queen befand.

»Es wird Sie freuen zu hören, dass sie heute oder morgen mit den Befragungen des Personals fertig werden, Eure Majestät«, sagte er und stellte die Schachteln auf ihren Schreibtisch.

»Das ist ausgezeichnet. Ändern sie ihre Ermittlungsstrategie?«

»Nein, Ma'am, ganz und gar nicht. Offenbar haben sie zwei Mitglieder der Belegschaft mit überraschenden Verbindungen nach Russland ausgemacht, die an dem Tag im Schloss übernachtet haben. In gewisser Weise ist es ein Glück, dass das alles passiert ist – ich weiß, für den armen Brodsky ist es natürlich tragisch. Aber wer kann sagen, was sie sonst irgendwann hätten anrichten können.«

»Oje. Wer sind sie?«

Sir Simon zog eine kleine Mappe unter dem linken Arm hervor und sah in seine Notizen.

»Alexander Robertson, Ihr Page, und ein Archivar namens Adam Dorsey-Jones. Beide gehören zum Stamm von Buckingham Palace, aber Sandy Robertson ist natürlich zum Easter Court mit Ihnen hier. Adam Dorsey-Jones war im Runden Turm, weil er in der Bibliothek zu tun hatte. Er arbeitet daran, die georgianischen Unterlagen zu digitalisieren. Ich glaube, er ist jetzt seit fünf Jahren bei uns. Ich kann das nachprüfen, wenn Sie mögen.«

»Ja, bitte.«

»Ma'am.« Er machte sich blitzschnell eine Notiz und fuhr fort. »Sie sind beide von ihren Pflichten entbunden und beurlaubt worden, während die Polizei ihre Alibis prüft und die Box weitere Hintergrundinformationen sammelt. Es gibt nur noch ein paar Leute, die sie befragen wollen, nur um auf der sicheren Seite zu sein, aber Mr Humphreys ist ziemlich sicher, dass sie ihren Mann gefunden haben.«

»Nicht Sandy!«, rief sie aufgebracht. »Sie kennen ihn doch, Simon. Sein Vater war Jäger in Balmoral. Die Robertsons waren schon bei uns, da war Andrew noch ein kleiner Junge.«

»Ja, Ma'am. Aber genau das könnte ihn zu einem idealen Anwerbekandidaten machen. Offenbar war seine Frau lange sehr krank. Die Behandlungskosten.«

»Was ist mit dem National Health Service?«

»Vielleicht war sie zur Behandlung im Ausland? Ich weiß es nicht. Mehr stand nicht in dem Bericht, den Humphreys mir gezeigt hat. Es ist alles noch sehr früh. Und Adam Dorsey-Jones …«, er warf einen weiteren Blick in seine Notizen, »hat Geschichte und Russisch studiert, und seine Lebenspartnerin handelt mit russischer Kunst.«

»Verstehe.«

»Er ist in letzter Minute noch hergekommen, um nach einigen Briefen zu sehen, und die Überlegung ist, dass er hergeschickt wurde, als sie herausfanden, dass Brodsky beim Peyrowski-Dinner dabei sein würde.«

»*Sie*, das sind seine russischen Führungsoffiziere?«

»Ja, Ma'am.«

»Sagten Sie, dass Mr Dorsey-Jones vor fünf Jahren zu uns gestoßen ist?«

»So ist es.«

»Fünf Jahre«, überlegte sie. »Simon, halten Sie es nicht für merkwürdig, dass ein junger Musiker mit einer unbekannten Website zum Ziel eines so aufwendig inszenierten Anschlags wird?«

Sir Simon überdachte ihre Frage einen Moment lang, bevor er antwortete.

»Das liegt über meiner Besoldungsstufe. Die Box weiß, was sie tut. Wir haben die weltbesten Experten in Sachen russischer Staatsführung.«

»Ja, aber zieht Humphreys diese Experten auch *zurate?*«

»Da bin ich sicher. Ma'am. Wenn wir es mit einem Schläfer zu tun haben, wird er alles tun, um ihn zu finden.«

Er gab sich Mühe, seine Souveränin zu beruhigen, obwohl er ihren Widerstand spürte. Es war nur verständlich: Sie fühlte sich ihren Mitarbeitern verbunden. Es musste ein Schock für sie sein, sich bewusst zu werden, dass es ein feindlicher Attentäter in ihre nächste Umgebung schaffen konnte – wobei, was Wunder? Das hatte es oft schon gegeben. Sir Simon war ein begeisterter Historiker, und er hätte aus dem Stegreif zwei Dutzend Verräter nennen können, die es über die Zeiten zum Höfling gebracht hatten. Die Queen fühlte sich sicher, weil sie Leute wie ihn hatte, die ihr dienten und sie beschützten. Er dachte nicht zum ersten Mal, wie zerbrechlich sie doch war, wie feines Porzellan. Mit Freuden gäbe er sein Leben, um sie zu retten. Gavin Humphreys ebenfalls, da war er sicher.

Ganz Feuer und Flamme, hoffte er auf eine Pfütze, über die er ihr seinen Mantel breiten konnte (tat es auch ein Savile-Row-Jackett?), und verbrachte weitere fünf Minuten damit, ihr die entstehenden Pläne für genauere Sicherheitsüberprüfungen bei zukünftigen Einstellungen zu erläutern, allerdings spürte er, dass die Queen nicht wirklich zuhörte. Sie schien weniger beruhigt als grüblerisch.

»Können Sie Rozie schicken, um die Papiere wieder abzuholen?«, fragte sie. »Es wird nicht lange dauern.«

»Ich kann auch selbst kommen und …«

»Ich bin sicher, Sie haben zu tun, Simon. Rozie reicht völlig.«

»Ma'am.«

Endlich wieder allein, sah die Queen aus dem Fenster zu einem landenden Flugzeug hinaus, das an dem wässrig blauen Himmel entlangzog. Sie war wütend und frustriert, und vor ein paar Jahrzehnten hätte sie womöglich laut über ihre Hilflosigkeit lamentiert. Heute nicht mehr. Man lernte seine Lektionen. Man konnte nicht immer das Richtige tun, doch man konnte es wenigstens versuchen.

Rozie gewöhnte sich nach und nach an das Gefühl, wie ihr das Herz in der Brust pochte. Es wurde dunkel. Sie starrte durch den Regen, der gegen die Scheiben ihres Minis schlug, hielt nach einem Schild nach Kingsclere Ausschau und betete, dass sie nicht gerade den größten Fehler ihres Lebens machte.

Sie hatte Sir Simon gesagt, dass ihre Mutter, ebenfalls wieder zurück in London, aus dem Bett gefallen sei und sich die Hüfte gebrochen habe. Mit größter Güte und Liebenswürdigkeit hatte er darauf gesagt, sie solle zu ihr ins Krankenhaus fahren, tun, was nötig sei, und auch nicht einen Moment daran denken, gleich wieder zurückzukommen. Was im königlichen Zusammenhang bedeutete, dass sie etwa vierundzwanzig Stunden hatte.

In Wirklichkeit war ihre Mutter aber immer noch in Lagos und besuchte, fit wie ein Turnschuh und bester Dinge, das weitschweifige Netz von Tanten und Onkeln. Ein Teil von Rozie fragte sich, ob Sir Simon womöglich die Fluggastlisten der letzten Tage durchsehen würde, um das zu überprüfen. Dann schalt sie sich dafür, so paranoid zu sein. Sir Simon war eine Seele von Mensch und in vieler Hinsicht der ideale Vorgesetzte. Es war nicht sein Fehler, dass sie ständig Geschichten erfand, um ihn zu hintergehen. Aber genug war genug: Sie wollte wenigstens wissen, *warum* sie es tat.

Heute Morgen hatte die Queen sie gebeten, ein paar weitere Erkundigungen zum Abend mit dem tragischen Tod Brodskys einzuziehen. Morgen hatte sie drei Gespräche in London, und nichts davon durfte sie Sir Simon gegenüber erwähnen.

Ihre Gedanken überschlugen sich. Die Chefin hatte etwas vor. Diese Art Aufgaben sollte Profis überlassen werden, nicht einer jungen Ex-Bankerin mit drei Jahren Erfahrung in der Royal Horse Artillery. Der Queen standen der gesamte MI5 und die Metropolitan Police zur Verfügung. Und der Premierminister. Oder, falls sie sich nicht so weit hinausbegeben wollte, Sir Simon selbst. Ihr Stallmeister.

Warum also ich?

Und dann hatte sie sich an einen wie nebenhin gesagten Satz ihrer Vorgängerin bei der Übergabe vor ein paar Monaten erinnert. Katie Briggs war fünf Jahre die stellvertretende Privatsekretärin der Queen gewesen, bevor sie wegen psychischer Probleme ausschied, über die nie wirklich gesprochen wurde. Rozie bewunderte, wie Katies Privatsphäre gewahrt worden war und dass Sir Simon und die Queen nur gutherzige Worte für sie hatten, wenn sie über sie sprachen. Die Queen hatte ihr ganz im Stillen eine Bleibe auf dem Gelände von Sandringham verschafft, damit sie sich während ihrer Genesung nicht auch noch darum sorgen musste, wo sie wohnen konnte. Am Tag der Übergabe, als sie kurz einmal allein waren, hatte Katie gesagt: »Irgendwann wird die Chefin Sie um etwas Merkwürdiges bitten. Ich meine, *jeder* einzelne Tag wird merkwürdig sein, aber daran gewöhnt man sich. Einer dann wird super merkwürdig. Sie werden es sehen.«

»Wie? Was?«

»Sie werden es sehen. Vertrauen Sie mir. Und wenn es so

weit ist, gehen Sie zu Aileen Jaggard, meiner Vorgängerin. Sie steht im Adressbuch. Sie hat es mir erklärt und wird es auch Ihnen erklären.«

»Das verstehe ich nicht. Können Sie es mir nicht …?«

»Nein, es muss von ihr ausgehen – von der Chefin, meine ich. Wenn es so weit ist, machen Sie Aileen ausfindig, und fahren Sie zu ihr hin. Sagen Sie einfach: ›Es ist passiert‹, und sie weiß Bescheid.«

In dem Moment war Sir Simon gekommen, um sie zum Essen zu holen, und Katie hatte so getan, als erklärte sie ihr gerade das Terminsystem. Um was immer es ging, Sir Simon war nicht Teil davon.

Der Regen wurde stärker und trommelte auf die Haube des Autos. Weiter vorn fingen Rozies Scheinwerfer kurz das Schild ein, das sie suchte. Das Navi des Mini schwor blind, dass es dort keine Abzweigung gab, die Gabelung bewies jedoch anderes. Rozie bog auf eine schmalere, unbeleuchtete Straße, die eine leichte Steigung hinaufführte, bis die Häuser des Dorfes Kingsclere in den Blick kamen. Aileens Cottage lag ein Stück die Hauptstraße hinunter, in Sichtweite eines gedrungenen steinernen Kirchturms. Rozie parkte gegenüber von der Kirche und war überrascht, als sie die paar Meter zurückging, dass es die Adresse einer Kunstgalerie war. Sie linste durch Netzgardinen hinter alten georgianischen Fenstern und konnte ein paar moderne Gemälde an hellweißen Wänden ausmachen. Sie klingelte und wartete.

»Ah, Sie sind da.«

Die Frau, die ihr die Tür öffnete, war groß, sehr schlank und sah weit jünger als einundsechzig aus, was sie laut ihrer Wikipedia-Seite sein sollte. Sie hatte ihr mit hellen Strähnen durchsetztes Haar mit zwei Stäbchen hochgesteckt und trug eine Art Yogahose aus Kaschmir und darüber ein weites T-Shirt. Sie war barfuß. Ungeschminkt.

»Ich hoffe, ich störe Sie nicht«, sagte Rozie und war sich bewusst, dass sie es sicher tat.

»Nein, es ist schön, Sie zu sehen. Kommen Sie herein und trinken Sie ein Glas Wein mit mir. Nach der Fahrerei können Sie das brauchen. Sie sind also die Neue. Lassen Sie sich ansehen.«

Rozie stand im engen Eingangsflur, während die ältere Frau einen Moment innehielt, still in sich hineinlächelte und ihr kurzes, scharf konturiertes Haar betrachtete, die makellosen Augenbrauen, das sorgfältige Make-up und den athletischen Körper. Dazu den Bleistiftrock, das eng taillierte Jackett und die hochhackigen Schuhe.

»Seit meiner Zeit hat sich einiges geändert«, sagte sie und lächelte immer noch.

»Zum Besseren?«, erwiderte Rozie mit mehr als nur einer leichten Herausforderung in der Stimme. Sie war ziemlich weit durch Regen und Dunkelheit gefahren, und das Letzte, was sie jetzt brauchte, war eine Portion versnobter Rassismus – den es, um ehrlich zu sein, im Haushalt nicht gab. Die Klatschpresse hatte ein paar Artikel über die »markante neue Assistentin« der Queen gebracht und dabei ausdrücklich auf ihr »exotisches Aussehen« verwiesen. Sie war es durchaus gewohnt, in den königlichen Schlössern hier und da einer überrascht gehobenen Braue zu begegnen und übertrieben höflich behandelt zu werden, aber noch hatte niemand ihre Erscheinung kommentiert, nur Sir Simon hatte einmal darauf hingewiesen, dass sie in ihrem engen Rock Schwierigkeiten haben könnte, schnell genug zu gehen. (Was nicht der Fall war.) Aileen sprach ihr Aussehen als Erste offen an.

»Eindeutig zum Besseren«, sagte die ältere Frau. »Kommen Sie mit nach oben. Vorsicht mit den Absätzen auf der Treppe, bleiben Sie nicht im Kokosläufer hängen. Ich wohne über dem Geschäft. Komisch, das hat die Queen früher auch immer gesagt. Nun, da wären wir.«

Sie standen in einem lang gestreckten, spärlich beleuchteten Raum mit weißem und cremefarbenem Mobiliar, und an den Wänden hingen ähnliche Bilder wie unten. Im Fernseher lief eine Netflix-Serie, aber der Ton war abgestellt. Ohne zu fragen, ging Aileen in eine kleine Kochecke, schüttete etwa ein Drittel einer Flasche Rotwein in ein riesiges Glas und gab es Rozie.

»Wie ich sagte, haben sich die Dinge verändert. Was auch verdammt Zeit wurde, wenn Sie mich fragen. Aber wie finden Sie es?«

»Bis jetzt gut. Toll, ehrlich gesagt. Aber plötzlich wird es kompliziert, und laut Katie Briggs soll ich Ihnen sagen: ›Es ist passiert.‹«

Aileens Brauen schossen in die Höhe. »Erzählen Sie. Alles.« Sie zeigte in eine Ecke mit einem weichen, cremefarbenen Sofa, setzte sich im Schneidersitz davor und hielt jetzt auch ein Glas Wein in der Hand.

»Ich bin nicht sicher, wie viel ich sagen darf.«

»Hören Sie, ich bin vor einer wahren Ewigkeit in den königlichen Haushalt gekommen«, sagte Aileen, »und habe den Job mehr als zehn Jahre gemacht. Es gibt nichts, was in einer ihrer Residenzen geschehen ist, von dem ich nichts wüsste. Keinen Skandal, keine Scheidung oder sonst eine Katastrophe. Und ich kenne auch die anderen Geschichten. Die, die sie Simon nicht erzählt. Sie sitzt an einem Fall, oder?«

»Sie … was?«

Aileen grinste. Sie machte eine Geste zu einem Seitentisch hin, auf dem Schüsseln mit Doritos und Guacamole lockten. Rozie wurde mit einem Mal bewusst, wie hungrig sie war. »Bedienen Sie sich. Sie sind hergekommen, weil Sie ein paar Nachforschungen anstellen sollen, richtig?«

Rozie hatte den Mund bereits voller köstlicher Doritos und nickte.

»Sie wissen irgendwie, dass Sie niemandem etwas davon sagen sollen, aber es fühlt sich fürchterlich falsch an?«

Wieder nickte Rozie.

»Geht es um den toten jungen Mann in Windsor Castle?«

Rozie schluckte. »Wie kommen Sie darauf?«

»Ich hatte gehofft, dass es nicht so wäre«, sagte Aileen und nahm einen Schluck Merlot. »Ich habe eine sehr knappe Nachricht über einen Herzanfall gelesen und gehofft, dass es nicht mehr wäre. Aber dann riefen Sie gestern an ...«

»Es war kein natürlicher Tod.«

»Verdammt! In Windsor!«

»Warum ist gerade Windsor so schlimm?«

»Weil sie da am liebsten ist. Wie kommt die Polizei voran?«

»Sie scheinen nicht viel zu tun. Es ist der MI5, das ... Hören Sie, sind Sie *sicher*, dass wir darüber reden können?«

Aileen sah Rozie verständnisvoll an und zuckte mit den Schultern. »Sie haben mich angerufen. Wir werden nicht abgehört, und Katie hat Sie gewarnt, dass etwas Merkwürdiges geschehen würde. Richtig?«

»Ja.«

»So ist es gekommen, und jetzt sind Sie hier. Sie müssen sich entscheiden, ob Sie mir trauen wollen – wobei, vergessen Sie nicht, ich war Sie. Wenn wir uns nicht vertrauen können, wer dann wem?«

Genau das hatte Rozie sich auch schon überlegt, und so unterdrückte sie die Panik, die das Geheimhaltungsgesetz in ihr auslöste, und holte tief Luft. »Der Direktor vom MI5 glaubt, Putin hat die Ermordung befohlen, doch die Queen denkt in eine ganze andere Richtung. Das Opfer hat die Gäste eines Abendessens unterhalten, und sie möchte, dass ich mit ein oder zweien von ihnen spreche.«

»Und die Box?«

»Sie verdächtigen Mitglieder des Haushalts. Sie glauben, es gibt einen Schläfer.«

»Oh, mein Gott. Das wird sie *nicht* mögen.«

»Ich denke, da haben Sie recht.«

»Und lassen Sie mich raten: Simon hat keine Probleme damit.«

»So scheint es zu sein, ja. Ich meine, es ist ein Albtraum, die Befragungen mit allen zu organisieren, die Atmosphäre ist schrecklich, und das ist unangenehm, aber er tut es.«

»Natürlich«, sagte Aileen mit einer gewissen Endgültigkeit.

Rozie war verwirrt. »Ich meine, ja, warum würde er es nicht tun?«

Aileen starrte eine Weile in ihr Glas. »Ich weiß es nicht genau. Aber ich weiß, wenn die Chefin denkt, die Ermittlungen gehen in die falsche Richtung, tun sie es wahrscheinlich auch. Hat sie es überprüft?«

»Äh … nun, ja, das hat sie.« Endlich ergab das Treffen mit Henry Evans wirklich Sinn. »Sie hat sich mit einem Mann getroffen, der sich über Jahre mit dem Thema beschäftigt hat«, erklärte Rozie. »Der Tote in Windsor scheint absolut nicht ins Muster zu passen. Er war weder bekannt noch gut vernetzt, wie es die Opfer außerhalb von Russland für gewöhnlich sind. Zudem wurde er nicht bei sich zu Hause ermordet, und die Tat wurde nachlässig ausgeführt. Die Queen schien zu wissen, dass die Einzelheiten nicht passen.«

Aileen lachte.

»Yeah. Sie vertraut nicht einfach auf ihren Instinkt, sie vertraut Experten. Und sie ist perfekt darin, die richtigen auszusuchen. Das wären Sie auch, oder, nach etwa siebzig Jahren?«

»Ich nehme es an«, sagte Rozie. »Fünfundsechzig. Offiziell.«

»Oh, das macht sie schon weit länger.«

»Wie meinen Sie das?«

Ein hintergründiges Lächeln schlich sich auf Aileens Gesicht. Sie schloss kurz die Augen und ließ die Schultern kreisen. Dann stellte sie ihr Glas ab und sah Rozie fest in die Augen. »Die Queen löst geheimnisvolle Fälle. Beim ersten war sie offenbar gerade mal zwölf, dreizehn. Sie ganz allein hat ihn gelöst. Sie sieht Dinge, die andere nicht sehen, oft weil alle *sie* anstarren. Sie weiß so viel. Sie hat einen Adlerblick, eine Nase für Unsinn und ein fabelhaftes Gedächtnis. Ihre Leute sollten ihr mehr vertrauen. Männer wie Sir Simon, meine ich.«

»Aber er vertraut ihr vollkommen!«

»Nein, das tut er nicht. Er denkt, er tut es, aber er denkt auch, dass er alles am besten weiß. All ihre Privatsekretäre haben das getan. Immer. Sie denken, sie sind brillant, was sie, um fair zu sein, gewöhnlich auch sind. Und natürlich sind die anderen Männer in ihren Clubs ebenfalls brillant, die Köpfe der großen Organisationen, die in Oxford und Cambridge waren – alle zusammen sind sie fürchterlich brillant, und sie, die Queen, sollte einfach brav dasitzen und dankbar sein.«

Rozie musste laut lachen. Sie mochte Sir Simon sehr, doch das beschrieb ihn genau. »Okay«, stimmte sie zu.

»Sie sollten *ihr* trauen. Doch das tun sie nicht. Sie ist eine der mächtigsten Frauen der Welt, angeblich, muss ihr ganzes verdammtes Leben aber diesen Männern zuhören, die ihr *nicht* zuhören. Das macht sie verrückt. Ich meine, sie ist damit aufgewachsen. In den Dreißigern, als sie noch ein Mädchen war, da war die männliche Vorherrschaft normal. Gott, ich wette, auch Sie haben damit noch zu kämpfen, aber wenigstens wissen wir, dass es falsch ist. Sie musste selbst herausfinden, wie gut sie ist und was sie kann. Und ihr fallen Dinge auf. Sie erkennt, wenn etwas ›stinkt‹. Findet heraus, warum. Löst das Problem. Sie ist da eine Art Genie. Aber sie braucht Hilfe.«

Rozie biss nachdenklich in den letzten grün beladenen Dorito und sah bedauernd in die leere Schüssel. »Weibliche Hilfe«, sagte sie nachdenklich.

»Genau. Die Hilfe von jemandem, der nicht ständig versucht dazwischenzureden. Klug und unaufdringlich. Zuhörer. *Unsere* Hilfe. Oh, hören Sie, Sie haben ja immer noch Hunger. Lassen Sie mich die Pasta machen.«

Sie zogen in die Küchenecke um, und Rozie richtete einen kleinen Salat mit Tomaten aus den Dingen an, die ihre Gastgeberin vor sie hinstellte. Aileen selbst kochte Tagliatelle mit einer Sahnesoße mit geräuchertem Lachs, was so gut wie keine Zeit zu kosten schien.

»Haben Sie ihr oft geholfen?«, fragte Rozie, als sie sich schließlich an der Küchentheke gegenübersaßen, Aileen eine Kerze ansteckte und Wein nachschenkte.

»Ein paarmal. Gott sei Dank gibt es nicht täglich neue Fälle. Aber Mary – das war meine Vorgängerin damals in den Siebzigern –, die wusste ein Dutzend haarsträubende Geschichten über verloren gegangene Botschafter, gestohlenen Schmuck und weiß Gott, was noch alles, zu erzählen. Sie waren ein echtes Team, die beiden. Die Queen wird sie vermissen. Es muss komisch sein, wenn die eigenen Fünfziger vierzig Jahre hinter einem liegen, denken Sie nicht?«

Rozie zuckte mit den Schultern. Ihre Fünfziger lagen noch fast zwanzig Jahre vor ihr. Sie konnte sie sich kaum vorstellen, ganz zu schweigen vom Leben danach. Und dann ging ihr noch etwas anderes durch den Kopf. »Wie kommt es, wenn sie all diese Fälle gelöst hat, dass niemand davon spricht? Ich meine, nicht einmal im Schloss? Mit keiner Silbe.«

Ein breites Grinsen überzog Aileens Gesicht. »Genau. Das ist es. Das ist ihr Stil. Das ist das, was mir am besten gefällt. Sie bringt Sie auf Trab, lässt Sie wie verrückt herumrennen, Details herausfinden, wie ein Soldat auf der Lauer liegen, wenn nötig, und dann, wenn es zum großen Showdown kommt … gab's das alles nicht.«

»Wie meinen Sie das?«

»Das werden Sie sehen. Den Moment gilt es zu genießen.«

»Aber ich … Das verstehe ich nicht.«

»Sie werden es verstehen. Vertrauen Sie mir. Oh, ich beneide Sie ein wenig.« Aileen griff nach dem dünnen Stiel ihres Glases und hob es an, bis der Wein blutrot im Kerzenlicht leuchtete.

»Trinken wir auf die wahre Queen of Crime.«

»Gott schütze sie.«

KAPITEL 9

Die Queen betrachtete, was heute für sie an Kleidern herausgelegt worden war. Nach dem Mittagessen würde sie ihren bequemen Rock mit Bluse gegen ein himbeerfarbenes Wollkleid mit Diamantenbrosche eintauschen, da sie zu einer Sitzung des Kronrates musste. In Windsor gab es nicht nur frische Luft und Vergnügen.

Mit ihren Gedanken war sie jedoch in London, wo, wie sie dachte, die Antwort auf die Frage zu finden war, wer Maksim Brodsky umgebracht hatte. Wenn Henry Evans recht hatte, war sein Mord nicht aus dem Schloss heraus geplant worden, was dann doch gewiss hieß, dass es einer von jenen Leuten gewesen sein musste, mit denen er hergekommen war. Oder jemand, den er an dem Abend kennengelernt hatte. Fiona Hepburns Bemerkungen zu den späteren Tanzeinlagen hatten ihr zu denken gegeben. Hatte Brodsky diese Frau vielleicht schon gekannt? Hatten sie sich später noch getroffen? Das war eine interessante Idee, der sie auf den Grund gehen wollte.

Und was war mit Peyrowski? Er hatte Charles gegenüber durchaus darauf bestanden, Brodsky an dem Abend mitzubringen, obwohl es doch äußerst ungewöhnlich war, dass ein Gast so etwas vorschlug. Das hatte es eigentlich noch nie gegeben. Konnte es Zufall sein, dass gerade der fragliche Mann später tot aufgefunden wurde? In was für einem Verhältnis hatte Peyrowski zu ihm gestanden? Es gab so viel, was sie herausfinden musste – und sie hatte gehofft, dass Rozie ihr dabei helfen würde, diskret, doch dann hatte Sir Simon ihr gestern Abend noch eine Nachricht geschickt, dass ihre Sekretärin sich aus dringenden familiären Gründen einen Tag habe freinehmen müssen, weil es ihrer Mutter nicht gut gehe.

Es war so frustrierend! Was für ein unglücklicher Zeitpunkt. Aber es half nichts. Sie würde sehen, was die junge Frau für sie tun konnte, wenn sie zurück war.

Um halb neun Uhr morgens, eine Woche nachdem der Tote aufgefunden worden war, parkte Rozie ihren Wagen in der Ladebucht vor einer kleinen Ladenzeile nicht weit von Ladbroke Grove. Normalerweise dächte sie nicht im Traum daran, ihren Mini hier abzustellen und förmlich um einen Strafzettel zu betteln, aber sie hatte nicht die Zeit, um nach einem regulären Parkplatz zu suchen. Und das hier war ihr Terrain, hier war sie aufgewachsen, kannte jede kleine Nebenstraße und wusste, hier an einem Dienstagmorgen einen Parkplatz zu finden war etwa so wahrscheinlich wie eine Einladung zum Abendessen in Windsor.

Mit einem schnellen Blick in den Rückspiegel versicherte sie sich, dass das Kopftuch, das sie sich gegen den Regen umgebunden hatte, perfekt saß, stieg aus und rannte hinüber zum Costa-Coffee-Shop, wo ihr Cousin Michael an einem Tisch auf sie wartete. Er sah sie gleich und grinste.

»Hi, mein Mädchen! Hab dich lange nicht gesehen. Super rausgeputzt.«

Sie lächelte ein wenig verlegen, als sie sich an seinen Tisch setzte. »Hast du es?«

»Natürlich.« Er holte ein kleines, billiges Plastiktelefon aus seinem Rucksack und gab es ihr. »Freigeschaltet und aufgeladen. Sind fünfzig Pfund drauf. Dazu die fünfzig, die es gekostet hat.« Er sah zu, wie sie das Telefon schnell in ihrer Handtasche verschwinden ließ. »Ich nehme an, es lohnt nicht zu fragen, wofür du es brauchst. Ein nettes, wohlerzogenes Mädchen wie Rosemary Grace Oshodi? Ehemaliges Mitglied der Streitkräfte Ihrer Majestät? Ehemalige Soundso einer Investmentbank für schicke Jungs? Dealst du nebenher?«

»Genau«, sagte sie, ohne eine Miene zu verziehen. »Die Queen lässt mich im Schlosspark von Windsor heimlich Tee verticken.«

»Ich glaub nicht, dass das der richtige Ausdruck dafür ist, Süße. Was für Programme kuckst du? Ich hab mir extra freigenommen für das hier.« Er sah sie ein wenig gequält an, zog sie aber nur auf, und Rozie wurde bewusst, wie sehr sie ihn vermisst hatte.

Es gab drei Kategorien von Cousins und Cousinen in Rozies Leben. Zu den entferntesten gehörten die in Nigeria und Amerika. Die frisch verheiratete Fran zum Beispiel, die ein Yogastudio in Lagos betrieb, während ihr Mann Femi etliche der Clubs managte, in denen Rozie und ihre Schwester Felicity auf ihrer Reise die Nächte durchtanzt hatten. Eine Stufe näher stand ihr die in Südlondon aufgewachsene Peckham-Truppe, wo auch sie und Fliss geboren waren. Und dann gab es noch Mikey und seinen Bruder Ralph.

Sie gehörten zum inneren Kreis und waren für Rozie wie Brüder. Ihre und deren Mum waren immer schon enge Freundinnen gewesen. Gemeinsam waren sie dann aus Peckham nach Kensington gezogen, als Tante Bea Onkel Geoff geheiratet hatte, was für die Familie eine Katastrophe gewesen war. Onkel Geoff war nicht in der Kirche, nicht in Peckham geboren und sprach kein Yoruba. Und er war weiß. Aber er war auch ein großer Künstler und Musiker und betete Tante Bea an, und als Rozies Mum die eigene junge Familie entwurzelte, um mit ihnen mitzuziehen, lernte Rozie, was Liebe und Treue bedeuteten. Gemeinsam mit Mikey und Ralph wuchs sie in den ärmlichen Straßen Notting Hills auf, und die beiden hatten immer ein Auge auf sie und Fliss und retteten Rozie ein-, zweimal, bevor ihre Fähigkeiten zur Selbstverteidigung mit ihrer verbalen Schlagfertigkeit mithalten konnten.

Mikey hatte ebenfalls eine neue Frisur, wie Rozie sah, drei scharfe Linien waren in das kurz geschorene Haar hineingeschnitten. Rozie war neidisch. In der Zeit vor der Army war sie dafür bekannt gewesen, ihr Haar oben golden einzufärben. Heute hatte es längst wieder seine natürliche Farbe, und sie vermisste die Dramatik – trotz ihres neuen Schnitts.

»Danke, dass du das für mich getan hast. Es tut gut, dich zu sehen.« Sie holte ihr Portemonnaie hervor und nahm fünf Zwanzigpfundscheine heraus, die sie in aller Frühe aus dem Geldautomaten beim Minimart in Kingsclere gezogen hatte. »Hier ist das Geld.«

»Danke.«

»Wie geht's mit der Arbeit?«, fragte sie und atmete etwas ruhiger.

»Großartig. Gestern habe ich vier Stunden in einem fensterlosen Raum gesessen und über Verkaufsziele geredet.«

»Autsch.«

»Als sie mich beförderten, dachte ich, jetzt gibt es reichlich kleine Kurzurlaube in schicken Hotels. Nicht vier Stunden PowerPoint in irgendeinem ranzigen Keller hinter der Earls Court Road. Und dann komme ich zurück in den Laden, und dieser Typ fragt mich nach einem internetfähigen Fernseher, den du an deinen Computer anschließen kannst, für Spiele und so. Eine halbe Stunde habe ich ihm alles erklärt, und dann nimmt er sein Smartphone und bestellt vor meinen Augen einen bei Amazon. Ich meine, während ich dabeistehe! Weil er da hundert Pfund billiger war. Super, Mann. Mach nur, missbrauch mich als wandelnde Auskunftei.«

»Das tut mir leid, Mikey.«

»Ist nicht dein Fehler. Ich wette, du gehst wenigstens raus, bevor du deinen Kram bei Jeff Bezos bestellst.«

»Ich …«

»War nur ein Spaß. Aber dafür hättest du mich nicht gebraucht.« Er deutete auf Rozies Tasche mit dem billigen Telefon. »Ich meine, jeder kann ein Prepaidhandy kaufen. Das hättest du dir auch selbst besorgen können.«

»Ich wollte nicht, dass man es zu mir zurückverfolgen kann.«

»Deshalb fragst du deinen Cousin? Der bei PC World arbeitet?«

»Ich hatte es eilig.« Rozie war sich klar, dass es ein Profi kaum so machen würde, aber wenigstens würde ein Anruf bei Michael auf ihrer Liste nicht weiter auffallen. »Du solltest dich geschmeichelt fühlen, dass ich dir vertraue.«

»Dir ein Wegwerfhandy zu besorgen?«

Er hob eine Braue und grinste. Rozie beschloss, dass es an der Zeit war, das Thema zu wechseln. Mikey studierte nebenher und hatte eine Freundin, die sie noch nicht kennengelernt hatte. Die beiden hatten nicht das Geld gehabt, zu Frans Hochzeit zu fliegen. Es gab so viel zu erzählen.

»Wie geht es …?«, fragte sie zögernd.

»Janette?«

Hieß so seine Freundin? Sie nickte.

»Sie ist cool. Immer beschäftigt. Du würdest sie mögen.«

»Da bin ich mir sicher.«

»Und Fliss?«, fragte er. »Ist sie okay? Wie steht's bei ihr in Deutschland?«

Rozie hatte Mühe, ihr Lächeln beizubehalten. Dass ihre Schwester nach Frankfurt gezogen war, schmerzte immer noch wie eine offene Wunde. »Bestens. Sie mag es da.«

Es stimmte. Fliss war Familientherapeutin. Im letzten Jahr hatte sie sich in einem ihrer Kurse in einen Deutschen verliebt, und was sie machte, war so gefragt, dass sie fast überall arbeiten konnte – obwohl ihre Sprachkenntnisse zunächst zu wünschen übrig gelassen hatten. Aber mittlerweile, sie kannte doch ihre Fliss, war das sicher kein Problem mehr.

Rozie musste daran denken, wie ihre Welt plötzlich durcheinandergewirbelt worden war, als Fliss ihr von ihrem Plan erzählt hatte. »Du hast doch deinen neuen Job«, hatte Fliss gesagt. »Deine noble Stellung. Da wirst du kaum merken, dass ich nicht mehr da bin.« Das war Weihnachten gewesen, zwei Monate nachdem Rozie im Schloss angefangen hatte. Das schlimmste Weihnachtsfest überhaupt … dachte sie. Und ihr fiel auf, dass Mikey noch nicht gefragt hatte, ob Rozie auch jemanden hatte. Wobei er ganz recht hatte: Dazu würde es nie kommen. Nicht in dem Job.

Mikey sah auf Rozies Hände, und ihr wurde bewusst, dass sie mit ihrem Autoschlüssel herumspielte.

»Ich hab auch einen von denen«, sagte er. »Fran hat ihn mir geschickt, um mich an ihre vollkommene Liebe zu erinnern.« Mit einem süßlichen Lächeln griff er in seine Tasche und zeigte Rozie den genau gleichen Schlüsselanhänger mit dem herzförmigen Porträt des glücklichen Paares an seinem großen Tag. Das erinnerte Rozie an ihren Mini. Sie verzog das Gesicht und stand auf.

»Sorry, aber ich muss los. Mein Auto steht im absoluten Halteverbot. Grüß Tante Bea von mir. Ich wünschte, ich könnte noch bleiben, aber …«

»Die Pflicht ruft«, beendete er ihren Satz mit einem nachgeahmten Upperclass-Akzent. »Für die Queen und das Land.«

Sie nickte. Mikey zog sie an sich und umarmte sie. »Klatsch mal mit Ihrer Majestät und dem Duke für mich ab.«

»Mach ich.«

Als sie wieder im Auto saß, fühlte es sich an, als wäre das Telefon in ihrer Tasche vorne vor dem Beifahrersitz eine scharfe Bombe.

Ein nicht zurückverfolgbares Handy! Gott noch mal! Wenn sie so weitermachte, konnte sie sich beim MI5 bewerben.

Sie hatte die Idee gestern spät noch mit Aileen besprochen, und wie die »Helferinnen« es früher geschafft hatten, nicht von ihren Sir Simons erwischt zu werden. Damals war es offenbar einfacher gewesen. In den verschiedenen Schlössern waren Räume mit Telefonen gewesen, die sich unbeobachtet benutzen ließen. Ohne dass jemand sicher sagen konnte, wer welchen Anruf getätigt hatte. Das war heute anders. Smartphones waren toll, aber die Bequemlichkeit, die sie boten, wurde mit elektronischer Zurückverfolgbarkeit bezahlt.

Bis jetzt hatte Rozie alle ihre Anrufe mit dem Bürohandy gemacht, doch das traute sie sich nicht mehr. Sollte man sie befragen, würde sie immer noch ausreichend Erklärungen dafür finden, aber mehr wäre definitiv verdächtig. Und die Chefin würde sie keinesfalls mit in die Sache hineinziehen. Sie würde den Kopf für sie hinhalten, und wer sähe für den MI5 dann wie ein Schläfer aus?

Sie steuerte gekonnt durch die vertrauten Straßen, vorbei an Baustellen, protzigen neuen Wohnblöcken und alten, die schick neu ummantelt waren, und überlegte, wen sie vor ihrer ersten Verabredung noch anrufen und wem sie eine Nachricht schicken musste. Das war nicht der Job, den ihr Sir Simon an jenem glorreichen Tag in Buckingham Palace so huldvoll erklärt hatte. Sie mochte mit Mikey ja Witze darüber machen, dass sie mit Gras dealte – aber genauso fühlte es sich an. Ihr ganzes Leben hatte Rozie versucht, das Richtige zu tun und Gefahren aus dem Weg zu gehen. Und jetzt … benutzte sie ihre Familie, um dem Geheimdienst einen Schritt voraus zu sein.

Kein Wunder, dass die Queen sie an dem Tag, als sie auf Henry Evans zu sprechen gekommen war, so merkwürdig angesehen hatte. Sie hatte gewusst, dass das alles zu einer Situation wie dieser führen würde.

Westbourne Grove lag nicht weit von Ladbroke Grove entfernt, allerdings hätte sie sich nie vorstellen können, Mikey dort zu treffen. Da schmückten die Coffeeshops ihre Mid-Century-Stühle mit Schaffellen, der einzige Secondhandladen weit und breit hing voller Designerkleidern, und die Kundinnen der schicken Boutiquen lunchten und lebten in den benachbarten pastellfarbenen, viele Millionen Pfund teuren Häusern. Die Zahl der schwarzen und braunen Gesichter unter den weißen nahm von Straße zu Straße mehr ab. Aus der Perspektive war es ein bisschen so, als wäre sie zurück bei der Arbeit.

Endlich fand Rozie einen Parkplatz, einen richtigen diesmal, und sah auf die Uhr. Sie hatte noch zehn Minuten, rieb sich die Hände mit Sheabutter ein und sah in ihr mit einem leuchtend bunten Stoff überzogenes Notizbuch, das sie als Souvenir bei einem Einkaufsbummel mit Fran und Fliss in Lagos gekauft hatte.

Nach ein paar Seiten mit schlechten Gedichten, um zufällige Leser abzuschrecken, hatte sie alle Informationen zum Fall Brodsky zusammengestellt, ganz im alten Stil mit Bleistift auf den vorgezogenen Linien, um keine digitalen Spuren zu hinterlassen. Glücklicherweise hatte Sir Simon im Büro keine solchen Bedenken, und alle Namen, Adressen und Telefonnummern der am fraglichen Abend ins Schloss eingeladenen Personen waren in einer elektronischen Tabelle aufgelistet, die der Master des Haushalts der Polizei zur Verfügung gestellt hatte. Rozie hatte das Dokument gestern Morgen aufgerufen und sich alles Nötige notiert. Jetzt rief sie eine der beiden Nummern an (gestern hatte niemand geantwortet) und sprach mit einem jungen Mann, der sich bereit erklärte, sie später am Nachmittag zu treffen. Das würde ihr viertes Gespräch heute werden. Dann war es Zeit, Meredith Gostelow in ihrer Wohnung in Chepstow Villas aufzusuchen.

Die Frau, die sie oben auf der Treppe erwartete, wirkte nervös und zerfahren. Sie trug ein smaragdgrünes bodenlanges Gewand, unter dem übergroße Retro-Turnschuhe zu sehen waren. Wilde Haarsträhnen ragten unter einem extravaganten roten Headband hervor, und ihr ganzes Make-up bestand aus einem darauf abgestimmten roten Lippenstift. Unter den müden blauen Augen, auf denen noch Spuren der Wimperntusche vom Vortag zu erkennen waren, zeichneten sich dunkle Ringe ab. Die Frau bat Rozie herein, mied dabei aber ihren Blick.

»Kommen Sie, hier entlang. Ich habe nicht … ich habe nicht verstanden, was Sie wollen.«

Sie führte sie einen schwarz-weiß gefliesten Flur hinunter in eine kleine, unaufgeräumte Küche, aus der man auf einen schattigen Garten hinaussah.

»Tee?«

»Gerne. Was immer Sie haben.«

Meredith nahm zwei gepunktete große Tassen aus einem Regal, fischte ein paar Teebeutel aus einer alten eingedellten Blechdose und schüttete Wasser aus einem Kessel darüber. Milch kam aus einem Kühlschrank, der den Geruch nach etwas lange Abgelaufenem ausströmte. Rozie bereitete sich innerlich auf ihre Fragen vor und war in keiner Weise überrascht, als sie spürte, wie sich etwas an ihrer Wade rieb und eine schildpatt gemusterte Katze mit trägen grünen Augen zu ihr aufblickte. Natürlich hatte diese verrückte Alte Katzen.

Die Architektin nahm eine der Tassen und ging zurück in den Flur. Rozie nahm die andere, ging hinter ihr her und sah gerade noch, wie das smaragdgrüne Gewand durch eine Tür verschwand. Sie folgte ihr und … blieb staunend stehen.

Der Raum war lang und breit, die Fenster wurden von

üppigen rosa Seidenvorhängen umrahmt. Die Wände waren in einem zarten Porzellanblau gehalten, das jedoch fast komplett von einem Patchwork aus Gemälden, Lithografien und Textilien in nicht zueinander passenden Rahmen, einem riesigen alten Spiegel und deckenhohen, makellos bestückten Bücherregalen verdeckt wurde. Das Mobiliar war einfach und geometrisch und eindeutig teuer. Auf ein paar Konsoltischchen standen kleine Jade- und Bronzefiguren. Die Wirkung war atemberaubend, was mit der indirekten Beleuchtung zu tun hatte, dem kunstvollen Einsatz von Farbe, der Art, wie der Blick immer wieder von anderen Details angezogen wurde, und der sicheren, perfekten Ausführung des Ganzen.

Meredith Gostelow waren Küchen einfach egal, begriff Rozie. Oder Tee. Sie mochte Gesellschaftsräume und hatte eine besondere Gabe für deren Gestaltung.

»Entschuldigen Sie das Durcheinander«, sagte sie, nahm ein Taschenbuch von einem Sofa – das einzige Objekt, das nicht an seinem Platz war – und ließ sich zwischen den bequemen Kissen nieder. Die Schildpattkatze sprang neben sie. Rozie setzte sich auf das Sofa gegenüber und stellte den Tee auf den Tisch zwischen ihnen, ein Kunstwerk aus Bronze und Glas.

»Das hatte ich nicht erwartet«, gab sie zu.

»Oh? Was denn sonst?«

»Ich kann es nicht genau sagen. Ich kenne sonst keine Architekten. Etwas Weißes, Minimalistisches?«

Meredith seufzte. »Das tun sie alle. Als hörte die Architektur mit Norman Foster auf. Das ist alles so langweilig. Wie wäre es mit *maximalistisch?* Widerstreitenden Kulturen, lebhaften Erinnerungen. Bringt das keine Freude? Das ist es, wofür mich meine Kunden bezahlen.« Aber Meredith Gostelow selbst sah ganz und gar nicht nach Freude aus. Eher trostlos.

»Arbeiten Sie im Moment an etwas?«, fragte Rozie.

»An verschiedenen Dingen. Wie immer. Mexiko … Sankt Petersburg … Sie haben Glück, dass ich noch im Lande bin. Um sieben muss ich nach Heathrow. Hören Sie, bringen wir es hinter uns, ja? Ich nehme an, Sie sind wegen Maksim hier. Gehören Sie zum MI5?«

»Definitiv nicht«, versicherte Rozie ihr überrascht. »Ganz im Gegenteil.«

»Sie sagten, Sie sind aus dem Privatbüro der Königin …«

»Ja.«

»Wer also hat Sie geschickt?«

Das war eine absolut berechtigte Frage, und Rozie begriff, dass man sie ihr wahrscheinlich noch öfter stellen würde – wenn sie das Glück besaß, auch morgen noch ihren Job zu haben. Sie brauchte eine clevere Antwort.

»Ihre Majestät.« Es gab keine clevere Antwort. Alles, was sie hatte, war die magische Aura ihrer Chefin.

»Große Güte.« Meredith setzte sich aufrechter hin. »Meinen Sie das ernst?«

»Ja.« Rozie sah, wie sich Merediths skeptischer Blick in Staunen verwandelte.

»Warum will sie mit *mir* sprechen?«

»Das kann ich so direkt nicht beantworten, aber ich kann Ihnen versichern, dass alles, was Sie mir sagen, absolut vertraulich ist. Sie möchte wissen, was Mr Brodsky nach der Feierlichkeit gemacht hat. Ich nehme an, so wie Sie miteinander getanzt haben, sind Sie ihm vielleicht etwas nähergekommen. Vielleicht hat er Ihnen etwas gesagt. Oder kannten Sie ihn bereits?«

Auf dem Gesicht der Architektin waren widerstreitende Gefühle zu erkennen. Eifer und Verlangen kämpften mit Skepsis und Vorsicht, doch schon wurde sie ruhiger. Sie entspannte sich und lehnte sich zurück.

»Nein, ich habe ihn vorher nicht gekannt. Wie ich schon

dem netten Polizisten sagte, der mich nach seinem Tod befragt hat: Wir haben Tango getanzt, das ist alles.«

»Aber es war nicht alles, oder?«, fragte Rozie sanft.

»Nein, war es nicht.«

Es kam zu einem kurzen Schweigen, und Rozie überlegte, wie sie fortfahren sollte. Sie dachte an Lady Hepburn.

»Ich nehme an, es war ein außergewöhnlicher Tango.«

»Danke.« Meredith schrieb ihn sich zu. »Ich habe schon als Mädchen in Argentinien Tango tanzen gelernt. Ja, ich fand ihn außergewöhnlich.«

»Sie wurden sehr bewundert.«

»Die Queen war allerdings nicht mehr da. Sie war bereits zu Bett gegangen.«

»Richtig«, sagte Rozie.

»Warum also will sie …? Warum ist es wichtig?«

»Ich kann nur sagen, dass es sehr wichtig ist. Sonst säße ich nicht hier.«

Meredith stand auf, ging hinüber zu einer der kunstbehängten Wände und trat dann ans Fenster, aus dem sie einen Kirschblütenblick hatte. »Habe ich Ihr Wort, dass es sonst niemand erfährt?«

»Haben Sie ihn umgebracht?« Rozie hatte das Gefühl, in ein anderes Universum eingetreten zu sein. Wie konnte solch ein Satz ernsthaft über ihre Lippen kommen?

»Nein, natürlich nicht!«, rief Meredith. »Das alles hat nichts mit seinem Tod zu tun. Machen Sie sich nicht lächerlich!«

»Dann haben Sie mein Wort. Niemand sonst wird es erfahren«, sagte Rozie und erlaubte dem nachfolgenden Schweigen, den Raum zu füllen.

Meredith stand einen Moment lang da, lichtumrahmt.

»Tanzen Sie, Miss …?«

»Oshodi.« Sie betonte es, wie sie es zu Hause taten: »Oh-schou-dieh.«

»Tanzen Sie, Miss Oshodi?«

»Ein wenig«, gab Rozie zu.

»Nun, ich tanze viel. Nicht oft, aber wenn, dann mit der ganzen Seele. Ich bin ins Ballett gegangen, von klein auf, habe sämtliche Prüfungen abgelegt. Ich wollte Ballerina werden, andererseits, wer tat das nicht? Ich bekam die da …«, Meredith deutete auf ihre Brüste, »und wurde zu groß – und, und, und … Wir haben alle unsere Entschuldigungen. Ich ging ins Ausland, reiste durch Südamerika, lernte einen Mann kennen …«

Rozie nickte, aber Meredith dachte offenbar, dass sie ihr nicht genug Aufmerksamkeit schenkte. Die Stimme der Architektin hallte nachdrücklich durch den Raum, und sie kam und ließ sich neben sie sinken.

»Er hat mir das Tangotanzen beigebracht. Und Miss Oshodi, ich bin sehr gut. Über die Jahre hatte ich vergessen, wie gut ich tatsächlich bin, mit verschiedenen Partnern, mit denen es nie gefunkt hat, nie die Dramatik gab, das Feuer gefehlt hat.« Meredith machte eine ausladende Geste, und Rozie konnte sie sich gut auf einer Bühne vorstellen, wie sie ein Publikum in ihren Bann zog. »Also habe ich es aufgegeben. Habe die Füße ruhig gehalten. Und dann Maksim. Natürlich war er *hinreißend* – alle müssen Ihnen das gesagt haben –, und er tanzte mit diesen schönen, jungen Wesen. Sie waren perfekt, nur *fühlten* sie den Tanz nicht, tief in ihrer *Seele*, gaben sich ihm nicht vollständig hin. Und ich weiß nicht, Maksim muss es in meinen Augen erkannt haben. Er forderte mich auf, in diesem purpurroten Salon, und ich sagte Nein. Wie konnte irgendwer auf diese Elfen folgen? Aber er gab einfach nicht nach, und jemand neben mir sagte etwas Ermunterndes, und das Nächste, woran ich mich erinnere, ist, dass er mich hielt und etwas zu dem Pianisten sagte, und wer immer das war, spielte *Jalousie*, absolut *brillant*, und wir tanzten.«

»Ich wünschte, ich wäre dabei gewesen.«

»Ich wünschte, ich nicht«, sagte Meredith mit rauer Stimme. Sie stand erneut auf und lief auf dem Teppich hin und her. »Dieser Tanz hat die Achtzehnjährige aus mir hervorgeholt und gleichzeitig etwas Altersloses aus Maksim. Es fühlte sich an, als lebte er schon tausend Jahre und nicht erst vierundzwanzig, oder wie alt er auch immer war. Verstehen Sie? Ich weiß nicht einmal, wie alt er war! Wir hatten beim Essen kein Wort gewechselt, und jetzt übernahmen unsere Körper das Gespräch. Und ja, wenn es heißt, Tanzen ist der vertikale Ausdruck eines horizontalen Verlangens …«

Rozie spürte, worauf das Gesagte hinauslief, und konnte es kaum glauben. Sie bemühte sich um einen neutralen Ausdruck. Sollte es möglich sein …?

»Sie kamen sich sehr nahe?«, sagte sie.

»Wir waren komplett ineinander verschlungen. Ein Tango ist etwas sehr Körperliches, gemeinsam und doch getrennt. Wenn er Sie an sich zieht … Es war klar, dass er mich wollte. Und natürlich wollte ich ihn. Ich meine … es ist absurd, oder? Ich sehe Ihnen an, dass Sie das denken.«

»Entschuldigen Sie, ich wollte nicht …«

»Eine siebenundfünfzigjährige Frau und ein Mann in seinen frühen Zwanzigern. Eine Frau wie ich.« Meredith sah abschätzig auf ihre Brüste und ihren Bauch. Rozie hatte Flair in dem smaragdgrünen Gewand und den Turnschuhen erkannt, Meredith aber sah da nur die gut zehn Kilo, die sie seit den Wechseljahren zugelegt hatte. Sie bewegte sich so viel langsamer, spürte immer öfter den einen oder anderen Schmerz und musste jeden Tag härter dafür arbeiten, sich nicht unsichtbar zu fühlen.

»Ich meine nur … Wie haben Sie das gemacht? Im Schloss?«, fragte Rozie.

»Mit ihm geschlafen?« Merediths Lächeln war gleichzeitig nüchtern und ein Triumph. »Haben Sie das schon mal erlebt, Miss Oshodi, dass Sie absolut mit jemandem zusammen sein müssen, obwohl es keinerlei Sinn ergibt und wahrscheinlich falsch ist? Aber nichts anderes zählt?«

Rozie schluckte.

»Sie kennen das. Ja, Sie kennen es! Nun, Maksim und ich, wir begriffen beide, da beim Tanzen, dass dieser Tango nur der Beginn war. Es war unausweichlich, völlig, völlig verrückt und das berauschendste Gefühl, das ich seit langen Jahren gehabt hatte. Er flüsterte schmutzige Dinge in mein Ohr, und als ich ebenso Schmutziges zurückflüsterte, lachte er. Er sah unser Alter nicht, meine … *diese* … es machte nichts. Er fragte, wo ich schliefe, und als ich ihm erklärte, wo die Gästesuiten waren, sagte er, er werde sich etwas einfallen lassen. Er sprach noch mit der fabelhaft schönen Peyrowskaja, die er offenbar ziemlich gut kannte, und ich sah, wie sie lächelte und ihm etwas zuflüsterte. Dann sagte er mir, er käme in einer Stunde zu mir. Ich solle auf ihn warten.«

»Hm, Sie sind also zurück in Ihr Zimmer und nicht in seins?«

»Ja, warum?«, sagte Meredith. Sie klang verwirrt und nicht besorgt, bei einer Lüge erwischt zu werden.

»Sie sind nicht auch in seinem Zimmer gewesen?«

»Nein, natürlich nicht! Meines war so viel schöner. Ich hatte diese herrliche Suite mit dem Regency-Mobiliar und er wahrscheinlich irgendwo einen Kaninchenbau. Was sollten wir da?«

»Entschuldigen Sie, dass ich Sie unterbrochen habe. Sie sind also in Ihr Zimmer gegangen.«

Meredith nickte. »Ich habe mich von allen verabschiedet und bin demonstrativ allein nach oben gegangen. Ich war sicher, das Gefühl würde nachlassen, sobald ich allein war, doch das tat es nicht. Es prickelte in mir. Ich, in Windsor

Castle, und jede einzelne Zelle meines Körpers war hellwach. Ich wollte lachen und lieben, die ganze Nacht. Ich fühlte mich …« Meredith hielt inne, um die richtigen Worte zu finden, und kurz stahl sich Leere zurück auf ihre Züge. »Ich war ganz ich selbst. *Les neiges d'antan*. Wie seit sehr langer Zeit nicht mehr.«

»Und er kam?«

Meredith warf Rozie einen Blick zu und verzog ihr Gesicht zu einem Lächeln. »Das könnte man wohl so sagen. Etwa eine halbe Stunde später klopfte er an meine Tür. Er hatte sich eine übrig gebliebene Flasche Champagner unter den Arm geklemmt. Wir tranken etwas davon, und wie Sie sagen …«

Rozie starrte auf den Stapel Kunstbücher auf dem Tisch vor sich. Sie konnte Meredith nicht in die Augen sehen. »Hm, hmm.«

Meredith lachte. »Er blieb etwa eine Stunde. Oder zwei – ich habe keine Ahnung. Und mehr werde ich Ihnen nicht sagen. Ich hoffe, das reicht. Irgendwann zwischendrin piepte sein Telefon. Eine SMS. Er rollte zur Seite, las sie und sagte widerwillig, dass er jetzt gehen müsse, und das tat er. Ich lächelte und erwiderte nichts. Ich war sicher, ich würde ihn wiedersehen. Nicht als ständigen Liebhaber, verstehen Sie mich nicht falsch, Miss Oshodi. Ich dachte nicht, dass es der Beginn einer wunderschönen Affäre wäre. Vielleicht einer Freundschaft. Aber das Nächste, was ich hörte, war, er ist tot, und alles war …«, die Trostlosigkeit war zurück, »vorbei.«

»Wissen Sie, was er noch gemacht hat, als Sie zurück in Ihr Zimmer gegangen sind?«

»Nicht genau. Aber er hatte sich umgezogen, wenn ich genau darüber nachdenke, und er hatte den Champagner dabei. Er trug einen Anzug. Ich dachte, wie schade, weil er in seinem Smoking so atemberaubend ausgesehen hatte. Aber dann, er hatte den Anzug nicht lange an.«

»Hatten Sie den Eindruck, dass er nach Ihnen noch jemanden treffen wollte?«

Meredith saugte eine Wange nach innen, während sie überlegte. »Nein, eigentlich nicht. Vielleicht. Er meinte nur: ›Erzähl niemandem was davon‹, aber er sagte es lachend, nicht, als schäme er sich. Er wollte nur, dass es unser Geheimnis war.«

»Danke, dass Sie so ehrlich sind.«

»Ich hätte es der Polizei sagen sollen, aber soweit ich weiß, waren das seine letzten Worte. Ich habe ihm zwar nicht ausdrücklich versprochen, niemandem etwas zu sagen, in Gedanken aber schon. Und ich halte meine Versprechen Toten gegenüber.«

Und doch hatte sie es jetzt erzählt. Es war die magische Aura der Queen, die ihr den Mund geöffnet hatte. Rozie spürte das Vertrauen, das Meredith ihr schenkte. Sie sah nicht recht, was ihre Geschichte zur Erklärung von Brodskys Tod beitragen sollte, aber vielleicht fiel der Chefin ja etwas auf, das ihr entgangen war. Rozie erhob sich und dankte der Architektin noch einmal.

»Ehrlich gesagt, haben Sie mir geholfen«, sagte Meredith. »Ich habe das alles nicht wirklich verstanden. Ich dachte, ich hätte etwas Schreckliches getan und würde dafür bestraft, aber jetzt, nachdem ich es laut ausgesprochen habe, nein, jetzt verstehe ich, es war einfach nur schön.«

Rozie lächelte. »Das freut mich.«

»Bis auf meine Blasenentzündung.«

Es kam zu einem kurzen Schweigen, während sich ihre Blicke trafen und Rozie versuchte, das Lachen unten in ihrer Kehle zu halten, aber es ging nicht. Und dann lachte auch Meredith, warf den Kopf in den Nacken und johlte förmlich.

Am Ende umarmten sie sich. Meredith geleitete ihren Gast den Flur hinunter. »Gott, wenn ich mir vorstelle, wie

Sie vor der Queen mein Sexleben ausbreiten«, sagte sie und öffnete die Tür.

»Ich werde es sanft tun«, versprach Rozie. »Nur die hervorstechenden Einzelheiten.«

»Tun Sie es mit Feuer, *con brio*«, widersprach ihr Meredith. »Lassen Sie mir Gerechtigkeit widerfahren. Und vergessen Sie den Tango nicht.«

KAPITEL 10

Das Ratstreffen war lang und öde. Die Kronräte selbst, mit Sorgfalt über die Jahre ausgesucht, waren eine vernünftige Truppe, deren Klugheit und Unterstützung sich in schwierigen Zeiten als unersetzlich erwiesen hatte. Die Queen war eine unbarmherzige Vorsitzende, leitete die Treffen im Stehen und mochte nicht, dass sie sich zu lange hinzogen, aber unglücklicherweise waren heute unzählige Dinge für ihre bevorstehende Geburtstagsfeier auf die Tagesordnung geraten. Eigentlich wünschte sie sich nur einen Besuch ihrer Urenkelinnen und Urenkel, ein paar nette Briefe und einen schönen Ausritt in den Park. Stattdessen jedoch würden Freudenfeuer entzündet werden und es zu einer endlosen Abfolge von Veranstaltungen kommen, die sie zumeist stehend zu ertragen hatte, dazu kam am Geburtstag selbst eine vom Fernsehen übertragene Messe in St. Paul's. Derlei war man natürlich gewohnt. Und froh über eine dankbare Nation. Aber mal ehrlich.

Zwischendurch wanderten ihre Gedanken immer wieder zu Rozie. Würde sie am Abend zurückkommen, wie sie es Sir Simon gesagt hatte? Es gab eine Menge für sie zu tun, und die Queen konnte immer noch nicht sagen, ob sie dafür bereit war. Die Sache mit Henry Evans hatte sie gut arrangiert, aber das war auch nicht weiter schwierig gewesen. Und wenn es komplizierter wurde, hatte sie womöglich nicht die Zeit, allen möglichen Ansätzen nachzugehen.

Natürlich war da immer auch noch Billy MacLachlan. Nachdem er in ihrer persönlichen Schutztruppe gearbeitet hatte, war er zum Chief Inspector aufgestiegen und hatte auch früher schon oft genug ausgeholfen. Zudem war er nicht nur ungeheuer diskret, sondern auch äußerst erfindungsreich und sehr gut darin, Fragen zu stellen, ohne dass sich hinterher jemand daran erinnerte, dass er überhaupt da gewesen war. Und sie wusste, dass ihn sein Rentnerdasein langweilte. Vielleicht wusste er etwas Abwechslung zu schätzen. Selbst wenn sich Rozie als tauglich erwies, konnte er hilfreich sein. Gegebenenfalls sollte sie an ihn denken.

Als Nächstes musste Rozie in die honigfarbene Bar eines so langweiligen wie exklusiven Hotels in Mayfair. Sie trank einen Kaffee in einer ruhigen Ecke, versteckt hinter einem Kasten mit weißen Orchideen. Die Frau, die zehn Minuten später kam, hatte sich mit einer Männersonnenbrille, einem weiten schwarzen Kapuzen-Sweatshirt und einer Baseballkappe verkleidet, aber wer immer sie schon einmal gesehen hatte, hätte sie gleich an ihrem typischen Schmollmund, ihrem charakteristischen Kinn und ihren schmalen Schenkeln in der Lululemon-Laufhose erkannt.

Masha Peyrowskaja glitt auf den Platz Rozie gegenüber und warf einen Blick zurück zu einem fernen Tisch, an dem es sich zwei massige Bodyguards bequem machten.

»Sie sind die Frau, die mich angerufen hat?«

Rozie nickte. »Das bin ich.«

Die Russin nahm ihre Sonnenbrille ab, starrte Rozie einen Moment lang an und neigte dabei den Kopf etwas zur Seite. Rozie behielt das gleichmäßige Lächeln bei, das sie in solchen Situationen aufsetzte. Das Lächeln, das besagte: *Ja, ich bin die Lady aus dem Privatbüro der Queen. Vielleicht bin ich etwas jünger als erwartet?*

»Okay«, sagte Masha schließlich mit einem winzigen Achselzucken. »Ich habe gesagt, Sie interviewen mich für einen Art-Blog.« Sie machte eine Geste zu den Bodyguards hinüber. »Machen Sie schnell. Ich muss in dreißig Minuten zu Hause sein.«

Rozie fragte sich, wie man mit Milliardärinnen Konversation machte. Vielleicht einfach gar nicht.

»Gut«, sagte sie. »Es geht um den Abend in Windsor.«

Von allen Besuchern an dem Abend schienen Masha und ihr Mädchen am besten mit Brodsky bekannt gewesen zu sein. Rozie hatte das Treffen mit ihr arrangiert, um herauszufinden, ob sie oder ihr Mann etwas Licht in das bringen konnten, was ihm zugestoßen war. Jetzt aber war sie sicher, dass Masha damit zu tun hatte, und sie wollte die ganze Geschichte.

»Nach allem, was ich weiß, kannten Sie Mr Brodsky ziemlich gut …«

»*Ziemlich* gut. Er war mein Klavierlehrer.«

»Sie haben ihm in jener Nacht geholfen.«

»Habe ich nicht«, antwortete Masha mit einem herausfordernden Flackern in den Augen.

Rozie wartete, um zu sehen, wer von ihnen zuerst blinzelte. Das Spiel spielte sie seit der Grundschule. »Sie sagen, Sie haben nicht viel Zeit«, setzte sie nach, »und ich frage Sie nicht, *ob* Sie Maksim geholfen haben. Ich sage, Sie *haben* es. Sie haben es ihm ermöglicht, Meredith Gostelow zu besuchen, ohne dass es die Bediensteten des Schlosses oder die Polizei mitbekommen hätten. Und hinterher haben Sie ihn selbst noch getroffen.«

Masha blinzelte heftig. Bisher hatte sie sich cool gegeben, doch jetzt fuhr sie auf. »Das stimmt nicht!«, protestierte sie. »Wer hat Ihnen das gesagt?«

»Sie haben nach ihm gerufen, und er ist gekommen.«

Rozie stocherte im Nebel und hoffte auf eine Reaktion, aber mit dem, was jetzt kam, hatte sie nicht gerechnet. Masha stand halb auf, lehnte sich über den Tisch und zischte Rozie an.

»Sie wissen absolut nichts! Die alte Frau sagt Ihnen das? Sie lügt! Sie ist eifersüchtig! Sie denkt, ich schlafe mit Maksim, alle tun das. Selbst mein Mann. Verstehen Sie? Er könnte mich umbringen!« Sie sank zurück auf ihren Platz, kratzte mit dem Stein ihres prächtigen Diamantrings über den Tisch und murmelte dabei: »Trotzdem ging ich ein Risiko für Maksim ein, als Freundin und für dieses Biest. Weil sie sich wollten. Er lachte, er war verzweifelt. Er sagte: ›Du kannst mich da hochbringen, zu ihrem Zimmer, ich weiß es. Tu es.‹ Und ich habe es getan.«

»Wie haben Sie das gemacht?«, fragte Rozie jetzt sanfter als vorher. Diese Frau musste sich geschätzt fühlen, begriff sie und wechselte die Tonlage entsprechend.

Mashas Augen glitzerten. »Ich denke mir den Plan in einem Moment aus. Ich sage, geh in dein Zimmer und ziehe einen Anzug an wie Vadim. Vadim ist Yuris Diener. Er trägt elegante Anzüge, elegantere als Maksim, aber ich glaube, Ihre Dienerschaft weiß das nicht. Maksim muss sagen, er ist Vadim, und er muss zur Treppe gehen, die zu den Gästezimmern führt. Ich treffe ihn und sage den Leuten da, ich brauche seine Hilfe. Ich gebe ihm Champagner, den ich gefunden habe. Wir gehen zusammen hinauf. Yuri ist mit seinem Freund Jay draußen. Sie rauchen Zigarren, trinken Portwein, reden über seinen Weltraumflug und das, was sie nun mal so reden …«

»Seinen *Weltraumflug?*«, unterbrach Rozie sie, ohne dass sie es gewollt hätte.

»Ja. Er will in die Umlaufbahn. Er zahlt für einen Flug in zwei Jahren. Es kostet zehn Millionen Dollar.« Masha sah Rozie an, als wäre das der offensichtlichste, langweiligste Teil ihrer Geschichte, ganz so, als wollte Yuri einen kleinen Hund oder nach New York. »Aber ich wusste nicht, wie lange sie reden würden. Vielleicht er würde wirklich nach Vadim rufen, wenn er hochkam. Also sage ich zu Maksim, ich warne ihn, wenn Yuri schlafen geht. Und das habe ich. Das ist alles.« Die letzten Worte fauchte sie förmlich heraus.

»Und Maksim nahm das als Stichwort, zurück in sein Zimmer zu gehen?«

»Ich denke.«

»Bestand nicht die Gefahr, dass er Vadim auf der Treppe begegnete? Was hätte er gesagt?«

»Das ist sein Problem.« Masha zuckte mit den Schultern. »Er hat genug Zeit, es zu überlegen.«

»Kam Vadim am Ende auch noch?«

»Ja. Yuri war so betrunken, er kann sich nicht allein ausziehen.« Masha schien die Trunkenheit ihres Mannes rein sachlich zu betrachten. »Aber er ruft ihn nicht gleich. Er versucht erst, mit mir Liebe zu machen.«

Sie behielt ihren ungerührten Ausdruck bei, als wollte sie Rozie herausfordern, die aber ebenso ungerührt blieb. »Verstehe.«

»Ich habe ihn nicht aufgehalten. Er kam zum Bett und sagte all die Sachen, zitierte russische Gedichte für mich. Puschkin – kennen Sie den?«

»Nicht wirklich.«

»Das sollten Sie. Auch Lermontow. Ich lasse ihn die Verse sagen und schiebe die Träger meines Nachthemds herunter, aber er sieht mich plötzlich wie angewidert an und dreht sich weg. Dann ruft er Vadim.«

Rozie hatte das komische Gefühl von dieser feindseligen, wütenden Frau zu einer Behelfstherapeutin gemacht zu werden. Sie wollte die Hand ausstrecken, ihre Hand nehmen und fragen, was denn eigentlich nicht stimmte. Stattdessen fragte sie: »Denken Sie, es hatte mit Maksim zu tun? Hatte er einen Verdacht?«

Masha blitzte sie an. »Da war nichts! Warum sollte er?«

»Ich glaube Ihnen ja, nur …«

»Er vertraut mir nicht. Er ist überrascht, wenn ich jemanden finde, der mich wie einen Menschen behandelt. Aber das ist alles, was ich tu. Ich *spiele Klavier* mit diesem Mann. Rachmaninow. Satie. Debussy. Wir lachen, weil er ist nett. Es ist immer jemand mit im Zimmer bei uns. *Immer*. Fragen Sie die Männer da. Die sind jede Minute bei mir. Wenn ich untreu wäre, wüssten sie es … Ich gehe jetzt. Ich bin zu spät.«

»Warten Sie!«

Masha erhob sich und setzte ihre Sonnenbrille auf. »Was?«

»Wissen Sie etwas darüber, was Maksim hinterher gemacht hat?«

»Natürlich nicht. Ich habe es Ihnen gesagt.«

»Und Yuri?«

»Er ist neben mir eingeschlafen. Er hat geschnarcht wie ein Schwein. Was sonst konnte er tun?«

»Vadim – wurde er nicht zu dem Abstecher in Ihr Zimmer befragt?«

»Ich denke. Ich sage ihm, er soll ihnen sagen, er war zweimal da. Ich wollte nicht, dass die Polizei mit Yuri darüber spricht. Ein gut aussehender Russe in einem Anzug ist wie der andere, oder? Vadim ist schwul. So denkt Yuri wenigstens, dass ich bei *ihm* sicher bin.«

Und so, begriff Rozie, hatte Masha ganz simpel sämtliche Schutzmaßnahmen für übernachtende Gäste einer der am besten bewachten Monarchinnen der Welt ausgetrickst, in einem tausend Jahre alten Schloss, das vollgepackt war mit aller erdenklichen Sicherheitstechnik. Mashas Pferdeschwanz flog hoch auf, als sie sich wegdrehte, zwischen den Tischen hindurchfädelte und ihr weites Sweatshirt keine Chance hatte, ihren sexy Gang zu verbergen.

Es schien schwer vorstellbar, dass Yuri nicht irgendwie hinter dem steckte, was Brodsky später passiert war. Obwohl, wenn Masha die Wahrheit sagte, konnte er es selbst nicht gewesen sein. Vielleicht hatte er es längst in Auftrag gegeben. Würde ein Mann für eine Frau wie Masha Peyrowskaja einen Mord begehen?

Ja, dachte Rozie. Eine bestimmte Art Mann schon.

KAPITEL 11

Am folgenden Morgen sollte Sir Simon mit der Queen ihre Termine besprechen, doch sie bat ihn, sich wegen einer schwierigen diplomatischen Angelegenheit, die den Sultan von Brunei betraf, mit dem Cabinet Office in Verbindung zu setzen, und so war es Rozie, die kam, um die Schachteln zu holen.

»Wie ich gehört habe, waren Sie gestern nicht hier«, sagte die Queen und hob den Blick. »Es tut mir sehr leid, das von Ihrer Mutter zu hören.«

»Meiner Mutter geht es bestens, danke, Eure Majestät.«

»Nun, das freut mich.«

»Ich hatte einiges in London zu tun und habe mich gefragt, ob Sie vielleicht Interesse haben, dass ich davon berichte.«

Die Queen war hocherfreut. Die kranke Mutter war eine List gewesen! Sie hatte Rozie unterschätzt – was sie auf einen Gedanken brachte. Und so sagte sie, bevor sie auf die Einzelheiten des gestrigen Tages kamen: »Ich frage mich, ob Sie nicht vielleicht gerne eine Ihrer Vorgängerinnen kennenlernen würden, Aileen Jaggard. Ich habe so das Gefühl, Sie beide könnten einiges gemeinsam haben.«

»Ich habe sie vorgestern Abend kennengelernt, Ma'am. Katie hatte sie mir empfohlen. Und Sie haben recht. Wir verstehen uns.«

»Ah. Gut.«

Ein Lächeln erfüllte das Gesicht der Chefin mit einer geradezu mädchenhaften Aufgeregtheit. Rozie hatte das bereits beobachtet, war aber nie selbst im Fokus gestanden. Sie sonnte sich einen Moment lang darin, und es war schwer, wieder zur Sache zu kommen, aber Rozie wusste, sie hatten nicht viel Zeit.

»Ich habe mit Mr Brodskys Tanzpartnerin gesprochen und herausgebracht, was er in der Nacht getan hat.«

»Erzählen Sie.«

Rozie berichtete von ihren Gesprächen mit Meredith und Masha, hielt sich, was den Sex anging, zurück, stellte aber fest, dass die Chefin das alles nicht verschreckte, sondern eher überraschte und in Teilen amüsierte.

»Die beiden hatten sehr viel Zeit für Sie«, sagte die Queen. »Glauben Sie ihnen?«

»Ja, Ma'am. Ich bin da keine Expertin, aber sie *mussten* mir gar nichts sagen. Ich denke, sie wollten, dass Sie die Wahrheit erfahren. Meredith hat mich allerdings schwören lassen, das Erzählte vertraulich zu behandeln. Sie wollte, dass ich es Ihnen allein sage.«

»Und das haben Sie versprochen?«

»Ja, Ma'am.«

Die Queen zog die Brauen zusammen. »Das macht es etwas schwieriger.«

»Oh, tut es das? Es tut mir leid. Ich …«

»Nun, darum kümmern wir uns später. Erzählen Sie weiter.«

»Ich habe auch die zwei Ballerinen getroffen, nach ihrer Probe. Sie konnten dem, was sie der Polizei bereits erzählt hatten, kaum etwas hinzufügen. Eine von ihnen hatte Brodsky schon einmal getroffen, gesellschaftlich, kannte ihn aber nicht gut. Ich bin, wie gesagt, keine Expertin, aber ich hatte nicht das Gefühl, sie würden lügen. Verständlicherweise hat beide sein Tod sehr erschreckt.«

»Und der junge Mann selbst?«, fragte die Queen. »Abgesehen von seinem Faible für den Tango, haben Sie sonst noch etwas über ihn herausgefunden?«

Rozie hatte es versucht. Später am Nachmittag war sie zu

seiner Wohnung in Covent Garden gefahren und hatte mit seinem Mitbewohner gesprochen, den sie mit ihrem Prepaidhandy erreicht hatte. Die Wohnung befand sich ganz oben im Haus, über einem Restaurant, nicht weit von der Piazza. Die Lage war perfekt. Man sah auf die belebten Straßen hinunter, und die Musik der Straßenmusikanten und das Lachen der Theatergänger wehte bis zu ihnen hinauf. Die Wohnung selbst war eher einfach – weiß gestrichene Wände, Secondhandmöbel und Zusammengeschraubtes von IKEA, im Übrigen überall Kleidungsstücke und leere Pizzakartons, dazu der moschusartige Geruch einer Männer-WG. Ganz sicher roch es nicht nach Offshore-Geld und versteckten Konten, womit sie halb gerechnet hatte.

Rozie sagte, sie komme von der russischen Botschaft (sie lief sich langsam warm in ihrer neuen Rolle) und wüsste gern, ob Mr Brodsky irgendwelche Verpflichtungen habe, zum Beispiel ausstehende Mietzahlungen, und ob man da womöglich, in so schwieriger Zeit, helfen könne. Aber sein Mitbewohner, er hieß Vijay Kulandaiswamy, versicherte ihr, der Mietvertrag laute auf ihn und er habe einen Job in der City. Ja, er suche nach einem Ersatz für Brodsky, um ein paar der Nebenkosten zu decken, obwohl er auch die oft selbst übernommen habe. Solange er hier bei ihm gewohnt habe, sei Maksim immer knapp bei Kasse gewesen.

Rozie war überrascht. »Nach unseren Unterlagen ging er auf eine teure Privatschule.«

Vijay lachte. »Ich auch. Auf dieselbe Schule. Da haben wir uns kennengelernt. Aber das will nicht unbedingt etwas sagen. Die Gebühren wurden für ihn bezahlt, glaube ich. Aber das alles hörte auf, als er seinen Abschluss in der Tasche hatte. Wer immer ihn unterstützt hatte, machte damit nicht weiter. Wahrscheinlich irgendein Chef oder Kumpel von seinem Dad. Maksim hat nicht viel darüber geredet. Ich hatte den Eindruck, er war irgendwie dankbar, aber auch wütend. Er mochte sein Leben hier, mochte die Musik, fühlte sich aber auch entwurzelt, als gehörte er nirgends wirklich hin. Das machte ihn rastlos.«

Maksim dachte, vielleicht würde er eines Tages Bücher schreiben, meinte Vijay, aber erst einmal versuchte er als Berufsmusiker durchzukommen, frischte seine Einkommen mit Klavierstunden auf und gab reichen Teenagern Nachhilfe in Mathe und Informatik. Er verbrachte viel Zeit im Internet, wie sie alle.

Nein, Vijay wusste nicht, dass Maksim einen Blog hatte, erst die Polizei hatte ihm davon erzählt. Maksim war kein Hacker und auch kein super Technikfreak. Was man auch nicht sein musste, um Informatik auf Schulniveau zu beherrschen. Was da gefordert wurde, das war praktisch noch das Mittelalter. Vijay hatte Freunde in richtigen Techjobs, und die meinten, Maksim sei auch nicht annähernd ihre Liga.

Maksim hatte nicht viel über Russland geredet, es sei denn, es ging um Putin und seine Kumpane. Er war definitiv ein politischer Mensch. Schon in der Schule, wo er ein paar Klassen unter Vijay war, war er für seine wütenden Reden zur Unterdrückung von Oppositionspolitikern in Moskau und den Tod Dutzender Journalisten bekannt gewesen. Er hatte eine Liste zusammengestellt. Die Wahrheit sei ein gefährliches Spiel in Russland, hatte er gesagt. »Wenn in einem Wald ein Baum umstürzt, und niemand ist da, der es hört, macht er dann ein Geräusch? Und wenn ein Journalist aus einem Fenster fällt … stört es irgendwen?« Er war deswegen immer wieder ziemlich niedergeschlagen.

An diesem Punkt in ihrem Gespräch erinnerte sich Vijay daran, dass er gerade mit jemandem aus der Botschaft sprach, und verstummte. Rozie kam auf ihre Eingangsgeschichte zurück.

»Hören Sie«, sagte sie, »gibt es sonst jemanden, den wir

kontaktieren sollten? Eine Freundin zum Beispiel? Gab es jemanden, der ihm besonders nahestand? Jemanden, mit dem wir über den Vorfall sprechen sollten?«

Vijay zuckte mit den Schultern. Es hatte verschiedene Mädchen gegeben, aber keine, die wirklich hervorstach. Maksim war beliebt gewesen, hatte sich aber vor Monaten von seiner langjährigen Freundin getrennt und litt viel zu sehr darunter und war viel zu nett, um sich gleich wieder auf jemanden einzulassen.

»Ich vermisse ihn, wissen Sie«, sagte Vijay. »Ich … Es war gut, ihn um sich zu haben. Ich vermisse sein Klavierspiel, und dass keine Erdnussbutter mehr da ist, wenn ich gerade welche brauche. Ich vermisse die Mädchen am Telefon, denen ich sagen musste, dass er gerade nicht könne – weil er nicht interessiert war. Er hat mir ein paar Hundert Pfund an Nebenkosten und so geschuldet, aber das ist egal. Irgendwann hätte ich sie bekommen. Es war sowieso nicht so wichtig. Er war …« Vijay seufzte tief und schien etwas verloren. »Wie ich sagte, er war ein guter Typ, und niemand sollte so abtreten müssen. Er hat auf sich aufgepasst und schien so gesund. Ich hatte keine Ahnung, dass er etwas mit dem Herzen hatte.«

Rozie wurde erneut bewusst, dass in jener Nacht ein *Mensch* sein Leben verloren hatte und es nicht einfach nur ein *Fall* war. Sie wusste nicht, ob Abgesandte der russischen Botschaft Leute tröstend umarmten, entschied aber, dass sie es in diesem Fall taten.

Für die Queen fasste sie die wichtigen Informationen, die sie aus dem Gespräch mit Vijay gewonnen hatte, zusammen.

»Ich habe herauszufinden versucht, wer aus Brodskys Vergangenheit oder seinem Lebenszusammenhang ihn womöglich tot sehen wollte«, sagte sie. »Abgesehen vielleicht von Mr Peyrowski. Ich bin allerdings auf niemanden gestoßen, Ma'am. Es sei denn, Sie denken, ich habe etwas übersehen?«

»Nein«, stimmte die Queen ihr zu. »Was das betrifft, fürchte ich, hat Humphreys recht, und das Motiv ist irgendwo hier zu suchen.«

»Sir Simon hat mir heute Morgen erzählt, dass Mr Robertson und Mr Dorsey-Jones beurlaubt wurden und unter einer Art Hausarrest stehen. Das muss schwierig für sie sein.« Rozie dachte an das Gespräch der Queen mit Henry Evans, und was sie ganz offensichtlich von Humphreys' Theorie hielt.

Die Queen nickte kaum. »Das denke ich auch. Rozie, ich habe noch eine weitere Aufgabe für Sie. Macht es Ihnen etwas aus? Ich weiß, das alles gehört eigentlich nicht zu Ihrem Job. Es könnte bedeuten, dass Sie Ihren freien Tag dafür opfern müssen.«

»Alles, was Sie wünschen, Ma'am.«

Die Queen instruierte sie. Ihre neue Sekretärin erwies sich als noch besser als erhofft. Sie konnte doch sicher keine zweite Mary werden? Mary Pargeter war eine Klasse für sich gewesen, wenn es um diese Art Ermittlungen ging. Aber Rozie Oshodi, die gute zehn Jahre jünger war als Mary, als diese angefangen hatte, schien vielversprechend.

KAPITEL 12

Später gab es eine Ordensverleihung im Waterloo Chamber. Der Queen gefiel es, in Windsor Auszeichnungen zu verleihen. Es war ein riesiger Raum, der von den Porträts der Könige und Staatsmänner beherrscht wurde, die gemeinsam Napoleon geschlagen hatten, und es ging ein wenig formloser zu als im Ballsaal des Buckingham Palace. Alles ging hier formloser vonstatten. Dennoch gab es den angemessenen Pomp, wenn sie den Großen und Guten unter den liebevollen Blicken ihrer Angehörigen und in Anwesenheit der Gurkha-Ordonnanzoffiziere und den königlichen Leibgardisten Ehren zuteilwerden ließ.

Wenn es vorbei war, freute sie sich auf ihren Tee und ein Stück Schokokekstorte in ihrem privaten Wohnzimmer, dazu gab es die Rennergebnisse auf Channel 4. Manchmal machte sie vor den anstehenden abendlichen Aktivitäten noch ein kleines Nickerchen, aber heute hatte sie anderes vor. Sie bat einen Diener, die Haushälterin über ihren Plan zu informieren. Im eigenen Schloss konnte man tun, was man wollte, doch das Personal mochte keine Überraschungen in Bereichen, die es als sein Terrain betrachtete. So gab sie ihnen denn ein paar Minuten, um alles herauszuputzen.

Es war schon eine ganze Weile her, seit sie durch die Gänge über den Besuchergemächern gegangen war. Sie nahm die jüngeren Hunde mit, die sich immer gern bewegten und an den Türen schnüffelnd vor ihr hertapsten. Der Gang den Großen Korridor hinunter, von den Privatgemächern zu den Besuchergemächern auf der Südseite des Hofes, dauerte mit Dorgi-Geschwindigkeit etwa zehn Minuten.

Sie kannte die Gästezimmer gut, da sie relativ oft herkam, um sich über den Zustand des Mobiliars zu informieren oder sich zu versichern, dass für einen speziellen Gast alles am Platz war. Die Dachgeschosse dagegen waren eine andere Sache. Hier hatten früher Spatzen und Dohlen zwischen ausrangiertem Mobiliar und allerlei viktorianischen Verkleidungen gehaust. Philip hatte vor fünfzig Jahren, als klar wurde, dass die Familie den Großteil ihrer Wochenenden hier verbringen würde, dafür gesorgt, dass der Plunder hinausflog und die Räume genutzt werden konnten. Wenn man Queen und das eigene Zuhause ein Schloss ist, gibt es eine schrecklich große Dienerschaft, und die braucht Platz. Und es sind nicht nur die eigenen, sondern auch die Diener der Gäste und andere Besucher, die ganz und gar nicht zur Dienerschaft zählen, aber wichtig für den Betrieb des Schlosses sind und sich nicht in anderen Behausungen auf dem Besitz unterbringen lassen. Aber je mehr Zimmer sie verfügbar machten, desto mehr Leute schien es zu geben, für die sie Räume brauchten. Und irgendwo hier hatten sie auch Maksim Brodsky untergebracht.

Es war so weit: Sie wollte es mit eigenen Augen sehen.

Der Korridor in der obersten Etage war geweißelt, und an den Wänden hingen verschiedene Radierungen aus der Zeit Edwards VII., die für die Räumlichkeiten unten nicht geeignet schienen. Die Schlafzimmer waren spartanisch und funktional eingerichtet und erst kürzlich frisch in Grün- und Cremetönen gestrichen worden, mit einem vereinzelnden tiefroten Akzent durch eine Decke oder ein Sitzpolster aufgelockert. Als Philip nach der Renovierung hier gewesen war, hatte er gesagt, es sehe aus wie ein Autobahnhotel (wie konnte er das wissen?), das Internat Gordonstoun oder – den Farben nach – Wimbledon. Sie war nicht sicher, ob einer dieser Vergleiche ein Problem bedeutete, wobei sie bestimmt nicht als Kompliment gedacht gewesen waren. Wie immer, Besuchern würde das alles nichts machen.

Unterwegs begegnete sie verschiedenen Zimmermädchen, Dienern und einem Kamingitterschmied – alle erledigten gerade eine Aufgabe oder waren doch auf dem Weg dorthin. Ein junger Mann mit einem Tablett wurde von den Hunden heftig angegangen, nahm es jedoch gelassen und entzog sich ihnen geschickt, ohne wirklich die Gangart zu ändern. Die Chefhaushälterin, Mrs Dilley, erwartete die Queen in dem Teil des Korridors, in dem Mr Brodskys Zimmer lag. Links von ihr war eine Tür mit einem Duschzeichen, und aus dem Raum hinter ihr konnte die Queen aufgeräumtes Geplauder hören. Sie war froh, dass, wer auch dort drinnen sein mochte, nichts von ihrer Anwesenheit ahnte. Wo immer sie hinkam, stockten die Gespräche, und manchmal war es schön zu hören, dass die Dienerschaft ganz bei sich war.

»Das da ist das Zimmer, Ma'am«, verkündete Mrs Dilley und ging voran. Sie schloss die Tür auf und öffnete sie mit einem Stoß. Es war eine einfache Tür, ziemlich schrecklich auf Mahagoni gebeizt, und auf einem kleinen Messingschildchen stand eine »24«. Im Übrigen klebte ein laminierter Hinweis auf der Tür: »Nicht betreten!« Das letzte Mal, als die Queen hier oben gewesen war, wurden diese Zimmer noch mit einem altmodischen Riegel von innen verschlossen, die meisten jedoch standen auf. Früher ging man im Schloss davon aus, dass die Bewohner untereinander Privatsphäre und Eigentum achteten, was äußerst angenehm gewesen war. Heute nahmen alle das Schlimmste an, und die Zimmer wurden verschlossen. Die Wertsachen waren sicher, die informelle Atmosphäre aber verloren.

Brodsky wird seinen Mörder gekannt haben, überlegte sie, als sie den Raum betrat. Falls die Tür nicht unverschlossen gewesen war, hatte er ihm aufmachen müssen. Aber warum mitten in der Nacht einen Fremden hereinlassen?

Mrs Dilley stellte sich ans Kopfende des Einzelbetts und wartete geduldig, während die Queen den Blick schweifen ließ. Viel gab es nicht zu sehen. Ein kleines Fenster rechts von Mrs Dilleys Kopf ließ nur ein schmales graues Stück Himmel zwischen dem geöffneten roten Vorhang sehen. Alles Bettzeug und alle unwesentlichen Dinge waren entfernt worden. Auf einem hölzernen Vorsprung links lehnte eine nackte Matratze. Unter dem Fenster stand ein Tischchen mit einem Stuhl, neben einer kleinen Kommode, an deren Schubladen die Hälfte der Griffe fehlte (das musste repariert werden). Und da stand auch der Kleiderschrank: ein schmales, modernes Möbelstück, hinter dessen offenen Türen … nichts zu sehen war. Es gab keine Flecken, kein Zeichen von Leben oder Tod, absolut nichts, was darauf hindeutete, dass an diesem Ort etwas Bedeutendes geschehen war.

Die Queen sah sich die offene Schranktür etwas genauer an, an deren D-förmigem Griff der Gürtel mit dem zweiten Knoten befestigt gewesen war. Der Griff war eher zierlich und schien kaum fest genug, einen Mann halten zu können, geschweige denn, dass sich jemand daran aufhängen konnte. Wer würde so etwas als *Mordinstrument* auswählen?

Sie räusperte sich. »Es muss ein ziemlicher Schock für die Hausdame gewesen sein, die ihn gefunden hat.«

Mrs Dilley hob den Blick. »Mrs Cobbold? Ja, schrecklich, Ma'am. Erst konnte sie nicht hinein, und sie musste ins Büro und den Generalschlüssel holen. Dann schloss sie auf, und da lag er, im offenen Schrank, und die Beine ragten heraus. Fast wäre sie ohnmächtig geworden. Aber es geht ihr schon wieder besser, Ma'am.«

Alle versuchten immer, sie zu *beruhigen*. Bis auf Philip. Er war der Einzige, bei dem sie darauf vertrauen konnte, dass er völlig unverblümt war. Morgen komme er zurück, hatte Sir Simon gesagt. Keinen Moment zu früh.

»Das freut mich zu hören. Arbeitet sie wieder?«

»Oh, nein, Ma'am. In der nächsten Woche vielleicht.« Aber Mrs Dilley schien eher skeptisch.

Also ging es ihr doch noch nicht so viel besser. Nun, kein Wunder.

»Danke, Mrs Dilley.«

»Ma'am.«

»Ich hoffe, es war kein zu großer Umstand, mit der Polizei hier die ganze Zeit.«

»Nein, Ma'am. Einfach nur grässlich. Für uns alle.«

Mrs Dilley fing den Blick der Queen auf und hielt ihn, von Frau zu Frau, und da war ein großes Verständnis. Die Queen wusste, was diese Tragödie hier im Schloss für die Angestellten bedeutete. Sie rief nach den Hunden, die draußen auf dem Korridor herumliefen, und sie kamen hereingetrottet, umkreisten sie und verliehen dem Raum kurz so etwas wie Normalität.

»Candy, Vulcan, es ist Zeit zu gehen.«

Der Weg zurück nach unten und den Großen Korridor entlang schien mit einem Mal doppelt so weit. Sie ging langsam. Darauf war sie nicht vorbereitet gewesen. Es war nicht das, was sie in dem Zimmer gesehen hatte, sondern das, was nicht da gewesen war – irgendein Hinweis auf das Leben, das dort jemand verloren hatte. Brodsky war, wie es schien, ohne eine Spur aus dieser Welt verschwunden, und man fühlte eine gewisse Verantwortung dafür.

Sir Simon hätte ihr geraten, nicht hinzugehen, hätte sie ihn gefragt, weshalb sie es lieber nicht getan hatte. Er hätte gesagt, es wäre nicht nötig, was falsch war, und womöglich verstörend, was auf diese vertrackte Weise stimmte. Allein schon der Gedanke schmerzte, obwohl sie ihm nicht mal die Chance gegeben hatte, es zu sagen. Sie wischte ihn beiseite. Wie Queen Mary ihr als kleines Mädchen immer wieder gesagt hatte: Es würde vorbeigehen.

Stattdessen dachte sie an die Tür, die vom Korridor aus nicht ohne Schlüssel zu öffnen war. Brodsky war erst in den frühen Morgenstunden in sein Zimmer gekommen. Wen immer er also hereingelassen hatte, musste sich lange draußen herumgedrückt haben, um ihm etwas antun zu können. Wobei, ein Spion hatte möglicherweise einen Generalschlüssel. Als Teil des großen Planes, den Humphreys sich so unbedingt vorstellen wollte. Aber dass der Mörder vergessen hatte, den zweiten Knoten fest anzuziehen, deutete auf eine improvisierte Tat hin. Teil einer langen Fehde konnte es auch nicht sein, da Brodsky hier kaum jemanden gekannt hatte. Genauso wenig schien es wahrscheinlich, dass es mit Sex zu tun hatte. Der junge Mann hatte bereits genug davon bekommen, und es gab keine unbegrenzte Zahl unorthodoxer Liebhaberinnen, die nachts in Windsor zu finden waren. Selbst Philip würde das sagen, oder?

Also … Wer hatte es getan?

Putin steckte sicher nicht dahinter. Gavin Humphreys war ein Schwachkopf, der von dieser Idee wie besessen war. Jede Faser ihres Körpers sagte ihr das.

Auch nicht Charles, der am Abend noch mit Camilla zurück nach Highgrove gefahren war. (Sie versuchte objektiv zu sein und alle Möglichkeiten in Betracht zu ziehen. Schließlich hatte Charles den Abend arrangiert.) Auch der Provost von Eton hatte nicht im Schloss übernachtet. Er wohnte gerade mal einen Kilometer entfernt. Aber Brodskys Abenteuer mit der Architektin hatte bewiesen, dass es mit ein wenig Einfallsreichtum möglich war, zwischen den Bedienstetenquartieren und den Besucherräumen hin und her zu wechseln. An diesem Punkt wurde die Liste der Verdächtigen geradezu lächerlich. Selbst Sir David Attenborough und der Erzbischof von Canterbury standen darauf.

Nein, ehrlich nicht! Wenn man diesen Männern nicht trauen konnte, konnte man auch ganz aufgeben.

Aber selbst wenn man sie ausschloss, blieb die Vielzahl der Möglichkeiten beunruhigend groß. Der ehemalige Botschafter? Es gab absolut keinen Grund, ihn zu verdächtigen, allerdings war es nicht unmöglich, dass sein Leben in Russland Verbindungen zu dem jungen Brodsky hatte entstehen lassen, derer sie sich nicht bewusst war. Die Schriftstellerin, die Professorin? Die Polizei hatte keine Verbindung zwischen ihnen und dem jungen Mann aufgedeckt. Und natürlich waren die meisten der Genannten Säulen des Establishments. Aber man wusste nie, Blunt war Akademiker gewesen … Dann die Architektin selbst, die Frau, die den letzten Tango mit ihm getanzt hatte. Die Queen überlegte eine Minute und versuchte aus dem, was Rozie ihr berichtet hatte, eine Art Motiv zu entwickeln, aber alles an dieser tragischen Geschichte deutete eher auf das Gegenteil. Die arme Frau war völlig vernarrt gewesen. Was Peyrowski, seine Frau, seinen Freund, den Hedgefonds-Manager und deren Bedienstete übrig ließ. Auf *die* sollte sich die Polizei konzentrieren, oder?

Sie kam an einem Polizisten vorbei, der den Eingang zu ihren Privatgemächern bewachte, und als sie ihm zunickte, wurde die Queen ein weiteres Mal daran erinnert, was für ein Irrsinn es war, sich gerade diesen Ort für einen Mord auszusuchen. Wenn man täglich Kontakt zu einem Mann hatte, den man hasste, warum sich dann ausgerechnet das Schloss für seine Ermordung aussuchen? Es stimmte, war man einmal drin, standen die Sicherheitsvorkehrungen – abgesehen von allem, was sie betraf – nicht mehr wirklich im Vordergrund. Was Gäste nach der Veranstaltung mit ihren Bediensteten, oder untereinander, machten, blieb ihnen überlassen. Und es stimmte auch, dass der Täter bis jetzt damit durchgekommen war. Aber es war eine absolute

Hochrisikostrategie. War die Tat erst entdeckt, stürzten sich alle höheren Detectives und Geheimdienstleiter des Landes auf den Fall. Warum hier zuschlagen, wenn es in Mayfair oder Covent Garden doch so viel einfacher gewesen wäre? Damit schien es naheliegend, dass der Mörder jemand war, der Brodsky *nicht* gut gekannt hatte – was die Liste der Verdächtigen auf alle erweiterte, die sich in der Nacht im oder um den Bereich des Oberen Hofes aufgehalten hatten.

Endlich war sie zurück in ihren eigenen Räumen. Sie hatte das Gefühl, mit ihren Überlegungen nur wenig weitergekommen zu sein. Wenn überhaupt, war sie weiter zurückgeworfen worden, und die Unklarheiten waren nur noch mehr geworden.

Etwas Merkwürdiges war an dem Abend geschehen, nicht während der Veranstaltung, sondern bereits vorher. Irgendwo in ihrem Kopf lauerte eine Erinnerung, die sie nicht zu fassen bekam, die sich aber immer wieder melden zu wollen schien. Als die Hunde in ihr Wohnzimmer stürmten, war sie kurz wieder da, aber auch gleich wieder verschwunden.

Sie nahm sich vor, Rozie um eine komplette Liste sämtlicher Übernachtungsgäste vom letzten Montag zu bitten. Im ganzen Schloss. Und in der russischen Botschaft, um mehr Informationen über Brodskys Familie nachzusuchen. Es schmerzte sie zu denken, dass er so unwiderruflich aus diesem Leben geschieden war, das er so intensiv gelebt hatte – und niemand war da, um ihn zu betrauern.

Sir Simon erwartete sie mit einem kleinen Stapel Papiere, die sie zu unterzeichnen hatte. Neben ihm stand ein Diener und hielt ein Tablett mit einem Glas, mit Eis und Zitrone, einer Flasche Gin und einer Flasche Dubonnet in den Händen. Den einen sah sie mit energischer Tüchtigkeit, den anderen mit leichter Sehnsucht an. Noch fünf Minuten, dann konnte man, wenigstens für eine kleine Weile, entspannen.

KAPITEL 13

Morgen, mein Kohlkopf. Alles unter Kontrolle?«

So wie er am Donnerstagmorgen am Frühstückstisch saß, sah Philip aus, als wäre er nie weg gewesen.

»Ich dachte, du kämst erst heute Morgen.«

»Bin letzte Nacht noch eingetrudelt. Schnelles Dinner mit ein paar Freunden in Bray. Gott, du siehst schrecklich aus. Hast du geschlafen?«

»Ja, danke.«

Sie versuchte es verärgert zu sagen, doch er trug ein solches Grinsen auf dem Gesicht. In seinen Augen lauerte der Schalk, ständig, es sei denn, er war wütend auf jemanden. Wie immer war er perfekt gekleidet, mit kariertem Hemd und Krawatte. Das Radio lief, Toast stand auf dem Tisch, und schon fühlte sich alles wie neu zum Leben erwacht an. Sie musste lächeln.

»Hast du mir meine Toffees mitgebracht?«

»Verdammt. Vergessen. Hast du die Bilder von William und Catherine in den Zeitungen gesehen? Praktisch auf allen Seiten. Ich habe William gesagt, dass ihm Indien gefallen würde. Die Bilder im Safari-Park mit den Elefanten und Nashörnern? Die Glücklichen. Ist besser, als Orden an Brüste zu heften.«

Die Queen nahm den Köder nicht an. »Wie war der Lachs?«

»Verdammt beeindruckend. Habe vier gefangen. Ich habe sie in einer Kühlbox mit hergebracht. Dachte, der Koch könnte damit was für deinen Geburtstag machen.«

»Danke.«

»Wobei sie das Menü wahrscheinlich schon vor einem halben Jahr festgelegt haben.«

Das hatten sie.

»Aber sie können es immer noch ändern.«

»Hmm.«

Dazu würde es nicht kommen, aber sie wollte sich etwas einfallen lassen. Es rührte sie wirklich, dass er an ihren Geburtstag gedacht hatte. Und dass er vier große Fische für ein angemessenes Geschenk hielt – was sie absolut waren. Lachs war gesund. Offenbar gut für das Gehirn. Und eine schöne Erinnerung an Tage draußen an einem reißenden Fluss.

Eine Weile lang herrschte geselliges Schweigen, nur das Radio spielte im Hintergrund. Schließlich hob er den Blick von seinem Toast und sagte: »Dieser verflixte Russe. Tom sagt, da war was faul.«

Philips Stallmeister, Lieutenant Commander Tom Trender-Watson, war gut mit Sir Simon befreundet und für gewöhnlich bestens informiert, was die Vorgänge im Schloss anging. Gott sei Dank konnte man sich auf seine Diskretion verlassen.

»Haben sie den Mistkerl gefunden, der ihn umgebracht hat?«, fragte Philip. »Ich habe noch nichts gehört.«

»Nein, haben sie nicht«, sagte sie. »Der Geheimdienst meint, es war Putin.«

»Was? Persönlich?«

»Nein. In Form eines königlichen Bediensteten.«

»Verdammte Idioten.«

»Das ist in etwa das, was ich dachte.«

»Hast du jemanden in Verdacht?«

Sie blickte in ihren Tee und seufzte. »Nicht wirklich. Das Schloss war voll in der Nacht, aber ich sehe nicht, warum ihn jemand hier hätte ermorden wollen.«

»Die Hälfte der Ladys hätte sich nach allem, was ich höre, eher das Gegenteil gewünscht.«

»Hmm. Ja.« Sie war versucht, ihm von Brodskys nachmitternächtlichen Eskapaden zu erzählen, aber sie wusste, die Geschichte würde ihm gefallen, und er würde sie unter seinem Personal verbreiten, das, vom Stallmeister abgesehen, einen Flächenbrand damit entfachen würde. Im Moment sollte sie Stillschweigen darüber bewahren, und so behielt sie es für sich.

»Nun, das müssen sie schnellstens klären«, sagte Philip. »Tut keinem gut zu denken, dass er mit einem Mörder am Tisch sitzt. Und großer Gott, das muss passieren, bevor die Presse Wind bekommt. Für die ist das ein Fest.«

Die Queen, die das alles wusste, stimmte ihm mit einem einfachen »Hmm« zu.

»Du solltest mit dem Polizeifritzen reden, der den Fall unter sich hat. Vergiss die Box. Putin! Pah!«

Damit schob er seinen Stuhl ein Stück zurück und schlug die Zeitung auf. Die Queen war gleichermaßen genervt, weil ihr gesagt wurde, was sie zu tun hatte, und erleichtert, weil er wieder zu Hause war und sie mit Worten wie »Putin! Pah!« aufmunterte.

Er hielt sie bei Verstand.

Ravi Singh wurde mehr als alles daran erinnert, wie er in der neunten Klasse den Debattierwettbewerb gewonnen hatte. Seine Hände zitterten genauso, und er konnte den Puls in seinem Kopf fühlen. Es war das einzige Mal gewesen, dass er zu Mrs Winckless, der Direktorin, gerufen worden war, die sich in einem holzvertäfelten Büro am Ende eines langen Korridors im noblen Teil seiner weitläufigen Schule versteckte. Sie hatte eine Schüssel Blumen auf dem Schreibtisch stehen, blasse, büschelartige Dinger, Hortensien, wie er später lernte, und trug ein stahlblaues Kleid, das ein größeres Volumen an Brüsten umschloss, als es einem Schuljungen geheuer gewesen wäre.

Der Oak Room, in dem die Queen ihm eine Audienz gewährt hatte, war natürlich kaum mit dem holzvertäfelten Direktorinnenbüro zu vergleichen. Er war größer und hatte dank seiner Lage in einer Art Turm eine etwas seltsame Form. Die Wände waren weiß gestrichen, und es gab bequeme Sofas und ein prasselndes Kaminfeuer sowie unerwarteterweise einen der Fernseher Ihrer Majestät. Aber das Gefühl, zu einer mächtigen Frau zu kommen, was die Queen ja war, ohne genau zu wissen, warum, leicht nervös und mit dem Gefühl einer unbestimmten Schuld, obwohl er ja nur etwas gut gemacht hatte, das war genau wie damals.

Ich bin der Commissioner der Metropolitan Police, erinnerte er sich, als er sich setzte. *Ich habe die Spitze meiner möglichen Laufbahn erreicht. Sie wird mich nicht ausschelten.*

Die Queen saß ihm gegenüber auf einem kleinen Sofa, direkt neben einem großen, kunstvoll gearbeiteten Fenster, durch das man auf den Oberen Hof hinuntersah, über den er gerade gekommen war. Tatsächlich lächelte sie und bot ihm einen Keks zum Tee an. Die Hunde machten es sich in der Nähe seiner Füße gemütlich. Er war keineswegs in Schwierigkeiten.

Ravi Singh dachte an den eindringlichen Blick, mit dem Humphreys ihn angesehen hatte, als er von dem erbetenen Gespräch hörte. »Ich möchte, dass Sie mir alles berichten. Wort für Wort. Wir müssen wissen, was sie denkt.« Aber die Queen, ganz verbindlich und höflich, wollte sich nur allgemein über den Fortgang der Ermittlungen informieren. Was absolut verständlich war – schließlich war es ihr Schloss.

»Natürlich fährt der MI5 mit seinen geheimdienstlichen Erkundigungen fort, aber die Liste der möglichen Verdächtigen bleibt lang, Ma'am. Viele Leute hatten in der Nacht Zugang zu dem Korridor. Oh, Sie waren kürzlich da, richtig? Wir haben alle befragt, was natürlich nicht einfach ist, da sie nicht erfahren sollen, dass es sich um eine Morduntersuchung handelt. Das erschwert auch die DNS-Untersuchung mithilfe des Haares, das wir am Hals des Opfers gefunden haben. Sobald wir einen ernsthaft Verdächtigen haben, machen wir sie natürlich.«

Ihm wurde bewusst, dass er gleich dreimal »natürlich« gesagt hatte. Er schwitzte unter seiner Jacke. Ihre Majestät war eine zauberhafte Frau, die ihm noch keine einzige schwierige Frage gestellt hatte, dennoch war es schlimmer, als in den Nachrichten von Radio 4 interviewt zu werden.

»Ich bin sicher, Sie tun, was Sie können.«

»Selbstverständlich, Ma'am. Natür… Ich meine, wir konzentrieren uns auf die Leute, die Brodsky kannten oder Verbindungen nach Russland haben. Der Diener hatte das Zimmer nebenan, das Mädchen … die Tänzerinnen, obwohl ihre Handydaten nahelegen, dass ihr Facetime-Alibi stimmt. Dann ist da noch eine Bibliothekarin, eine Expertin für russische Geschichte, aber sie wohnt halb am anderen Ende des Schlosses. Der Archivar, nun, Mr Humphreys weiß Ihnen mehr über ihn zu erzählen, nehme ich an.«

»Und Mr Robertson? Gibt es zu ihm etwas Neues?«

»Noch nicht, Ma'am. Nichts Sicheres. Wie sich herausstellt, hat er eine Erklärung für einige der Zahlungen, die von Interesse waren, aber die Ermittlungen gehen weiter.«

»Verstehe. Ist das alles? Mit wem sonst haben Sie noch gesprochen?«

Der Commissioner sah in seine Notizen. »Das Kommunikationsteam hatte eine Art Konferenz, Ma'am, das heißt, fünf Leute von außen waren im Schloss, zusätzlich zu denen, die sowieso hier arbeiten. Verschiedene Angestellte, die regelmäßig hier sind. Und der Governor hatte eine eigene Gruppe zu Gast.«

»Und die Gäste eins tiefer.«

»Die sind außen vor, Ma'am. Man kann von den Gästesuiten nicht hinauf zu den Zimmern für externes Personal, ohne zwei Sicherheitskontrollen passieren zu müssen, und da hat man nichts gesehen.«

Die Queen schenkte ihm ein Lächeln, das er, käme es nicht von Ihrer Majestät, neckisch genannt hätte. »Oh, da hat es über die Jahre recht überraschende Geschichten gegeben, Commissioner. Philip hat mich erst heute Morgen an den berühmten Vorfall erinnert, als der französische Botschafter eine Varieté-Künstlerin in seine Suite geschmuggelt hat, als seinen Hausdiener verkleidet. Für eine Wette.«

»Diesmal nicht, Ma'am«, versicherte Singh ihr und merkte sich die Geschichte für die Jungs in New Scotland Yard.

»Nun, das ist eine Erleichterung.«

Die Queen wusste, dass es jetzt eigentlich ihre Pflicht war, ihm zu erzählen, was Rozie von Meredith Gostelow und Masha Peyrowski erfahren hatte, aber Rozie hatte ihnen Diskretion zugesagt. Die Queen fühlte, dass das nicht klug gewesen war. Man wusste nie, was man tun oder sagen musste. Andererseits, würde sie Mr Singh jetzt ins Bild zu setzen, bedeutete das, Rozie mit in die Geschichte zu bringen, und am Ende sich selbst, was natürlich unter allen Umständen vermieden werden musste. Wenn der Commissioner auf die Möglichkeit von Gäste- und Dienerschaftseskapaden hingewiesen wurde, konnte er diese Dinge vielleicht selbst herausfinden. Im Moment ließ sie sich gnädigerweise beruhigen. »Gibt es Neuigkeiten von der Botschaft?«

»Ma'am?«

»Über Brodskys Familie? Ist jemand gekommen, um seinen Leichnam abzuholen?«

Singh schwieg einen Moment. Niemand hatte zuletzt mehr diese Frage gestellt. »Nein, Ma'am. Ich nehme an, er ist noch in der Leichenhalle. Möchten Sie, dass ich herausfinde, was wir da wissen?«

»Ja, bitte. Das wäre sehr nett. Und sagen Sie mir, wie geht es mit den neuen stichfesten Westen voran?«

Singh folgte ihrem Themenwechsel, legte einen neuen Gang ein und berichtete von den neuen Uniformen, die seine Leute bekommen hatten und über die die Queen bemerkenswert gut informiert war. Ihr entgeht nichts, dachte er. Jetzt erinnerte sie ihn an seine Urgroßmutter Nani Sada, die noch furchterregender gewesen war als Mrs Winckless in ihrem holzvertäfelten Büro. Aber wenigstens konnte er Gavin sagen, dass sie mit dem Fortgang der Ermittlungen zufrieden war.

KAPITEL 14

Der Wohnblock war lang und niedrig, vier Stockwerke rotbrauner Ziegel mit passenden Balkonen und modernem Isolierglas. Ursprünglich wahrscheinlich aus den 1960ern, dachte Rozie, aber sie war keine Architekturexpertin. Es war kein unbedingt attraktives Gebäude – was es besonders machte, war der Blick: Es lag direkt an der Themse, und durch die Bäume sah man auf die imposante Silhouette der Battersea Power Station.

Das hier war Pimlico, wo viele Unterhausabgeordnete ihre Londoner Bleibe hatten, eine komische Mischung aus noblen, stuckverzierten Häusern und Nachkriegsbauten wie dem hier. Von Buckingham Palace ging man etwa eine halbe Stunde, nahm sie an. An einem sonnigen Morgen war das ein hübscher Spaziergang. Und abends wieder herzukommen, zu dem Blick, war auch nicht schlecht.

Sie hievte den Korb mit dem charakteristischen Fortnum-&-Mason-Logo »F&M« vom Rücksitz ihres Minis. Es war eine haarsträubende Fahrt vom Piccadilly hierher gewesen, ein Rennen durch den morgendlichen Berufsverkehr, da sie wusste, dass sie zwei Sendungen zu übergeben und um drei zurück in Windsor zu sein hatte. Der »freie Tag« im Privatbüro der Queen war tatsächlich nur ein halber Tag, und zu spät zu kommen war keine Option. Sie machte die Autotür mit dem Knie zu, schloss sie mit dem an einem Finger baumelnden Schlüsselanhänger ab und trug den Korb zum nächsten Eingang.

Die Tür zu Wohnung Nr. 5 wurde von einem unrasierten Mann mit grau meliertem Haar und einem Handtuch um den Hals geöffnet. Er trug eine weite Sportshorts und ein verschwitztes T-Shirt. Sie hatte dreimal klingeln müssen und bekam zunächst einen Schreck, weil sie dachte, die Geschichte hätte ihn aus der Bahn geworfen, doch dann sah sie, dass er Sport getrieben hatte. Das war ermutigend.

»Mr Robertson?«

»Ja?« Er starrte auf den Korb, der so groß war, dass er gerade noch auf den Rücksitz des Minis gepasst hatte, und auf dem schmalen Gemeinschaftsflur mit der Neonbeleuchtung, der abblätternden Farbe und den hier und da fehlenden Teppichfliesen, auf dem sie stand, irgendwie fehl am Platz wirkte.

»Ich komme aus dem Privatbüro.« Er würde wissen, aus welchem. »Das ist für Sie.«

»Was?« Er rieb sich mit dem Handtuch seitlich über das Gesicht. »Sie kommen besser herein.«

Sie folgte ihm durch einen kleinen Flur, der makellos wirkte, obwohl neben einem Kleiderständer, etlichen gerahmten Fotos und einem Regal mit Laufschuhen noch zwei Fahrräder darin standen. Der Raum dahinter war die Küche, die etwa halb so groß war wie die von Meredith Gostelow in Westbourne Grove, aber man hatte einen freien Blick auf die ikonischen Schlote des verlassenen Kraftwerks. Alles war weiß oder aber aus Edelstahl und glänzte.

»Darf ich Ihnen etwas anbieten?«, fragte er.

»Nein, vielen Dank. Ich gehe am besten gleich wieder.«

Sie stellte den Korb auf einen freien Platz neben der Spüle und lächelte dem königlichen Pagen zu. »Ich bin Rozie. Ich … das Büro möchte Ihnen das als kleine Anerkennung geben, für Ihr Verständnis für das, was Sie gerade durchzumachen haben. Wobei ich unbedingt unterstreichen muss, dass es vom *Büro* ist. Nicht von Ihrer Majestät persönlich.«

Lady Caroline hatte ihr das von der Queen ausgerichtet und es ausdrücklich noch einmal betont. Und sie durfte auch nicht um Entschuldigung bitten. Man entschuldigte sich nicht für Dinge, die die eigenen Beamten, wie der Geheimdienst, im Namen der Krone taten. Das wäre heuchlerisch und falsch.

Sandy Robertson rieb sich noch einmal seitlich über das Gesicht und schien verwirrt. »Das müssen Sie unterstreichen, ja?«, wiederholte er. Seine Stimme war tief, mit einem sanften schottischen Einschlag, der sehr angenehm war. Rozie stellte sich vor, wie er der Chefin zu trinken anbot, ihr den Stuhl herauszog und sich versicherte, dass alles genauso war, wie sie es wünschte. Er schien die Art Person zu sein, die man um sich haben mochte. »Nun, sehen wir es uns einmal an.«

Er öffnete die Schließe des Korbs und hob den Deckel an. Wein, Whisky, Orangenmarmelade mit extra dick geschnittenen Stücken, nilgrüne Dosen mit Shortbread, Tee und Ingwerkekse sahen zu ihm auf. Und es gab eine Karte, leer und ohne Unterschrift, mit dem Aquarell einer weißen Kamelie.

Sandy sah Rozie an, die nichts sagte, dann wieder hinein in den Korb. Er fuhr mit den Fingerspitzen über ein Marmeladenglas, nahm eine Dose, betrachtete sie und legte sie zurück. Schließlich landete ein Zeigefinger auf der Karte, strich darüber, und er sah Rozie wieder an.

»Die Lieblingsblume von Queen Mum, die weiße Kamelie. Wussten Sie das?« Rozie glaubte, Tränen in seinen Augen zu sehen.

»Nein, das wusste ich nicht.«

»Auch die meiner Frau. Ich habe ihr das einmal gesagt, vor sieben Jahren, als Mary gestorben ist.«

»Oh.« Rozie rechnete zurück. Queen Mum war 2002 gestorben. Sandy bezog sich nicht auf ein Gespräch mit ihr.

»Einmal«, wiederholte er, den Finger immer noch auf der Karte. »Vor sieben Jahren. Was für eine Frau.«

Rozie hustete. »Wie ich sagte, wir im Büro wollten nur … Wahrscheinlich hätten wir es nicht tun sollen … aber …«

»Sagen Sie ihr, ich bedanke mich«, unterbrach er sie in seinem Highland-Ton.

Rozie stellte fest, dass sie einen Kloß im Hals hatte, der sich nicht hinunterschlucken ließ. Sie nickte. Sie sagte, sie gehe jetzt besser.

Ihr Besuch in Adam Dorsey-Jones' Wohnung verlief ein wenig anders. Er wohnte südlich des Flusses in Stockwell, in einem umgebauten georgianischen Reihenhaus. Diesmal gab es keine Karte mit einer Kamelie, aber der Mann in seinen Jeans und dem grünen Wollpullover, der sie hereinbat, reagierte ähnlich auf ihre Beteuerungen, dass die Queen nichts damit zu tun hatte.

»Natürlich nicht«, sagte er. »Sie haben das aus reiner Herzensgüte getan.«

»So können Sie es ausdrücken.«

»Nun, ganz herzlichen Dank, liebe stellvertretende Privatsekretärin, die ich hiermit kennenlerne.«

»Nichts zu danken.«

»Sie sind sehr großzügig.«

Rozie mühte sich, nicht zu grinsen.

Er stellte den Korb auf den Kaffeetisch in seinem mit Kunst gefüllten Wohnzimmer und sagte: »Sie glauben offenbar nicht, dass ich ein russischer Spion sein muss, weil ich einen Freund habe, der mal in Sankt Petersburg war.«

»Ich bin nicht in der Position, das zu sagen«, erklärte Rozie ruhig.

»Und doch … dieser Korb.«

»Er ist … vom Büro.«

Er bat sie, sich zu setzen, und erzählte ihr von den zwei Jahren, die er jetzt an seinem Digitalisierungsprojekt saß. Er erinnerte sich an seine Freude, als er lange verloren geglaubte Papiere von George II. gefunden hatte, sprach von den Nächten, die er durchgearbeitet hatte, um die Termine einzuhalten, die sie ihm gegeben hatten, und vor vierzehn Tagen hatte er die Geburtstagsparty seines Freundes verpasst, weil er wegen einer letzten Information nach Windsor geeilt war, die er für einen Bericht für ein paar besuchende Würdenträger brauchte.

»Sie wollen mir nicht sagen, was ich getan haben soll«, sagte er. »Aber so, wie sie fragen, scheint klar, dass sie denken, ich gehöre zum KGB, FSB oder was auch immer. Sie scheinen zu denken, wenn man russische Literatur mag, sei man automatisch ein Fan des Kreml. Ich habe meine Doktorarbeit über Solschenizyn geschrieben. Wenn Sie wissen wollen, wie die Russen den menschlichen Geist gequält haben, lesen Sie *Krebsstation.* Jamies Galerie ist auf die Kunst des frühen zwanzigsten Jahrhunderts spezialisiert, als die Russen in Abstraktion und Experimentalismus führend waren. Die Revolutionäre hassten das. Sie töteten oder vertrieben praktisch alle, die damit zu tun hatten, oder machten ihnen das Leben unmöglich. Das macht einem den russischen Staat nicht unbedingt sympathisch. Aber was weiß ich schon?«

»Das kommt wieder in Ordnung«, sagte Rozie. Sie wusste, dass sie kein Recht hatte, ihn zu beruhigen. Sie sah sich als kleine Nebendarstellerin in der historischen Analyse in zwanzig Jahren: die naive Person aus dem Schloss, die Mitleid mit dem Spion hatte. Aber sie spürte seine Bitternis darüber, dass er einfach so verstoßen worden war, und dachte, das könnte am Ende die größere Gefahr darstellen. »Es tut mir leid.«

Er sah sie über den Kaffeetisch hinweg an. »Ja, das glaube ich Ihnen.«

Auf dem Weg zurück im starken Verkehr auf der Cromwell Road hörte sie Radio 4. *Die Welt um eins* war voll mit den neuesten Nachrichten über die durch Indien tourenden Cambridges. Rozie konnte sich kaum vorstellen, sie in ein paar Wochen persönlich im Schloss zu sehen und womöglich einige ihrer Geschichten aus erster Hand zu hören.

Dann ging es um zwei Finanzanalysten aus der City, die an einer Überdosis Kokain gestorben waren. Die Moderatorin stellte die für sie dringliche Frage: »Erreicht der Drogenkonsum in der City ein gefährliches Ausmaß? Und inwieweit sind die saturierten Drogenkonsumenten hier für den Erfolg der todbringenden Kartelle verantwortlich, die in Südamerika ganze Dörfer auslöschen?«

Aber Rozie hörte schon nicht mehr zu. Die Reporterin hatte gesagt, um wen es sich bei den beiden Analysten handelte: einen siebenunddreißigjährigen Javier von der Citibank sowie eine siebenundzwanzigjährige Frau namens Rachel Stiles, die für die kleine spezialisierte Investmentfirma Golden Futures gearbeitet hatte.

»Rachel Stiles« und »Golden Futures«, Rozie kannte die Namen. Sie hatte sie auf der Liste der Besucher gesehen, die, als Brodsky umgekommen war, im Schloss übernachtet hatten. Der Master des Haushalts hatte die Liste für die Polizei zusammengestellt, und auch die Queen hatte sie sehen wollen. »Golden Futures« war für Rozie hervorgestochen, weil es so viel Hoffnung zu enthalten schien.

Und jetzt war die junge Frau mit ihren sechsundzwanzig Jahren tot.

TEIL DREI

DIE SEIDENSTRASSE

KAPITEL 15

Das hat nichts mit den Russen zu tun«, versicherte Sir Simon der Queen abends, nachdem Rozie ihr von der jungen Frau erzählt hatte. »Chief Inspector Strong hat beim örtlichen CID-Team in Shepherd's Bush nachgefragt, wo Dr. Stiles gestorben ist. Sie hatte ein kleines Alkoholproblem.«

»Meine Güte. Tatsächlich?«

»Die City fordert ihren Tribut, nehme ich an. Sie hat eine Menge Pillen genommen und dazu noch das Kokain. Ihr Tod war so gut wie sicher selbst verschuldet. Unbeabsichtigt. Natürlich tragisch.«

Das meinte er ehrlich. Sir Simon und seine Frau hatten keine Kinder, aber seine Nichte war siebenundzwanzig. Auch sie hatte in der City gearbeitet und dann ihre eigene Firma gegründet, was bedeutete, dass sie Tag und Nacht zu Hause an ihrem Laptop saß. Sie war eine schöne junge Frau, ein Einzelkind mit einer leuchtenden Zukunft. Sir Simon wusste, sein Bruder und seine Schwägerin würden sich niemals davon erholen, stieße ihrer Tochter etwas Ähnliches zu.

»Was hat diese junge Frau im Schloss zu tun gehabt?«, wollte die Queen wissen. »Erinnern Sie mich.«

»Sie war beim Governor zu Gast«, sagte Sir Simon. »Es war eine kleine Einführung in die Auslandsaufklärung, für das Außenministerium.«

»Ach ja. Der junge Mann aus Dschibuti.«

»Ma'am?«

»Ich weiß, dass der Governor sehr von einem jungen Mann aus Afrika beeindruckt war. Wobei ich dachte, es wäre bei der Veranstaltung um China gegangen. Ich muss ihn bei Gelegenheit fragen.«

»Ja, Ma'am. Das würde einen Sinn ergeben. Dr. Stiles war Expertin für die chinesische Wirtschaft.«

»Oh?«

»Sie hat zum Thema chinesischer Infrastrukturfinanzierung promoviert. Golden Futures hat etliche Investments in Asien getätigt. Sie war so etwas wie ein aufgehender Stern am Finanzhimmel.«

»Sie sind äußerst gut informiert, Simon.«

»Ich tue mein Bestes, Ma'am. Und da gibt es noch etwas.«

»Ja?«

»Sie haben den Commissioner nach Mr Brodskys Familie gefragt – ob jemand gekommen ist, um den Leichnam abzuholen. Nun, sie haben bei der Botschaft nachgefragt, und nein, bis jetzt noch niemand. Sie denken, die Botschaft denkt, dass sich seine Mutter in einer psychiatrischen Anstalt befindet. Er hatte einen Halbbruder, der im Dienst der Armee gestorben zu sein scheint. Deren Armee, nicht unserer. Wir wissen von seinem Vater. Sie erinnern sich vielleicht, dass er gestorben ist, als Brodsky noch ein Kind war. Das scheint es zu sein. Ich nehme aber an, dass die Russen seinen Leichnam bald nach Hause überführen.«

»Danke, Simon.«

Sie schien wieder düsterer Stimmung. Nun, sie war eine Mutter. Sie hatte Söhne. Solcherlei Gespräche waren nie einfach.

»Kopf hoch, Lilibet«, sagte Philip. »Es ist keiner *gestorben*. Oh.«

Sie saßen im Auto und waren auf dem Weg zu einem privaten Essen mit einem Trainer, den sie schon gekannt hatten, da war William noch ein Baby gewesen. Seine Pferde hatten ihre im letzten Jahr zweimal geschlagen, aber sie war ihm deswegen nicht böse. Es würde einfach wunderbar sein, einen ganzen, zauberhaften Abend lang über nichts anderes als Pferde und Pferderennen zu reden. Und sein ältester Sohn leitete einen großen Hof oben in Northumbria, und Philip konnte mit ihm über Viehwirtschaft und biologischen Anbau fachsimpeln. Und über die Wechselfälle der Jagdsaison.

Sie freute sich schon den ganzen Tag darauf und glänzte in silberner Spitze und mit einem neuen rosa Lippenstift, auf den sie große Hoffnungen setzte. Philip sah natürlich wieder aus wie aus einer Modezeitschrift entsprungen, selbst noch mit seinen vierundneunzig. Sie kannte keinen Mann, der in einer Uniform so gut aussah, oder auch im Smoking. Er war der begehrteste Mann Europas gewesen, als sie geheiratet hatten. Wie glücklich sie sich gefühlt hatte, und es immer noch tat – auch wenn er sie ständig neu in den Wahnsinn trieb.

»Niemand will seinen Leichnam«, sagte sie, um ihre finstere Miene zu erklären.

»Da wird zweifellos schon jemand kommen.«

»Ich glaube nicht.«

»Das ist kaum dein Problem, oder?«

Sie seufzte. »Es fühlt sich so an.«

»Komm schon, Lilibet. Du bist nicht für die ganze Welt verantwortlich, weißt du. Du hast ein einziges Mal mit dem Mann getanzt. Das kann man kaum eine Verabredung nennen.«

»*Philip*. Wirklich.«

Sie sah aus dem Fenster zu den Autos hinaus, die den Bentley überholten, der nicht eine Meile schneller als neunundsechzig fuhr und so sanft dahinglitt, dass er sich kaum zu bewegen schien. Dieses Auto war ein Genuss. Im Gegensatz zu ihren anderen Wagen benutzten sie es nur zu besonderen Gelegenheiten, sodass es noch frisch nach Leder roch und nicht nach altem Hund und der Reinigungsflüssigkeit, mit er sie den alten Hund zu vertreiben versuchten, mit begrenztem Erfolg. Es war allerdings irritierend ruhig, als wären sie in einer der ausgepolsterten Hörkabinen unterwegs, wie es sie früher in Plattenläden gab.

»Komm schon, spuck's aus. Was ist?«

Sie war nicht sicher, was ihr so auf der Seele lag, bis sie sich Philip zuwandte und das Licht in seinem weißblonden Haar schimmern sah, den Bogen seines Kinns – wie selbstsicher er dasaß, auch im Auto völlig entspannt, bereit zu tun, was zu tun war.

»Er hat mich an dich erinnert«, sagte sie, bevor sie darüber nachdenken konnte.

»Wer, der Russe? Hat er das?«

»Als du jünger warst.«

»Pah! Vielen Dank auch!«

Philip war einer der bestaussehenden Männer, denen sie je begegnet war, aber nicht der empfindsamste. Er kannte sie durch und durch, und was ihr mit am besten an ihm gefiel, war, dass er nicht vor ihr katzbuckelte wie die meisten Leute. Er sah sie als »Lilibet«, ziemlich so, wie sie sich auch selbst sah. Er war offen und geradeheraus, aber kaum zärtlich. Was hieß, dass es nicht unbedingt einfach war, ihm ihre Gefühle für den jungen Russen zu erklären, obwohl er letztlich dafür mitverantwortlich war.

Ohne dass es ihr bewusst geworden wäre, hatte Maksim Brodsky sie zurück in die Tage in Valetta versetzt, als sie zusammen mit den anderen Navy-Frauen die Nächte durchtanzt und sich mit ihrem glamourösen Ehemann ihrer Freiheit erfreut hatte – ganz im Wissen, dass ihr Vater der König war, noch über Jahre ein weiser Monarch sein würde und ihr persönlich ein Führer. Ein Jahr später war er tot. Jene Monate auf Malta lebten wie in Bernstein konserviert in ihrem Gedächtnis.

Mit einem Mal war ihr klar, warum das Bild des jungen Mannes dort im Schrank für sie so schwer zu verdauen war. Das machte es nicht leichter, aber wenigstens begriff sie es jetzt.

»Fühlst du dich besser?«, fragte Philip, ohne sie wirklich anzusehen.

»Ja, danke«, sagte sie.

Er griff nach ihrer Hand und drückte sie. Das Auto trug sie durchs abendliche Berkshire.

Als Sir Peter Venn für Samstag zu Drinks vor dem Mittagessen gebeten wurde, nahm er die Einladung ohne Frage an. Er und seine Frau hatten eigentlich mit ein paar alten Freunden aus seiner Zeit in Rom in eine Ausstellung in der National Gallery gewollt, doch das sagte er ohne jedes Grummeln ab. Wenn die Queen einen Drink mit dir nehmen will, gehst du hin.

Es gab keinen offensichtlichen Hinweis darauf, warum er eingeladen war, und mit der typischen Diskretion eines Höflings fragte er auch nicht nach. Als Governor des Schlosses war ihm der Raum sehr vertraut – es war der Octagon Room im Brunswick Tower, aus dem man auf den Park hinaussah. Er mischte sich unter die Anwesenden: Lady Caroline Cadwallader, den Kapitular-Kaplan der St George's Chapel ein Stück den Hang hinunter und einige andere leitende Mitglieder des Haushalts, die sich im Raum verteilt hatten. Ihre Majestät war in guter Form. Sie freute sich auf die Horse Show in Windsor in einem Monat, die zu ihren Lieblingsveranstaltungen gehörte, und erzählte von ihren Hoffnungen, die sie für Barbers Shop hegte, den sie für das Schaureiten angemeldet hatte. Im Gegensatz zu den anderen in der kleinen Gruppe, die sich um sie geschart hatten, war Sir Peter kein Pferdekenner und wusste nicht mal wirklich zu sagen, was das Schaureiten bedeutete. Was anderes machte man bei einer Pferdeschau? Aber es war ganz offenbar etwas Wichtiges, da die Queen so begeistert von einem möglichen Gewinn sprach.

»Ich weiß, Sie hatten in letzter Zeit viel zu tun, Governor«, sagte sie, richtete ihre hellblauen Augen auf ihn, und er fragte sich, ob er unangemessen gelangweilt dreinblickte.

»Hatte ich das?«

»Ihre Veranstaltung, nach der Sie mir diesen schrecklich schüchternen jungen Mann aus Dschibuti vorgestellt haben.«

Sie ahmte den jungen Mann nach, absolut brillant, wich dem Blick des Governors aus und sah auf ihre Schuhe. Der Rest der Gruppe, mit den feinsten diplomatischen Fähigkeiten des Landes ausgestattet, begriff, dass er bei diesem Gespräch nicht gebraucht wurde und zog sich zurück. Sir Peter, für den es ein wenig enttäuschend gewesen war, wie Kelvin Lo sich präsentiert hatte, freute sich über die Gelegenheit, etwas mehr über ihn erzählen zu können.

»Sie erinnern sich an ihn, Ma'am! Ja, Kelvin ist wirklich genial. Er hat vor ein paar Monaten für uns angefangen und schon Unmengen an Informationen über die chinesischen Handelsstraßenprojekte beschafft.«

»Die neue Seidenstraße?«

»Ja, und die dazugehörigen Projekte. Darum ging es bei unserem Treffen. Um Chinas großen Plan, Asien, Afrika und Europa miteinander zu verbinden. Das ist alles fürchterlich kompliziert mit den verschiedenen Land- und Seestraßen, die natürlich keine Straßen sind. Nur im übertragenen Sinn. Die Chinesen sind da nicht so leicht zu verstehen.«

»Oh«, sagte sie, »über die neue Seidenstraße haben wir doch schon mit Präsident Xi gesprochen, als er im letzten Jahr hier war.«

»Nun, das mag ja eine sehr romantische Bezeichnung

sein, Ma'am, tatsächlich ist es das aber ganz und gar nicht. Ich bin da natürlich nicht der Experte, aber es war gut, das Treffen hier im Schloss ausrichten zu können. Es war eine geheime Veranstaltung, organisiert vom Außenministerium, mithilfe des MI6. Hier gab es für alle die nötige Abgeschiedenheit, und für Kelvin war es hilfreich, es von Heathrow nicht zu weit zu haben. So konnte er gleich weiter zu einer Konferenz in Virginia, wobei sein Herflug wegen des schlechten Wetters verspätet war und wir das Haupttreffen um einen Tag verschieben mussten. Er hat einen faszinierenden Einblick in das, was die Chinesen in Afrika machen. Entschuldigen Sie … geht das zu sehr ins Detail für Sie?«

»Nein, es ist äußerst spannend. Erzählen Sie mehr.«

»Er hat ein Computerprogramm angelegt, um ihre Investitionen in die Infrastrukturen über den Kontinent hinweg und in die angrenzenden Länder hinein sichtbar zu machen. Sie sind massiver, als irgendwer angenommen hätte. Oder die Chinesen zugeben würden.«

»Tatsächlich?«

»Oh, ja, Ma'am. Sie bauen ganze Häfen, Eisenbahnstrecken und Super-Highways. Und installieren Gerichte, um Handelsstreitigkeiten beizulegen.«

»Das ist so anders als im letzten Jahrhundert, als sie kaum mit einem geredet haben.«

»So ist es, Ma'am. Präsident Xi macht verlorene Zeit gut. Aber es gibt jede Menge Fragen dazu, wie sehr sich die einzelnen Länder dabei verschulden und ob die Infrastruktur auch für militärische Zwecke nutzbar ist. Ich meine, Himmel, ich will Sie mit diesen Geschichten nicht langweilen. Sie werden das alles in dem Bericht lesen können, den der MI6 zusammenstellt. Und in dem Bericht vom Außenministerium, in dem es um eher strategische Überlegungen geht. Das war das eigentliche Thema bei diesem Treffen.«

»Wer war alles dabei? Sie kamen mir alle so jung vor.«

»Das waren sie, Ma'am. Das kann einem Angst machen, oder? Wenn Leute im Alter unserer Enkel plötzlich das Land führen. Wir hatten verschiedene Experten aus der City, der Wissenschaft und den Regierungsdiensten hier. Kaum jemanden über fünfunddreißig, würde ich sagen. Kelvin ist sechsundzwanzig, ist das zu glauben?«

Sie sah, dass Caroline hinter Sir Peters Schulter ihre Aufmerksamkeit zu erregen versuchte. Die Drinks dauerten zu lange, und der Koch sorgte sich womöglich um den Fisch.

»Nun … ist das nicht interessant?«, sagte sie und drehte ihren Ehering, sodass Lady Caroline wusste, sie konnte das Gespräch unterbrechen. Es war schade, weil das alles wirklich interessant war und sie gerne noch weiter darüber geredet hätte. Ihr war nicht bewusst gewesen, dass Sir Peters Veranstaltung geheim und strategischer Natur gewesen war. Damit war einiges neu zu überdenken.

KAPITEL 16

Der Rest des Wochenendes verlief sehr entspannt. Am Sonntag nach der Messe kamen Edward und Sophie mit ihren Kindern, und sie machten alle zusammen einen kleinen Ausritt. Zurück im Schloss sahen sie sich im Album die Bilder von Barbers Shop an, wie er als Wallach seine Rennen gewonnen und anschließend auch noch bei verschiedenen Pferdeschauen triumphiert hatte. Jetzt stand er in Essex, würde aber zur Schau im Mai herkommen. Mit seinen vierzehn Jahren war er wahrscheinlich nur noch ein weiteres Jahr aktiv. Alle würden ihn vermissen. Er war so ein Star – auf der Bahn und in der Arena. Es war schön zu sehen, welch kluge Fragen Louise zu seinem Stammbaum und seiner Ausbildung stellte.

Abends kam Sir Simon mit ihrem Wochenprogramm, und zum ersten Mal seit einem Monat schien sie ausgebucht: der Kronrat, die Post wurde fünfhundert, sie selbst neunzig, und dann, um das Ganze abzurunden, die Obamas. Wobei sie sich darauf am meisten freute. Die beiden umgab ein Glanz, der an die Kennedys und Reagans erinnerte. Sie waren intelligent und warmherzig und hatten sich bei ihrem letzten Besuch mit der ganzen Familie bestens verstanden. Das war in Buckingham Palace gewesen, mit allem Drum und Dran. Ihr Besuch hier würde etwas ruhiger und persönlicher verlaufen. Die Queen wollte, dass sich Windsor von seiner besten Seite zeigte: idealerweise ohne einen ungelösten Mord an einem Ausländer und ihren eigenen Geheimdienst, der in ihrem Haushalt nach Verrätern suchte.

Sie ging früh zu Bett, konnte aber nicht schlafen. Sie musste immer wieder an die Seidenstraße denken. Das Treffen hier, es passte zu *etwas*. Etwas an dem Abend drüben im Norman Tower, als der Governor seine Gäste zu einem Drink in sein privates Wohnzimmer eingeladen und sie eingewilligt hatte, kurz dazuzukommen und Hallo zu sagen.

Sie war nicht lange geblieben. Es waren etwa acht Personen gewesen, dort in seinem Wohnzimmer, die meisten lächerlich jung, und Sir Peter hatte sie ihr vorgestellt. Eine Gruppe sehr unterschiedlicher Menschen. Zum Teil hatte sie es der Nervosität der jungen Leute zugeschrieben, doch sie schienen sich tatsächlich kaum zu kennen. Es war fast so, als hätte man sie aus ihren jeweiligen Organisationen und Institutionen gepflückt und hierherverpflanzt und sie hätten sich noch nicht aneinander gewöhnt. Das Ganze unterschied sich doch sehr von den militärischen Cocktailpartys, zu denen sie immer wieder musste und auf denen die Offiziere eine verschworene kleine Truppe bildeten, die sich untereinander gern verulkte und Witze machte.

Alle hatten sich dem Anlass entsprechend angezogen. Keine Abend-, aber doch Cocktailkleider und schwarze Krawatten. Mit zwei Ausnahmen hatte es sich um Männer gehandelt, einschließlich des höheren Beamten aus dem Außenministerium, der das Treffen initiiert hatte, und ein paar Käuzen vom MI6. Alle anderen waren Analysten und Akademiker. Eine der Frauen war ausgesprochen hübsch, ein wenig elfenhaft und mit einem kurzen, blonden Bubikopf, der an Twiggy erinnert hatte, die andere dunkel, das Gesicht halb hinter einem glatten schulterlangen Vorhang aus Haar verborgen. Das war Rachel Stiles gewesen, die junge Frau, die bald schon an einer Überdosis sterben sollte. Hatte jemand im Raum dort sie dazu gebracht, zu viel zu nehmen? Sie mussten alle über Nacht geblieben sein, da das eigentliche Treffen auf den nächsten Tag verschoben worden war.

China und Russland.

Konnte es da eine Verbindung geben? Geopolitisch, wie Sir Simon sagen würde, war das natürlich möglich. War Maksim Brodsky ein russischer Spion? Hatte ihn Peyrowski hier eingeschleust, um chinesische Staatsangelegenheiten auszuspionieren? Und hatte Rachel Stiles ihm dabei geholfen und deshalb ebenfalls sterben müssen?

Oh, Himmel noch mal, so was könnte sich auch der Generaldirektor einfallen lassen. Die Vorstellung als solche war zu absurd, und doch landete sie mit ihren Gedanken immer wieder bei dieser kleinen Zusammenkunft im Norman Tower. Etwas *stimmte* da nicht. Sie hatte es gleich gespürt, dann aber abgetan. Jetzt wusste sie, dass sie auf ihre Instinkte hätte hören sollen. Wenn sie sich nur erinnern könnte, was es gewesen war.

Sie versuchte sich die Männer vorzustellen. Einer war ungewöhnlich groß gewesen, erinnerte sie sich. Ein anderer hatte einen indisch klingenden Namen. Wieder ein anderer hatte übermäßig schnell über etwas wie Formeln zur Schuldenstandsberechnung gesprochen und dann dagestanden und darauf gewartet, dass sie etwas Intelligentes dazu sagte. Sie hatte nur gelächelt: »Wie außerordentlich interessant.« Was sonst hätte sie tun sollen?

Aber zurück zur Sache: Wenn sie den Mörder noch vor Ankunft des Präsidenten am Freitag finden wollte, musste sie sehen, dass sie vorankam.

Am Montagmorgen kam Rozie in einer geborgten Reithose und einer alten Tweedjacke über einem langärmeligen T-Shirt zur Arbeit. Das war nicht der normale Aufzug einer Sekretärin Ihrer Majestät, aber die Chefin hatte gesagt, sie solle sie am Hintereingang der Royal Mews zu einem Ausritt treffen.

Die Queen war bereits da, in einer Steppjacke und mit ihrem charakteristischen Tuch um den Kopf. Rozie konnte sich nicht erinnern, sie je mit einem Helm gesehen zu haben. Wie es schien, fielen Königinnen nicht vom Pferd. Und um fair zu sein, sah das glänzende, schwarze Fell-Pony wie das friedlichste aller Lebewesen aus. Geduldig stand es bei seinem Stallburschen auf dem makellosen Hof, neben sich einen mahagonidunklen Braunen mit kurzen, kräftigen Beinen und einer seidenschwarzen Mähne, die er kokett in Rozies Richtung warf.

»Ah. Hallo!«, begrüßte die Chefin sie mit einem Grinsen. »Wir dachten, wir zäumen Temple für Sie auf. Er hat die richtige Größe und ein gutes Naturell, solange Sie ihm deutlich machen, wer das Sagen hat.«

Rozie machte einen Knicks, was sich in den Reitstiefeln komisch anfühlte. »Danke, Eure Majestät.«

Die Queen war bester Laune, aber bestimmt. »Man liest die Lebensläufe. Ich nehme an, Sie haben das Reiten im Hyde Park gelernt. So wie ich. Kommen Sie.«

Sie bestiegen ihre Pferde, und die beiden Stallburschen folgten ihnen, einer auf einem schwarzen Pony fast so wie das der Queen, der andere auf einem stämmigen Windsor Grey. Der Himmel war düster, mit dahinjagenden Wolken und einer nicht zu fernen Ahnung von Regen. Die Queen sah zum Himmel hinauf.

»Ich habe bei der BBC nachgesehen. Wir haben offenbar etwa eine Stunde.«

Sie ritten nach Osten, über Wiesen und unter Bäumen her, hinaus in die Weiten des Home Park, wo Temple in einen stetigen Schritt verfiel. Rozie ließ ihre Muskeln spielen, fügte sich in den Rhythmus und begriff, wie sehr sie das Reiten vermisst hatte.

»Sie sind nicht weit von dem Ort aufgewachsen, an dem auch ich meine ersten Jahre verbracht habe«, sagte die Queen.

»Ja, Ma'am.«

»Ich bin beeindruckt, dass Sie reiten gelernt haben. Das kann nicht einfach gewesen sein.«

Sie war zu höflich zu sagen, was sie meinte, dachte Rozie, aber sie hatte recht: Es war verdammt schwer gewesen. Mädchen, die in einer Sozialwohnung aufwuchsen, gingen eigentlich nicht reiten. Ja, es war nicht weit zum Hyde Park. Aber in einem der großen Häuser in Holland Park oder Mayfair zu leben ist eine Sache, eine ganz andere, wenn es eine kleine Dreizimmerwohnung in Notting Hill ist, und dein Dad arbeitet für die London Underground und muss sich jeden Tag mit aggressiven Fahrgästen herumschlagen, während deine Mutter als Hebamme unterwegs ist und sich freiwillig in der örtlichen Gemeinde engagiert, weil die öffentlichen Sozialdienste mehr und mehr verschwinden. Zeit und Geld für Pferde standen da nicht unbedingt hoch auf der Prioritätenliste der Familie.

Aber vielleicht hatten sie ja, abgesehen vom Hyde Park, noch etwas anderes gemeinsam, nämlich, dass sie beide die älteren Töchter waren, in die ihre Eltern hohe Erwartungen gesetzt hatten.

»Ich habe einen Weg gefunden, Ma'am.«

»Ja? Wie?«

»Ich habe im Stall gearbeitet.«

Tag und Nacht. Gleich in der Frühe, an Wochenenden, wann immer man sie ließ – um für das Reiten zu bezahlen. Rozie arbeitete oft eine Stunde vor der Schule und dann abends noch ein paar. Die Hausaufgaben wurden irgendwo dazwischengequetscht. So schaffte sie es nie an die Klassenspitze, hielt den Kopf aber auch in der Schule oben. Das war der Deal mit Mum: »*Wenn deine Noten in den Keller gehen, verabschiedest du dich von den Ponys.« »Es sind Pferde, Mum.« »Was auch immer.«*

»Sie haben auch Wettkämpfe bestritten?«

»Ja, Ma'am. Für die Army.«

Für Rozie war alles ein Wettkampf. Nach Schule und Stallarbeit schien die Uni eher entspannt, sie trat ins Officer Training Corps ein und bekam trotzdem die besten Noten. Sie war keine absolut herausragende Reiterin, würde es nie sein, dafür aber völlig furchtlos, ging es in eine Vielseitigkeitsprüfung. Mit einem anständigen Pferd und ein wenig Übung würde sie springen, fliegen, schwimmen. Was immer verlangt wurde.

Sie war auch eine gute Schützin und hatte in Bisley eine Top-100-Medaille gewonnen. Rozie hatte sich an diesen Orten immer als Außenseiterin gefühlt, aber die Jungs trotzdem geschlagen. Es gab nichts Befriedigenderes im Leben, als einen eingebildeten, feinen Pinkel in etwas zu schlagen, in dem er gut war. Dabei hatte sie früh schon gelernt, den Eindruck zu erwecken, als wäre es ihr egal. Was es noch besser machte. Und jetzt war sie hier, mit einem guten Abschluss, und arbeitete nach einer Tour durch Afghanistan und einer Blitzkarriere in einer Feine-Pinkel-Bank für die Queen.

Normalerweise dachte sie nicht an all das und tat einfach, was zu tun war, doch das Pferd unter ihr trug sie zurück in die frühen Morgenstunden im Hyde Park. Hätte sie sich je vorstellen können, einmal hier zu landen?

»Was halten Sie von Temple?«, fragte die Queen.

»Er ist nicht gerade glücklich«, lachte Rozie. »Ich spüre, dass er losrennen will.«

»Lassen Sie ihn nicht.«

»Er ist sehr von sich eingenommen, oder?«

Die Queen sah mit einem Grinsen zu ihr hinüber. »Mit gutem Recht. Wer so aussieht. Ja, Temple, du bist eine Pracht, und du weißt es.«

Sie ritten die Wege entlang und lauschten zwischen dem Röhren der Jets über ihnen dem Gesang der Vögel. Rozie hatte die Queen noch nie so ganz bei sich selbst erlebt. Sie hatte das Gefühl, eine Schwelle überschritten zu haben, und jetzt war sie, das Mädchen aus der Sozialwohnung, eine von ihnen: ritt mit, gehörte zum inneren Kreis. War dieser Ausritt eine Belohnung für ihre Arbeit in London? Die Queen würde das nie so sagen, und Rozie würde niemals fragen, aber es fühlte sich so an.

Sie sprachen über Rozies Reise nach Lagos, und wie groß die Stadt geworden war mit ihren zwanzig Millionen Einwohnern. Das war der Queen nicht neu, die über alle Hauptstädte im Commonwealth Bescheid wusste. Für Rozie war die Stadt eine Überraschung gewesen, als sie vor ein paar Jahren zum ersten Mal hingekommen war. Sie hatte begriffen, wie naiv sie gewesen war, hatte sie doch angenommen, Nigeria sei so etwas wie ein Möchtegern-England mit Sonne. Wenn, war es das Gegenteil, und ging seinen eigenen Weg, und das mit einem Selbstvertrauen, das die kleine Insel hier in den Schatten stellte.

»Es waren Ihre Großeltern, die nach London übergesiedelt sind?«

So war es. Rozie erzählte stolz von den Eltern ihres Vaters, die in den Sechzigern hergekommen waren. Ihr Großvater hatte in einer Leichenhalle die Toten gewaschen. Es war der einzige Job, den man ihm geben wollte, aber er hatte immer mit großem Einsatz für seine Gemeinde gearbeitet. Alle in Peckham kannten Samuel Oshodi. Wenn du etwas brauchtest, fand er einen Weg, wie es zu bekommen war, und machte es auf die eine oder andere Weise möglich.

»Am Ende hat er einen MBE bekommen«, fügte Rozie an. »Da war ich noch ganz klein, aber ich weiß noch, dass er ins Schloss fuhr und wir uns alle hinterher zum Feiern getroffen haben. Sie haben ihm den Orden persönlich verliehen und …« Sie hielt inne, weil sie lächeln musste. Er hatte gesagt, Ihre Majestät sei »sehr klein, aber überwältigend, selbst ihre Haut schien zu glitzern«. Die Episode war längst Teil der Familiengeschichte. Seine Worte waren schmeichelhaft gemeint gewesen, aber Rozie war nicht sicher, ob die so Beschriebene es auch so aufnehmen würde.

Die sah Rozie plötzlich äußerst merkwürdig an. Hatte Rozie die Worte etwa aus Versehen laut ausgesprochen? Sie war sich nicht sicher, dass nicht. Die Queen sah sie an, als hätte sie ihr eine schwierige Frage gestellt. Oder jemand anders, und Rozie wäre nicht mal da …

Endlich war es ihr eingefallen, die Erinnerung war so flüchtig.

Aber während Rozie geredet hatte, war sie auf einmal gestochen scharf da gewesen. So klar und detailliert, dass sie sich wunderte, wie sie ihr so lange hatte verborgen bleiben können.

»Reiten wir zurück« entschied sie und verkürzte den Ausritt. »Der Himmel sieht etwas bedrohlich aus.«

Die Queen hatte recht. Die stahlgrauen Wolken waren zu riesigen Säulen von der Farbe tahitianischer Perlen aufgewachsen, die Temperatur abgesunken. Nicht zum ersten Mal erwies sich die Wettervorhersage der BBC als übermäßig optimistisch. Sie drehten um und versetzten Pferde und Ponys in einen Trott. Den ganzen Weg über hatte die Queen Rozies engelsgleichen Ausdruck vor Augen, als sie vom MBE ihres Großvaters gesprochen hatte. So ging es mit Orden. Sie hätte bei der Verleihung am letzten Mittwoch schon darauf kommen sollen, aber das war Routine gewesen, wenn auch angenehm. Erst Rozies Worte über jene kindliche Begeisterung hatten ihre Erinnerung zurück an die Oberfläche geholt.

Ein Orden war etwas Besonderes, sehr Persönliches und von lang anhaltender Bedeutung. Hin und wieder lehnte jemand einen ab, aber alle, die ihn annahmen, hielten ihn stolz in Ehren. Sie erinnerten sich an den Tag, an dem sie ihn bekommen hatten, und natürlich auch an alles, was sie getan hatten, *um* ihn zu bekommen, genau wie ihre Familien. Die Queen hatte schon zahllose Male mit stolzen Frauen und Witwen gesprochen, Ehemännern und Söhnen – über im Krieg und auch in der Gemeinde verdiente Auszeichnungen. Die Menschen mochten scheu sein, wenn man sie kennenlernte, aber nicht, wenn es um ihre Orden ging. Eine Frage dazu, und sie öffneten sich. Manchmal wurden sie von ihren Emotionen überwältigt, weil Freunde oder Kameraden bei einem wichtigen Feldzug ihr Leben gelassen hatten, aber auch, wenn sie ihn im Namen eines verstorbenen Verwandten trugen. Nie blieben sie unberührt, *niemals*.

Rachel Stiles hatte eine maßgeschneiderte Smokingjacke über ihrem Cocktailkleid getragen. Auf dem Revers ein winziges silbernes Kreuz auf einem Lorbeerkranz. Sie war nicht die einzige Person im Raum mit einem Orden. Sir Peter hatte nach seiner glanzvollen Karriere sieben, und zwei andere Männer je einen. Dr. Stiles' Orden interessierte die Queen besonders, denn es war ein Elizabeth Cross, das den nächsten Verwandten von im Krieg oder bei einem Terrorangriff getöteten Personen verliehen wurde. Sie selbst hatte es vor weniger als zehn Jahren gestiftet, um ihre Opfer anzuerkennen.

»Und für wen ist das?«, hatte sie, wie sie sich erinnerte, gefragt.

Die junge Frau hatte sie verblüfft angesehen. »Meinen Vater.«

Das zu sagen, schien ihr Mühe zu bereiten, und es klang fast wie eine Frage. Aber man gab nicht nach. »Wo war er?«

Die Frau schien ernsthaft verwirrt. »Äh, im Buckingham Palace?«

Sie zitterte, wie die Queen sah, schien fürchterlich nervös. Und so hatte man sich entschieden, nicht weiter nachzusetzen, und warf sich vor, die Frage nicht klar genug formuliert zu haben. Sie meinte natürlich nicht: *Wo hat er den Orden bekommen?*, weil er doch umgekommen sein musste, damit seine Familie ihn bekam. War das nicht offensichtlich? Sie hatte gemeint: *In welchen Angriff ist er geraten? An welchem Feldzug war er beteiligt?*

Natürlich war das etwas sehr Persönliches, aber über die Jahre hatte sie festgestellt, dass die Menschen gern über ihren Verlust sprachen. Vielleicht, weil man in gewisser Weise für das stand, für das sie gestorben waren. Vielleicht auch, weil man sich interessiert zeigte und viele andere Familien in ähnlicher Situation kennengelernt hatte – und tatsächlich auch selbst sehr liebe Menschen an Krieg und Terroristen verloren hatte.

Sie hatte, kurz gesagt, eine tragische mit dem Orden verbundene Geschichte erwartet, nicht bloß drei Worte dazu, wo er jemand anderem verliehen worden war. Wobei Buckingham Palace in diesem Fall zudem noch eine ungewöhnliche Antwort war. Das Elizabeth Cross wurde normalerweise von Lord-Lieutenants in speziellen Zeremonien überall im Land verliehen. Sie persönlich hatte das nur wenige Male getan, in besonderen Situationen. Aber vielleicht war es ihr deshalb so aufgefallen.

Was für eine komplizierte Situation, hatte sie sich in dem kurzen Moment gesagt, in dem die Worte zwischen ihnen im Raum standen. Die junge Frau war aufgewühlt und schüchtern. Das erklärte die seltsame Antwort. Sie war eindeutig keine große Rednerin. Und am nächsten Tag war sie ihr wieder begegnet, als Kelvin Lo so unbedingt auf seine Schuhe starren musste. Da stand sie in der Gruppe hinter ihm, und es schien ihr nicht gut zu gehen.

Bald nach ihrem kurzen Gespräch war die Queen aus

dem Norman Tower in ihre Gemächer zurückgekehrt und hatte sich auf den Abend *à la russe* mit Charles konzentriert. An die junge Frau hatte sie nicht weiter gedacht.

Aber Rachel Stiles war nicht aufgewühlt gewesen. Einfach nur verwirrt. Ihre Antwort war schlicht falsch – zu einem Ereignis, das sich in ihr Innerstes hätte brennen sollen. Dieser Orden gehörte ihr nicht. Sie hatte keine Ahnung, was er bedeutete. Es war die Jacke von jemand anderem gewesen.

War sie überhaupt Rachel Stiles gewesen?

Wie aufs Stichwort donnerte es plötzlich vom Himmel über dem Park, und die ersten schweren Regentropfen begannen zu fallen. Emma, das Fell-Pony, schüttelte leicht den Kopf und trottete ruhig weiter, aber Temple sah in die Höhe, als hätte jemand geschossen, galoppierte ohne Vorwarnung los und nahm Rozie mit sich.

»Reiten Sie hinterher!«, befahl die Queen dem Stallburschen auf dem Grauen. Temple hielt auf die Bäume zu. Rozie konnte durch einen Ast vom Pferd geholt werden, wenn sie nicht vorsichtig war.

Es schüttete bereits wie aus Eimern. Die Queen verwünschte die Wetterfrösche der BBC und folgte Rozie so schnell, wie sie sich traute.

KAPITEL 17

Eine Stunde später waren sie zurück bei der Arbeit in ihrem Wohnzimmer. Nachdem sie so lange nicht geritten war, schmerzten Rozies Schenkel, aber das Hochgefühl, das sie durchpulst hatte, war es wert gewesen. Sie verspürte immer noch einen leichten Rausch, wenn sie daran dachte, besonders an den letzten Teil, als sie in vollem Galopp durch den Park geprescht waren, bis sich Temple schließlich ihren Kommandos unterworfen hatte und wie ein Turnierpferd bei den Olympischen Spielen nach Hause getrottet war. Sie mochte ihn bereits sehr. Er war ein Schlitzohr, aber sie hatte ihn im Griff. Die Queen hatte gesagt, sie könne mit ihm ausreiten, wann immer sie die Zeit dazu fand. Rozie fühlte sich wie in einer Glücksblase.

Die Queen, in Kaschmir und Perlen, sah aus, als hätte sie gerade einen halben Tag in einem Salon verbracht, und trank eine Tasse Tee mit Honig. Der Wolkenbruch war schnell wieder vorbei gewesen, hatte sie aber dennoch alle komplett durchnässt. Die Queen war gleich nach oben gegangen, um sich wieder präsentierbar zu machen, und hatte den Kopf unter die Trockenhaube gehalten. Das Letzte, was sie diese Woche brauchte, war ein Schnupfen.

Sie brachte Rozie auf den neuesten Stand, was den Vorfall mit dem Elizabeth Cross anging.

»Sie glauben also, sie hatte die Jacke gestohlen?«, fragte Rozie.

»Möglicherweise.« *Oder gleich auch ihre Identität,* wollte die Queen schon hinzufügen. Aber sie konnte sich nicht dazu bringen, es so deutlich auszusprechen. »Könnten Sie bitte überprüfen, ob die Stiles einen Orden verliehen bekommen haben? Und könnte ich ein Foto von ihr bekommen?«

»Ja, Ma'am.«

»Oh, und Rozie?«

»Ma'am?«

»Es gibt da einen Gentleman in Richmond, er heißt Billy MacLachlan und war vor langer Zeit einer meiner Leibwächter. Sie finden seine Kontaktdaten in den Unterlagen. Könnten Sie ihn ganz diskret bitten, sich bei dem Pathologen zu versichern, dass es bei Dr. Stiles' Tod nichts Ungewöhnliches gab? Ich glaube, er hat nach wie vor gute Beziehungen zur Polizei. Sie könnten ihn dazu bringen anzudeuten, dass er gehört habe, die Überdosis sei keine einfache Überdosis gewesen.«

»Ja, Ma'am.«

»Und ich muss nicht extra sagen …«

»Nein, Ma'am, natürlich nicht. Und jetzt, was den Donnerstag betrifft. Der Prince of Wales und die Duchess of Cornwall werden gegen Mittag aus Highgrove eintreffen …«

Nachmittags kam der Friseur, und es gab eine längere Besprechung mit Angela, ihrer Garderobiere. Es war noch einiges dazu zu entscheiden, was sie in den nächsten Tagen tragen sollte, und das Wetter blieb unvorhersehbar. Auch ihr Schmuck musste ausgesucht werden – in einer Reihe offener, samtgefütterter Schatullen lag er vor ihr ausgebreitet. Es war immer gut, Zeit mit jemandem wie Angela zu verbringen, die sie unter anderen Umständen eine enge Freundin genannt hätte. Aber heute ging ihr zu viel im Kopf herum. Die Queen versuchte sich zu konzentrieren, und es war schwieriger als gewöhnlich. Es war eine ungeheure Geduldsprobe, auf Rozie zu warten, die am Abend mit dem

Plan für den nächsten Tag kam, und um von ihren morgendlichen Aktivitäten zu berichten.

Die Neuigkeiten waren unterschiedlicher Natur.

»Dr. Stiles' Vater, Captain James Stiles von den Royal Engineers, wurde 1999 im Kosovo von einem Sprengsatz getötet«, berichtete Rozie. »Rachel war zehn, und das Elizabeth Cross wurde ihrer Mutter verliehen, die später an Gebärmutterkrebs starb. Der Lord-Lieutenant von Essex hat es ihr verliehen, 2010 in der Merville-Kaserne in Colchester. Rachel hatte noch einen jüngeren Bruder, scheint aber das Recht, das Kreuz zu tragen, selbst angenommen zu haben.«

»Verstehe.«

»Ich habe hier ein Foto von Rachel, Ma'am.«

Rozie gab ihr einen Ausdruck der Routineüberprüfung der jungen Frau durch die Sicherheitsbeamten des Schlosses, mit einem Passfoto, das oben angeheftet war. Das Bild war klein und nichts Besonderes. Es zeigte eine junge Frau mit blauen Augen und dem bekannt wirkenden Vorhang aus dickem, dunklem Haar.

»Ich habe nach anderen gesucht, aber da ist kaum etwas zu finden«, gab Rozie zu. »Für jemanden aus der Jahrtausendergeneration hat sie sich ziemlich aus den sozialen Medien herausgehalten. Nicht mal auf LinkedIn gab es ein Foto – das ist eine Website für berufliches Netzwerken, Ma'am –, und sie war auch nicht auf Facebook, Dating-Websites oder dergleichen. Es gibt ein paar Gruppenfotos von Büropartys bei Golden Futures, aber keines, das helfen würde. In der Presse, zur Berichterstattung über ihren Tod, erschien nur ein verschwommenes Foto von ihrem Schulabschluss.«

Die Queen nahm das Passfoto mit einem Vergrößerungsglas aus ihrer Schreibtischschublade näher in Augenschein. So normal betrachtet, ohne die Vergrößerung, würde man sagen, das war sie. Aber das lag weitgehend an ihrem Haar.

Die Nase dieser jungen Frau war anders als die, an die sie sich dunkel erinnerte. Die hier war größer und weniger schön. Und das Kinn stimmte auch nicht. Oder? Wenn sie jetzt jemand auffordern würde zu schwören, dass dies eine andere Person war (zum Glück tat so was keiner), würde sie es nicht können. Ihr Gefühl sagte es ihr, doch das war alles.

Dennoch, die Merville-Kaserne war eindeutig nicht der Buckingham Palace, und der kurze Dialog über die Verleihungszeremonie ergab absolut keinen Sinn. Es war schon eine Ironie, dass ausgerechnet das Elizabeth Cross eine der wenigen Auszeichnungen war, die kaum im Schloss verliehen wurden. Das würde nicht jedem gleich auffallen, aber ihr natürlich.

War damit jemand zu überzeugen? Rachel war schließlich nicht diejenige gewesen, die das Elizabeth Cross bekommen hatte. Ihre Mutter hatte es entgegengenommen. Es ließ sich leicht sagen, dass sie sich schlicht nicht erinnern konnte oder dass sie ihr, der Queen, gegenüber vor lauter Nervosität einiges durcheinandergebracht hatte.

Aber *man* wusste es. Man *wusste* es. Es war einfach so, und damit genug.

Rozie spürte, was sie dachte, und wirkte unsicher. »Hätte die Sicherheitsüberprüfung nicht ergeben, dass sie nicht die richtige Person war?«

»Das ist *deren* Job«, sinnierte die Queen.

»Und was ist mit hinterher – nach dem Mord, meine ich, als die Polizei alle, die im Schloss waren, befragt hat? Wäre es da nicht spätestens aufgefallen?«

»Das sollte man denken.« Die Queen seufzte und wechselte das Thema. »Sie haben nicht zufällig schon etwas von Billy MacLachlan gehört?«, fragte sie ohne große Hoffnung. Rozie würde ihn erst vor ein paar Stunden kontaktiert haben, frühestens. Er konnte kaum schon etwas herausgefunden haben.

»Nein, Ma'am. Aber er sagte, er meldet sich, sobald er etwas Hilfreiches in Erfahrung bringt.«

»Gut.«

Die junge Frau zögerte. Sie schien nervös zu sein, das war nicht ihre gewohnte Privatsekretärin, dachte die Queen.

»Gibt es sonst noch etwas?«

»Tatsächlich, ja, Ma'am. Ich glaube, ich habe einen fürchterlichen Fehler gemacht.«

»Sagen Sie schon, was es ist.«

Die Queen sah, wie Rozie all ihren Mut zusammennahm und das Kinn hob.

»Ich habe in Rachels Büro angerufen und nach ihren Angehörigen gefragt. Ich dachte, Sie würden vielleicht wollen, dass ich später mit ihnen rede. Jedenfalls habe ich gesagt, ich riefe aus dem Büro des Haushalts an und dass sie etwas im Schloss vergessen hätte und wir es gerne zurückgeben würden. Und die Frau sagte, sie habe nicht gewusst, dass Rachel in Windsor war. Ich hatte vergessen, wie hoch geheim das Treffen war, Ma'am. Ich dachte, zumindest ihr Büro hätte davon gewusst. Aber wie auch immer, sie hatten keine Ahnung, wenigstens die Frau nicht, mit der ich gesprochen habe.«

»Oje. Sie haben aber nicht gesagt, worum es bei dem Treffen ging, nehme ich an?« Die Stimme der Queen war ruhig. Das war unglücklich, aber keine Katastrophe.

»Nein, Ma'am, natürlich nicht. Aber diese Frau sagte, es überrasche sie, dass Rachel ins Schloss gekommen sei. Sie sei einige Tage krank gewesen und zu Hause geblieben. Ich habe sie gefragt, wie lange, und die Frau meinte, etwa die Woche vor ihrem Tod. Also auch am fraglichen Abend hier im Schloss.«

»Danke, Rozie.« Die Queen überlegte.

»Möchten Sie, dass ich das jemandem sage, Ma'am?«

»Sie könnten Chief Inspektor Strong fragen, ganz nebenbei, ob seine Leute alle Personen von der Besucherliste, die bei Brodskys Tod im Schloss waren, befragen konnten. Das war mein Eindruck. Und sagen Sie dem Superintendent, dass ich mir Sorgen wegen der Sicherheit mache und er sich bitte die Vorgänge jenes Tages und des nachfolgenden daraufhin ansehen soll, ob alle Sicherheitsüberprüfungen nochmals nachgeprüft wurden. Ich denke, das hat er bereits getan. Er kann mir berichten, was dabei herausgekommen ist.«

Die Queen war nicht abergläubisch, aber ihr war oft schon aufgefallen, dass auch der schlechten Nachrichten drei zu sein schienen. Am nächsten Tag gab es erst etwas Vielversprechendes und dann, innerhalb einer Stunde, gleich drei Rückschläge.

Sie bereitete sich gerade für eine weitere Sitzung des Kronrates vor, als Rozie hereinkam.

»Billy MacLachlan hat sich gemeldet, Eure Majestät.«

»Oh, gut. Gibt es etwas Interessantes?«

»Tatsächlich, ja. Der Obduktionsbericht von Rachel Stiles ist, was die Überdosis angeht, etwas merkwürdig. Zusätzlich zu dem Kokain gab es Spuren eines Beruhigungsmittels, das ihr nicht verschrieben worden war. Aber sie sagen, dass sie lange schon mit Angstzuständen zu kämpfen hatte. Sie hat früh beide Eltern verloren, wie wir wissen.«

»Verstehe.«

Rozies nächster Bericht passte jedoch ganz und gar nicht zu der noch jungen Theorie der Queen. DCI Strongs Team hatte in den Tagen nach dem Mord alle infrage kommenden Personen befragen können, einschließlich Rachel Stiles, die zu Hause in ihrer Wohnung in den Docklands gewesen war und bereitwillig alle Fragen beantwortet hatte, obwohl sie noch an den Nachwehen einer fiebrigen Erkältung litt. Sie hatte also zumindest gewusst, was alles geschehen war.

Darüber hinaus hatte sich der obere Sicherheitschef des Schlosses die Sicherheitsüberprüfung noch einmal angesehen, und alles war ordnungsgemäß durchgeführt worden. Wenn sich also tatsächlich jemand als Stiles ausgegeben hatte, musste sie es äußerst geschickt angestellt haben.

Der dritte Schlag war jedoch bei Weitem der schlimmste.

Humphreys berichtete mit leichter Schadenfreude, wie sie meinte, sein Team im Runden Turm habe herausgefunden, dass Sandy Robertson im letzten Jahr online exakt das Spitzenhöschen gekauft habe, das man bei Brodskys Leiche gefunden hatte. Die Schlinge zog sich zu.

Die Frist, die sie sich selbst gesetzt hatte, verstrich, und sie fragte sich, ob sie überhaupt einen Schritt vorangekommen war. Sie war sich sicher, an etwas dran zu sein, aber was Strong und seine Leute herausgefunden hatten, deutete in eine andere Richtung. Und nun galt es, sich auf die nächsten Tage zu konzentrieren, die sie voll und ganz fordern würden. Geschichte würde gemacht werden und die Welt dabei zusehen. Der arme Sandy Robertson musste sich etwas gedulden.

Es war kaum zu ertragen, doch es ging nicht anders.

KAPITEL 18

Wenn man sie als kleines Mädchen gefragt hatte, was sie gerne einmal sein würde, antwortete Prinzessin Elizabeth: »Eine Lady auf dem Land, mit Tieren.« Die letzten paar Wochen war sie genau das gewesen, aber in den nächsten Tagen musste sie wieder die Queen sein.

Ihr Geburtstag war erst morgen – heute, am Mittwoch, feierten sie und Prinz Philip den fünfhundertsten Gründungstag der Royal Mail im Postamt in Windsor. Es waren viele Leute da, die applaudierten und Fähnchen schwenkten, alles war hübsch geschmückt, und das Wetter zeigte sich gnädig. Angela, ihre Garderobiere, hatte ihren Job sehr gut gemacht und einen pinkfarbenen Mantel mit passendem Hut ausgesucht, was sich sehr gut auf den Fotos machen würde. Das Postamt wurde ihr zu Ehren umbenannt, es gab eine Ausstellung und die unvermeidliche Sondermarke zum Gedenken an diesen Tag.

Es war alles sehr fröhlich und lustig und wurde in seiner englischen Art nur noch von dem nachfolgenden Termin in der Nähe der Alexandra Gardens übertroffen, der Eröffnung eines neuen Musikpavillons, bei der Schulkinder sangen, während andere Auszüge aus *Romeo und Julia* aufführten, die Teil eines Shakespeare-Festivals der Schule waren.

Als sie zurück ins Schloss kamen, waren sie und Philip leicht erschöpft und machten einen Nachmittagsschlaf, bevor sie sich auf das Dinner mit den ersten Familienmitgliedern vorbereiteten, die bereits für den morgigen Festtag angereist waren. Die privaten Räumlichkeiten füllten sich mit Kindern, Enkeln und Urenkeln. Die meisten von ihnen hatte sie seit kurz nach Ostern nicht mehr gesehen, als sie für verschiedene Familienporträts posiert hatten, nicht lange vor dem Mord.

Die Bilder waren von Annie Leibovitz gemacht worden und würden bald veröffentlicht werden. Die Queen war ziemlich glücklich mit ihnen, obwohl sie, wenn sie ehrlich war, ihre privaten Schnappschüsse lieber mochte. Sie mochte es, wenn die Leute natürlich und ungekünstelt zu sehen waren, wenn sie Unsinn machten und ihren Spaß hatten, und das war nicht unbedingt der Stil von Annie Leibovitz. Aber das Bild von ihr und Anne hatte etwas. Und ein anderes mit den Hunden auf den Stufen des Schlosses war ebenfalls sehr schön. Das mit der kleinen Louise und James, den Urenkeln und der Handtasche würden die Leute lieben. Ja, alles in allem war es ein Erfolg gewesen, obwohl die Amerikanerin mit dem gewohnten Gefolge und einer Unmenge Ausrüstung angereist war und viermal so lange gebraucht hatte, als man wirklich mit der Geschichte hatte zubringen wollen. Heute Abend wollte sie den Kindern das Ergebnis präsentieren.

Rozie sah die Familie aus der Entfernung, mit einer strahlenden Queen in der Mitte. Sie strahlte tatsächlich, genau wie Baba Samuel sagte. Es hatte mit ihrer Haut zu tun, ihrer makellosen Haut, und auch mit ihren Augen, die vor Freude zu tanzen begannen, wenn es etwas gab, das sie amüsierte. Die Perlen und Diamanten trugen natürlich ihren Teil dazu bei – aber Baba Samuel hatte recht. Selbst im Morgenmantel umgab sie dieser Glanz. Und jetzt, in ihrem Abendkleid, in Seide und Damast, mit den glitzernden alten Edelsteinen, sah sie wundervoll aus.

Rozie beschloss, diese Stimmung nicht zu verderben, heute und auch morgen nicht, indem sie von Vadim Borowik berichtete, dem persönlichen Diener von Yuri Peyrowski, den man übel zusammengeschlagen in einer Seitengasse in Soho gefunden hatte. Masha Peyrowskaja hatte Rozie am Nachmittag angerufen, völlig aufgelöst vor Angst und Verzweiflung.

»Yuri weiß, er hat mir geholfen! Er hat es befohlen! Er hat ihn bestraft, und bald ich bin dran!«

Es hatte Rozie einiges an Zeit und Geschick gekostet, sie ein wenig zu beruhigen. Masha wollte der Polizei nicht glauben, dass es eine typische schwulenfeindliche Attacke gewesen war. »Natürlich sagen sie das! Bloß weil er schwul war, ist alles möglich!«

»Kommt er wieder in Ordnung?«, hatte Rozie gefragt.

»Wer weiß? Vielleicht er stirbt in der Nacht.«

Russen sind ungeheuer melodramatisch, dachte Rozie. Trotzdem wollte sie sich tags darauf, um sicherzugehen, nach Vadims Zustand erkundigen. Wenn sie die Zeit dazu fand.

Morgen wäre eigentlich ihr freier Tag gewesen, aber der Geburtstag ließ das nicht zu. Aus ganz Europa reisten gekrönte Häupter zum Geburtstagsfest der Queen in Windsor Castle an. Gleichzeitig landete der Präsident der Vereinigten Staaten auf dem Flughafen Stansted, um einen Tag später mit der Queen zusammenzutreffen. Sie und Simon würden von Tagesanbruch an auf den Beinen sein, um die Maschinerie zu überwachen und in Gang zu halten. Die Welt würde zusehen und verließ sich darauf, dass alles von Beginn bis Ende absolut perfekt verlief. Queen Victoria war einundachtzig geworden. Mit neunzig drang die Queen in unbekannte Höhen vor, und es war wichtig, dass sie das neue Jahrzehnt so begann, wie es auch weiter verlaufen sollte.

Am nächsten Tag gab es immer noch nichts Neues aus dem Runden Turm. Aber es war der einundzwanzigste April, und es schien, als sei ganz Windsor draußen auf den Straßen. Die Leute drängten sich hinter den Absperrungen, standen auf ihren Balkonen und lehnten aus ihren Fenstern – ein wahres Meer aus Fähnchen wehte der Jubilarin entgegen. Die Glocken der Kapelle läuteten, Hörner erklangen, und eine Band der Coldstream Guards, des Leibregiments der Queen, brachte ihr ein Geburtstagsständchen.

Die Queen schob alle Gedanken an die Ermittlungen zur Seite und konzentrierte sich auf ihren Job. Sie musste hinaus und sich den Leuten zeigen, was sie ihr Leben lang getan hatte. Draußen vor dem Schloss schien jeder einen Blumenstrauß für sie zu haben. Es gab rosa Luftballons und andere Neunzigjährige, die es zu begrüßen galt. Ein offizieller Weg war zu eröffnen (sie war sehr gut mit Samtvorhängen und kleinen Bändern), und eine Lady präsentierte einen gigantischen purpurnen Kuchen, mit dem sie eine Backsendung der BBC gewonnen hatte, mit ungewöhnlichen Geschmacksnoten, die zu probieren allerdings keine Zeit blieb.

Im letzten Jahr hatten die Leute von Land Rover eine Art Papst-Mobil konstruiert, und die Queen stand mit Philip an ihrer Seite im hinteren Teil und winkte den Fähnchen schwingenden Gratulanten zu. Die Sonne hatte eingewilligt, wieder zu scheinen, und leuchtete hübsch durch silberne Wolken. Es war kühl, aber nicht übermäßig kalt. Nichts, was die Queen nicht gewohnt gewesen wäre. Im Übrigen wärmte sie die ausgelassene Stimmung der Leute, die immer wieder ein »Happy Birthday« entlang des Weges anstimmten.

Sie dachte an ihre Namensvetterin und ihre königlichen Fahrten über Land. Was würde die erste Queen Elizabeth von ihrem »Queen-Mobil« halten, wie Philip es gleich getauft hatte? Die jubelnde Menge würde sie zweifellos mögen. Man versuchte nicht an Heckenschützen auf Dächern zu denken, war aufmerksam und dankbar, immer noch so durch die Gegend fahren zu können. Längst gab es gepanzerte Autos mit schusssicheren Scheiben, aber die waren für den Premierminister. Wenn man die Monarchin nicht mehr sehen konnte, wozu gab es sie dann noch? So stand sie denn in ihrem blass grasgrünen Outfit, passend zur Jahreszeit und dankbar für das milde Wetter und ihre unverwüstliche Verfassung, hinten in diesem offenen Gefährt und winkte.

Später, als die Sonne unterging, verfärbte sich der silbrige Himmel austernrosa. Charles hielt eine kurze, gefühlvolle Rede und forderte sie auf, ein Freudenfeuer zu entzünden. Es war das erste von über tausend im ganzen Königreich, bis hinunter nach Gibraltar, und begann mit einer Reihe Fackeln den Langen Weg hinunter, die hell vor dem dunkler werdenden Himmel flackerten. Sie musste an die Feierlichkeiten nach dem Krieg denken, und wie so seit dem Sieg über die spanische Armada Neuigkeiten im Königreich verbreitet worden waren. Zwischendurch berichtete Sir Simon, dass über eine Viertelmillion Leute Geburtstagsgrüße via Twitter geschickt hatten. Gott sei Dank keine Karten.

Sie hatte darum gebeten, so wenig Gewese wie nur möglich um ihren Geburtstag zu machen, und weniger war dem Land und den Menschen nicht möglich. Es war anstrengend, aber auch schön. Ein wirklich besonderer Tag in Windsor. Sie hatte das Gefühl, mit der ganzen Stadt zusammen gefeiert zu haben, sie mit den Menschen und die Menschen mit ihr. Und jetzt das Dinner im Schloss – ganz im Stil von Charles, was hieß, an einem Tisch für siebzig im Waterloo Chamber, mit einem Blumenmeer und vielen witzigen Reden. Und ganz in der Hoffnung, dass am Morgen alle noch lebten.

Wenn Putin tatsächlich eine Botschaft hätte senden wollen, dachte sie, hätte er sich den heutigen Abend ausgesucht.

Sie ging nach oben, um sich umzuziehen. Auf ihrem Kopfkissen lag eine Schachtel mit handgemachten schottischen Toffees von Philip, mit einer Karte. Er hatte es nicht vergessen. Sie aß eines, um den Abend durchzustehen.

KAPITEL 19

Nach einer Regennacht zog der Freitagmorgen klar und grau herauf. Präsident Obama war in London und sollte Mr Cameron in der Downing Street besuchen, was die Aufmerksamkeit für ein paar Stunden von Windsor nahm, wofür sie dankbar war.

Er und die First Lady würden zum Mittagessen kommen, und obwohl dankenswerterweise bisher niemand die Nachricht überbringen musste, dass ein weiterer Besucher umgekommen war, stand doch Brodskys Fall immer noch offen. Während die Stunden verstrichen, hoffte sie auf ein Nicken von Sir Simon, oder dass Gavin Humphreys sie sprechen wollte, um ihr von einem erstaunlichen Durchbruch zu berichten – aber nichts geschah.

Später am Vormittag kam Sir Simon dann tatsächlich mit Neuigkeiten, doch die machten alles nur noch undurchsichtiger. Wegen der Ähnlichkeit der Haare und dem unerwarteten nachfolgenden Tod hatte die Polizei die DNS des an Brodskys Körper gefundenen Haares mit der von Rachel Stiles verglichen, und sie stimmten überein.

Die junge Frau war also doch hier gewesen, trotzdem hatte sie den Orden ihres Vaters nicht erklären können.

»Sie scheinen überrascht, Ma'am.«

»Eigentlich nicht«, sagte sie und fasste sich wieder. »Haben sich die beiden gekannt?«

»Nicht dass jemand etwas davon gewusst hätte. Aber sie hat angegeben, dass sie abends vor seinem Tod ein kurzes Gespräch mit ihm auf dem Flur gehabt hat. Eine der Haushälterinnen bestätigt das. Vielleicht ist das Haar so übertragen worden. DCI Strong hat mit der örtlichen Kripo auf der

Isle of Dog Verbindung aufgenommen, wo ihre Leiche gefunden wurde. Sie setzen jemanden darauf an, herauszufinden, ob die beiden sich vorher schon kannten. Es ist allerdings wohl nicht sehr wahrscheinlich, und wenn es doch so ist, erklärt es auch nicht viel. Es stellte sich erst später am Nachmittag heraus, dass sie im Schloss übernachten würde, sodass sie kaum geplant haben kann, hier jemanden umzubringen.«

»Ich verstehe. Danke, dass Sie mich ins Bild gesetzt haben.«

»Ma'am.«

Und so stand es nun. Der Präsident würde jeden Moment in den Hubschrauber *Marine One* steigen, um nach Windsor zu fliegen, und sie war mit ihren Anstrengungen in Sachen Brodsky keinen Schritt weiter. Die MI5-Leute trieben ihre Ermittlungen stur weiter voran, ohne einen Blick nach links oder rechts, und sie stand mit ihrer sowieso erst halb ausgeformten Theorie wieder ganz am Anfang.

Aber so war es nun mal. Man würde einfach »locker bleiben« müssen, was in Situationen wie dieser, wie Harry ihr verlässlich erklärt hatte, das einzig »Angesagte« war.

Nach etlichem Hin und Her zwischen den verschiedenen Büros war entschieden worden, dass man den Präsidenten und Mrs Obama bei ihrer Landung im Park empfangen würde, direkt unter der Ostterrasse. Das war nicht unbedingt der normale Ablauf, aber für gewöhnlich feierte man seinen Geburtstag auch nicht mit dem amerikanischen Präsidenten und der First Lady in seinem Lieblingsschloss. Sie würde die beiden im Range Rover abholen. Philip würde ihn fahren.

Insgesamt waren es drei Hubschrauber, und es war eine gewisse Erleichterung zu sehen, dass sie problemlos durch den Luftraum von Heathrow gelangt waren und sicher auf dem Golfplatz landeten. Es war ein windiger Tag, und die Queen hatte sich ein Kopftuch umgebunden. Philip hielt sich mit einem Regenmantel warm. Der Präsident stieg, umgeben von seinen Sicherheitsleuten, aus dem *Marine One*, und sein Gesicht war ein einziges Lächeln.

Es war nicht ganz klar, wer wo im Auto sitzen sollte, doch das fand sich schnell. Das Protokoll schien davon ausgegangen zu sein, dass es wie bei einem Staatsbankett war, bei dem der besuchende Gentleman die Gastgeberin begleitete, doch für die Queen fühlte es sich mehr wie eine Jagdgesellschaft an, mit den beiden Männern vorne, damit sie sich unterhalten konnten. Sie setzte sich mit Michelle nach hinten, die entzückend wie immer war, nachdem sie ihre erste Nervosität abgelegt hatte.

Die First Lady war ungewöhnlich groß, und die Queen musste sich den Hals leicht verrenken, um zu ihr aufzusehen. Aber sie hatte immer noch diese Star-Aura, die man so mochte. Es war schön, nicht die einzige Frau zu sein, von der die Presseleute Bilder wollten. Jede öffentliche Bewegung von Mrs Obama wurde kommentiert und seziert, und sie war es gewohnt, geliebt und gehasst zu werden und nie ganz für sich zu sein. Die beiden Frauen hatten einiges gemeinsam, auch wenn die eine schon fast zehn Jahre auf dem Thron gesessen hatte, als Michelle Obamas Mann überhaupt das Licht dieser Welt erblickt hatte.

Das Schloss war mittlerweile voll mit zusätzlichen Sicherheitsbeamten und Kameras. Es gab eine schnelle Pressekonferenz im Oak Room, um alle bei Laune zu halten, und dann endlich konnten sie sich entspannen. Mit dem bevorstehenden Referendum, den Wahlen und den Plänen der Obamas für die Zeit nach dem Weißen Haus gab es jede Menge zu bereden. Sie würde sie vermissen. Aber die Vorstellung einer Präsidentin der Vereinigten Staaten war interessant. Wie sich die Welt seit 1926 verändert hatte! Wer hätte solch eine Möglichkeit damals vorausgesehen?

Erst nach dem Essen, als sie zurück zum Auto gingen, um sich zu verabschieden, beugte sich der Präsident zu ihr hin und sagte: »Wie ich gehört habe, gab es ein kleines Problem mit einem jungen Russen. Wenn ich mit etwas helfen kann …«

Die Queen sah ihn ernst an, lächelte ihm dann aber schnell und abschätzig zu.

»Vielen Dank. Der Sicherheitsdienst scheint alles unter Kontrolle zu haben. Sie glauben wohl, dass es der Butler war.«

»Der war es am Ende immer …«

»Ich hoffe, nicht. Ich mag meine Butler.«

Präsident Obama dachte an das Haus seiner Tante auf Hawaii, seine Studentenbuden in New York und die emsige Mannschaft im Weißen Haus, die ihm jeden Wunsch von den Lippen ablas, und nickte weise, aber mit einem verschmitzten Funkeln im Blick.

»Tun wir das nicht alle, Ma'am? Tun wir das nicht alle?«

KAPITEL 20

Rozie saß in ihrem Schlafzimmer, und das Licht brannte noch. Eigentlich wollte sie schlafen. Aber es war der anstrengendste Tag gewesen, an den sie sich erinnern konnte, und sie war noch zu aufgedreht, um sich hinlegen zu können. Es war zwei Uhr morgens, und fast alle Fenster des Schlosses waren dunkel. Sie wollte mit Fliss in Frankfurt facetimen, aber ihre Schwester würde längst schlafen, wie auch hier alle, die morgen in aller Frühe, wie Rozie, wieder aufstehen mussten.

Weniger als fünf Stunden, bis der Wecker klingelte. Rozie wusste, sie sollte kurz duschen, etwas Warmes trinken und den Teil ihres Gehirns ausschalten, der den Tag wieder und wieder in Fünfminutenintervallen durchging und jede einzelne Entscheidung und Reaktion danach bewertete, was sie bewirkt hatte. Stattdessen ging sie hinüber zu dem Tablett mit den Karaffen (das in Windsor so normal war wie ein Wasserkessel in Notting Hill) und schenkte sich einen Whisky ein. Sie hatte längst alle Kochbananenchips gegessen, die sie aus Lagos mitgebracht hatte, und so nahm sie sich ein paar kleine Marmeladensandwiches, winzig wie alte Pennys, aus einer Tupperware-Dose. Die waren vom Kindertee gestern noch übrig, die Küche hatte sie ihr gegeben. Was würde ihr Großvater sagen, wenn er wüsste, dass sie mit dem Kronprinzen von Dänemark gescherzt hatte und die übrig gebliebenen Marmeladen-Pennys von Prinz George aß?

Ihr Laptop war noch auf, und sie sah durch den Terminplan für den nächsten Tag, bevor sie sich durch Twitter, die BBC, die *Financial Times*, die *New York Times* und die *Wa-*

shington Post klickte. Dann, mit ihrem sechsten Marmeladen-Penny, folgten die *Daily Mail*, der *Daily Express* und die anderen Zeitungen, die über die königliche Familie berichteten, um sich zu versichern, dass sie die heutigen Geschehnisse nicht schlimmer verzerrt hatten als gewöhnlich. Sie spielte Art Blakey von ihrer Playlist und hoffte, dass der Blue-Note-Jazz ihren Cortisol-Crash ausgleichen würde. Sie wühlte sich durch YouTube zu: »Präsident Obama kommt in Windsor an: LIVE«, und: »Hilary Clinton spricht offen über ihre Pechsträhne auf Saturday Night Life«, bis zu: »Die neun witzigsten Julia-Louis-Dreyfus-Old-Navy-Spots« (mittlerweile hasste sie sich).

Sie checkte, was ihre Schwester und ein paar Cousins auf Facebook trieben, und gab ein paar Namen von Leuten ein, die sie kannte. Die Uhr auf dem Bildschirm sagte ihr, dass es fast drei war. Wenn sie den Laptop nicht bald zuklappte, würde sie … Sie war zu müde, um sich vorzustellen, was morgen sein würde, aber es würde übel werden. Wie immer. Sie aß noch einen Penny und gab Meredith Gostelows Namen ein, aber die Architektin schien nicht auf Facebook zu sein. Wie komisch. Was für ein Leben führte diese Frau? Dann versuchte sie es mit Masha Peyrowskaja und hoffte auf zahllose Fotos von exotischen Reisen und hochwichtigen Frauen, mit denen sie essen ging. Es gab ein Profil, doch das war privat. Ist ihr gutes Recht, dachte Rozie. Und da sie schon einmal dabei war und an ihre Erkundigungen in London denken musste, gab sie auch Vijay Kulandaiswamy ein – so einen Namen vergaß man nicht gleich.

Und das war jetzt etwas ganz anderes.

Nur ein Eintrag folgte auf ihre Suche, und das Profilfoto passte zu dem Mann, den sie in Brodskys Wohnung in Covent Garden getroffen hatte. Vijay postete, was zu posten war. Sein Feed war voller Updates, die frei für jedermann einzusehen waren. Er mochte GIFs und Memes von den

US-Wahlen, die Rozie vertraut und bekannt vorkamen, dazu Bilder von sich und seinen Freunden in Kneipen und Restaurants rund um die Welt. Rozie scrollte durch seine Posts und spürte, wie sie die erwünschte Müdigkeit überkam. Als sie jedoch noch einmal zurück nach oben ging, wurde sie schlagartig wieder wach.

Das neueste Foto, dem sie zunächst keine Beachtung geschenkt hatte, war offenbar schon älter, mit Vijay in einer Gruppe leicht angeschlagen wirkender Freunde, betrunken und glücklich am Ende einer Party. »So traurig, wir werden dich vermissen«, begann der Text dazu, und sie dachte gleich an Maksim Brodsky, da sie annahm, dass es um seinen Tod ging.

Doch die Nachricht richtete sich nicht an Brodsky, sondern an jemand anderes – eine junge Frau. Vijay tat Rozie leid. Was für eine unglückliche Geschichte, innerhalb von zwei Wochen nicht nur deinen dir so lieben Mitbewohner, sondern auch noch eine Freundin zu verlieren. Sechsundzwanzig war sie gewesen, stand unter dem Bild. Anita Moodie hatte sie geheißen, und es war unklar, wie sie gestorben war. Offenbar war sie eine talentierte Sängerin gewesen, eine vielsprachige Frau, die rund um die Welt gereist war. Vijay hatte auch ein Foto von ihr und ihrem Bruder gepostet, das vor ein paar Jahren auf dem Peak in Hongkong aufgenommen worden war. Ihre lächelnden Gesichter zeugten von Zuversicht und Lebenslust.

Aus ihrer typischen Internetneugier heraus wollte Rozie wissen, was der jungen Frau zugestoßen war. Es schien, als wollte Vijay es nicht offen aussprechen. War es ein schlimmer Unfall gewesen? Eine Krankheit?

Sie klickte auf Vijays Bruder, Selvan, der in den Fotos getaggt war und ebenfalls reichlich von sich postete. Sein Feed war voller Fotos von sich als Teenager mit Anita und Freunden. Auf einigen von ihnen lag Maksim Brodsky vor den anderen auf dem Boden ausgestreckt, den Körper lässig für die Kamera hindrapiert. Oder er saß lachend da und hatte eines der Mädchen auf dem Schoß.

Rozie checkte, was es an näheren Informationen über Selvan Kulandaiswamy gab: Er war ebenfalls in die Schule in Allingham gegangen. Und klar, Vijay und Maksim waren alte Schulfreunde. Vijay hatte es ihr, als sie in der Wohnung gewesen war, erzählt, und seine Facebook-Seite bestätigte es. Rozie klickte auf den Link zu Anita Moodies Seite: Auch sie war in Allingham gewesen. Dem Geburtsdatum nach war sie in die gleiche Klasse wie Selvan gegangen, der Jahrgang zwischen Maksim und Vijay, und ging man nach den alten Fotos, hatten sie sich zumindest manchmal getroffen.

Auf Selvans Seite fanden sich unter den letzten Kommentaren zu seinen Posts Hinweise auf das »abrupte Ende« von Anitas Leben. »Ich hatte keine Ahnung, dass sie psychische Probleme hatte«, schrieb jemand. Selvan hatte mit einem traurigen Emoji darauf geantwortet und den Worten: »Ich auch nicht. Wir sind alle geschockt.«

Rozie nahm einen Schluck Whisky und spürte, wie ihr ein Schauer über den Rücken lief. Drei Leute Mitte zwanzig waren in den letzten achtzehn Tagen gestorben, und zwei von ihnen waren in dieselbe Schule gegangen. Sie hatte keine Ahnung, wie Anita Moodies Tod mit dem von Maksim Brodsky in Verbindung zu bringen war, ganz zu schweigen mit dem von Rachel Stiles, aber das konnte doch nicht einfach nur Zufall sein, oder? Nun, *konnte* es schon – aber *war* es das auch?

Hinter ihr, ein Stück weiter oben, stand der Runde Turm mit DCI Strongs Leuten. Ich sollte gleich morgen früh hingehen, dachte sie. Aber sie wusste, sie würde es nicht tun. Sir Simon hatte ihr erzählt, wie uninteressiert die Polizei an Rachel Stiles' Haar in Brodskys Zimmer war. Ja, es musste in die Untersuchung eingehen, aber sie waren viel zu begeistert von dem Frauenslip. Rozie hatte in der Bank genug statistische Theorie studiert, um zu wissen, wie leicht es war, die schulische Verbindung der Opfer als bloßen Zufall abzutun. Junge Leute kamen zu Tode. Sie nahmen Drogen und begingen Selbstmord. Es war tragisch, aber so war es nun mal. Und überhaupt, wie sollte sie erklären, dass sie spätnachts Vijay Kulandaiswamy online hinterherspionierte – einem Mann, den sie nie getroffen haben sollte?

Rozie fühlte sich seltsam ruhig. Sie trank den letzten Schluck Whisky, ließ Art Blakey weiter auf ihrem Laptop spielen, schlüpfte angezogen ins Bett und schaltete das Licht aus.

Es war bereits neun Uhr, als sie am nächsten Morgen mit fürchterlichen Kopfschmerzen aufwachte. Irgendwie hatte sie vergessen, den Wecker zu stellen. Ihr erster Gedanke war, dass heute Sir Simon, dem Himmel sei Dank, der Queen die Schachteln brachte. Rozie hatte sie am Abend vorbereitet, und sie waren voller als sonst, nachdem in den letzten Tagen so viel anderes zu tun gewesen war. Ganz obenauf lag eine kleine Auswahl persönlicher Briefe an die Queen, sorgfältig ausgewählt, die sie würde sehen wollen. Ja, natürlich setzte sich die neunzigjährige Monarchin am Wochenende an ihren Schreibtisch, um die liegen gebliebenen Dinge abzuarbeiten. Sir Simon hatte erzählt, wie verwundert und verletzt sie ihn angesehen habe, als er vorsichtig vorgeschlagen hatte, sich etwas Ruhe zu gönnen.

In etwa einer Stunde würde er ihr die Schachteln bringen. Er und nicht Rozie. Sie hatte in der Nacht nicht mehr daran gedacht. Tatsächlich hatte sie heute keinerlei Termin mit der Queen, auch morgen, am Sonntag, nicht. Sie überlegte einen Moment, ob es bis Montag Zeit hatte, ihr von ihrer Entdeckung zu berichten. Womöglich hatte es rein gar nichts zu bedeuten.

Aber ein Mann war ermordet worden, was der Queen keine Ruhe ließ. Genauso wenig wie Rozie.

Sie brühte sich eine Tasse Tee auf und aß die letzten Marmeladen-Pennys. Die Kopfschmerzen ließen etwas nach, und nachdem sie geduscht hatte, fühlte sie sich besser. Zehn Minuten später trug sie einen ihrer engen Bleistiftröcke, eine weiße Bluse und die maßgeschneiderte Jacke, die sie ihren ersten Monatslohn gekostet hatte. Sie hatte sich das Haar gemacht, ein Minimum an Make-up aufgelegt und war in ihre typischen Stöckelschuhe geschlüpft. Rozie hatte einen Plan, und damit er funktionierte, musste sie ein paar sorgfältig aufeinander abgestimmte Anrufe machen.

Sir Simon redete gerade mit dem Master des Haushalts, als sie an seiner offenen Bürotür vorbeikam. Er tippte nur kaum merklich auf seine Armbanduhr und schickte einen fragenden Blick zu ihr hinaus. Sie ging in ihr Büro, das gleich hinter seinem lag, und setzte sich an den Schreibtisch. Die offiziellen Zeiten einzuhalten, war am Wochenende nicht so wichtig wie sonst, solange man keinen Termin mit der Chefin hatte.

Rozie holte sich den aktuellen Terminplan der Queen auf den Bildschirm und richtete den Blick auf die Stunde vor dem Mittagessen. Dann rief sie im Büro des Premierministers an, um mit Emily, seiner Privatsekretärin, zu sprechen, die über die letzten Monate zu so etwas wie einer Freundin geworden war.

»Wir haben über mögliche Geschenke nachgedacht, die das Kabinett der Queen machen könnte«, sagte sie. »Sir Simon hat eine Liste.«

»Oh, gibt es so etwas? David ist völlig verzweifelt. Er hat all diese Ideen, aber dann hat sie's schon, vielleicht sogar in Gold, oder Sam denkt, es ist albern, und einer der Minister verzieht das Gesicht, und David macht einen Rückzieher.«

»Gestern hatte Simon eine brillante Idee.«

»Wunderbar. Weil, wir haben nur bis Juni Zeit, und das scheint nicht sehr lange, wenn es womöglich erst noch angefertigt werden muss. Und natürlich hat David fürchterlich viel um die Ohren. Gott sei Dank wollte sie nichts zum eigentlichen Termin. Hat der Präsident ihr etwas geschenkt?«

»Ich weiß es nicht.«

Rozie hatte während des Besuchs im Büro gesessen – falls jemand anrief. Sir Simon würde es gesehen haben. Einen Moment lang wurde ihr die Unwirklichkeit ihres Jobs erneut bewusst. Wenn sie wissen wollte, was Barack Obama der Queen zum Geburtstag geschenkt hatte, ganz persönlich … konnte sie einfach fragen.

»Kann ich mit ihm sprechen?«, fragte Emily. »Mit Simon, meine ich.«

»Er ist gerade nicht in seinem Büro. Versuch es um elf.«

»Kein Problem. Danke, Schatz.«

Rozie legte den Hörer auf die Gabel und lauschte dem befriedigenden Klicken. Emily war gewissenhaft, hartnäckig und ließ die Aufgabenliste des Premierministers nicht aus den Augen. Das Geschenk der Regierung zum offiziellen Geburtstag der Queen stand schon seit langer Zeit ganz oben auf dieser Liste, und Emily würde alles tun, um den Punkt mit einem Haken versehen zu können. Rozie machte noch ein paar weitere Anrufe.

Dann sorgte sie dafür, um elf mit Sir Simon und dem Sicherheitschef des Schlosses den gestrigen Tag nachzubesprechen. Wie von ihr instruiert, rief jemand von der St Paul's Cathedral um Viertel nach elf an, um die Einzelheiten des Dankgottesdienstes am offiziellen Geburtstag der Queen zu besprechen. Die Minuten verstrichen, und Sir Simon sah immer wieder auf die Uhr. Die Queen musste bald mit den Schachteln fertig sein. Aber um halb zwölf kam seine Sekretärin herein und sagte, das Büro des Premierministers rufe jetzt schon zum dritten Mal an und wolle ihn persönlich sprechen. Offensichtlich gehe es um etwas ziemlich Wichtiges.

Sir Simon seufzte, verdrehte die Augen und nickte. »Stellen Sie den Anruf durch.« Er machte eine Geste in Rozies Richtung. »Würde es Ihnen etwas ausmachen, wenn Sie die Schachteln holten?«

Es machte ihr nichts aus. Als das Telefon klingelte, war sie bereits unterwegs, und er fragte sich ein weiteres Mal, wie sie in diesem Rock und mit diesen hohen Absätzen so flott unterwegs sein konnte.

»Oh, gut, Sie sind es«, sagte die Queen ohne große Überraschung, legte die letzten Papiere zurück in ihre Schachtel und vergewisserte sich, dass sie nichts vergessen hatte.

»Ja, Eure Majestät.« Rozie machte einen Knicks. *Das* in dem engen Rock hinzubekommen, war ein interessanter Lernprozess gewesen.

Die Queen stellte ihre Teetasse ab. »Vielen Dank.«

Das Mädchen, das im Hintergrund gewartet hatte, nahm das Tablett und verließ den Raum. Die Queen wandte sich Rozie zu.

»Gibt es etwas Neues?«

»Ja, Ma'am.«

Rozie hatte genau eingeübt, was und wie sie es sagen wollte, ohne wertvolle Zeit zu vergeuden. Sie erzählte der Queen von Vadim Borowik, der in Soho zusammengeschlagen worden war, beruhigte sie gleich, er sei bereits wieder aus dem Krankenhaus, und fügte hinzu, Masha Peyrowskaja fürchte, dass ihr Mann dahinterstecke. Dann berichtete sie von ihrem Internetausflug in der letzten Nacht und dem merkwürdigen Zusammentreffen Brodskys mit Anita Moodies Tod.

Die Queen lauschte gebannt.

»Das Mädchen war eine gute Freundin, denken Sie?«

»Nun, ganz sicher kannten sie sich, und es mag auch eine Verbindung über die Musik geben. Maksim war Pianist, und ich habe mich heute Morgen näher über Anita informiert. Sie hat Musik studiert. Sie hatte ein Gesangsdiplom.«

»Das ist es, was sie nach der Schule gemacht hat? Sie hat gesungen?«

»Nach allem, was ich sagen kann, ja. Sie hat nicht viel auf Facebook gepostet, aber Freunde haben von ihren Auftritten berichtet.«

Das passte nicht wirklich ins Bild. Die Queen hörte zu, ohne wirklich zu wissen, was sie mit dem, was sie da hörte, anfangen sollte. »Ist es sicher, dass es Selbstmord war?«, fragte sie.

»Ihre Freunde scheinen es zu denken. Wobei es alle überrascht hat.«

»Haben Sie ein Foto von ihr?«

»Ja, Ma'am.«

Rozie hatte verschiedene Screenshots von Bildern aus Selvans Feed und Anitas eigener Facebook-Seite gemacht. Sie beugte sich vor und zeigte sie der Queen auf ihrem Telefon, die sie durch ihre Zweistärkenbrille betrachtete. Sie sah eine hübsche junge Frau mit ernsten, dunkelbraunen Augen und einem rötlich glänzenden Bob, der ihr um das Kinn schwang. Immer wirkte sie hübsch zurechtgemacht und trug feminine, gut geschnittene Kleider. Die Queen versuchte das alles zu verarbeiten.

»Danke, Rozie. Vielen Dank. Sie könnten Mr MacLachlan bitten, ein paar Nachforschungen zu Anita Moodie anzustellen, ja? Es wäre interessant, ein wenig mehr über sie herauszufinden. Würde es Ihnen etwas ausmachen, ihn zu bitten, nachzuprüfen, ob sie Chinesisch gesprochen hat? Mandarin? Und dann wollte ich Sie auch noch fragen, ob

Sie eventuell in Erfahrung bringen könnten, was für Unterwäsche Sandy Robertson im Internet gekauft haben soll?«

»Das habe ich bereits, Ma'am. Gestern«, sagte Rozie. Sie ging regelmäßig in DCI Strongs kleinen Einsatzraum im Runden Turm, um ein paar Worte zu wechseln. Brachte Marmeladen-Pennys oder ein paar Stücke Dundee-Kuchen mit, der freudige Aufnahme fand.

Die Queen schien überrascht. »Tatsächlich?«

»Ich dachte, der Kauf könnte Sie beunruhigen.« Was eine höfliche Art war zu sagen, dass sie beide die Unterwäschentheorie für lächerlich hielten. »Er hat sie im letzten Sommer bei Marks & Spencer gekauft. Es ist die drittbeliebteste Reihe der firmeneigenen Marke – mehr als hunderttausend wurden davon verkauft. Mr Robertson bleibt dabei, dass er sie für seine Tochter Isla gekauft hat, die bei ihm lebt. Sie ist sechzehn. Er kauft regelmäßig für sie ein, und sie hat noch mehr Teile davon. Was natürlich nicht beweist, dass er sie nicht auch für einen anderen Zweck gekauft haben kann.«

»Nein. Ist DCI Strong von dieser Verbindung *sehr* überzeugt?«

»Ich würde sagen, *ziemlich,* Ma'am. Aber hunderttausend sind eine Menge Unterhosen.«

»Danke.«

Rozie nahm die Schachteln und brachte sie zurück zu Sir Simon. Er war immer noch am Telefon und redete mit Emily über Champagner-Untersetzer aus vergoldetem Silber, mit Gravur. Er verdrehte theatralisch die Augen, klopfte wieder auf seine Uhr und ließ die Augen noch mal kreisen. Rozie lachte. Sie mochte ihn wirklich.

Es war nicht gut, so einen Mann zu belügen, aber verdammt, es war auch aufregend.

KAPITEL 21

Im Quick Talk Internet Café in Clapham Junction gab es drei Tische, eine Theke, an der man klumpigen Kuchen, Cola und Limo kaufen konnte, und acht Computer links an der Wand, von denen drei funktionierten. Es war ziemlich voll für einen Sonntagmorgen, fünf Kunden hackten auf ihre Tastaturen ein und nippten an ihren Getränken. Zwei Frauen mit Hidschabs sprachen leise miteinander und hatten ein Auge auf ein schlafendes Baby in einem Kinderwagen, der bei der Tür stand. In der Mitte beugte sich ein junger Mann in einem T-Shirt zu seinem Bildschirm vor und schien völlig in dem, was er da machte, verloren, während ein Älterer neben ihm in sich hineingrummelte, Kuchenkrümel auf der Tastatur verteilte, mit dem rechten Mittelfinger Buchstaben um Buchstaben suchte und auf das Ergebnis wartete.

Der ordentlich gekleidete Mann mit dem etwas lichten Haar und dem offenen, kurzen, zweireihigen Mantel gleich bei der Theke war nicht zum Reden und Kuchenessen hergekommen. Zudem machte er gerade eine Diät, und nichts von der Auswahl passte dazu. Auch der Tee war eine Katastrophe. Er nippte an einem angeschlagenen Glas Leitungswasser und wünschte, er wäre zu Hause in seiner Wohnung in Richmond mit allem modischen Schnickschnack, einem anständigen Wasserkessel und einem Computer, mit dem er besser zurechtkam als mit dem hier.

Aber sein Computer zu Hause hatte seine eigene IP-Adresse. Der Mann wusste zwar, wie man im privaten Modus durchs Internet surfte, war sich jedoch bewusst, wenn was danebenging, verfügte die Regierung über die entsprechenden Hacker und war ruck, zuck bei ihm. Besser er ging hier ins Internet, in diesem anonymen, kleinen Café, das zehn Minuten mit der Bahn entfernt lag.

Billy MacLachlan suchte jetzt seit zwanzig Minuten nach Interessantem über Anita Moodie und war, was ihn betraf, mit ihrem Instagram-Account bereits auf Gold gestoßen. Das Mädchen war selfiesüchtig gewesen und hatte die Ergebnisse über Jahre für alle zugänglich gepostet. Es gab über zweitausend Bilder, und er würde sie sich alle ansehen. Dieser Teil seines Jobs war keine Drangsal (obwohl das Wasser übel schmeckte, da war selbst der Tee besser gewesen). Das Mädchen war gerne gereist. Hatte es krachen lassen. Hatte schöne Dinge und schöne Orte genossen. Und er genoss es, sie anzusehen, durch sorgfältig ausgewählte Filter, hielt immer wieder inne und machte sich Notizen für die weitere Arbeit.

Die Gesangsauftritte, nachdem sie die Schule für orientalische und afrikanische Studien abgeschlossen hatte – es war ihr erster Abschluss –, folgten einem Muster. Einem sehr interessanten Muster. MacLachlan skizzierte es auf seinem billigen Spiralblock, den er neben der Tastatur liegen hatte. Er nippte an seinem Wasser, ließ einen Schluck Tee folgen (nein, der Tee war doch schlimmer) und scrollte weiter durch ihre Bilder.

Die Queen war nicht die Einzige, die der Gedanke ärgerte, dass Obama mit aller Aufklärungs- und Sicherheitsmacht, zu der die CIA fähig war, in England angekommen war, während die besten Köpfe von Polizei und MI5 ihren kleinen, örtlichen Mordfall noch nicht hatten klären können.

DCI Strong sah auf die Tafel, die an der Trennwand in seinem Einsatzraum im Runden Turm hing und eine besorgniserregende Anzahl Verdächtiger samt Fragezeichen aufwies. Eine Menge Leute hatte Zugang zu Maksim Brodskys Zimmer in jener Nacht gehabt, wenn er sie denn hereingelassen oder sie gewusst hatten, wie man ein einfaches Yale-Schloss knackte. Und wer erst mal drin war, hatte nur ein paar starke Hände sowie etwas Übung und Vorbereitung gebraucht, um ihn umzubringen und in den Schrank zu verfrachten. Aber wer hatte das tun wollen? Das war der Punkt, an dem David Strong immer wieder hängen blieb.

Humphreys war nach wie vor von seiner Schläfertheorie überzeugt, und er konnte sehr überzeugend sein. In Geheimdienstkreisen war er bekannt für ein paar spannende Einsichten in neue, alarmierende Strategien angeblich friedlicher Nationen, die auf mühevoller Kleinarbeit basierten. Geduld und die Beachtung selbst noch kleinster Details waren Teil von Humphreys' Richtschnur. Geduld, so nahm er an, war die Schlüsseleigenschaft des Schläfers gewesen, und wenn es stimmte, hatte der Mann so reüssiert. Der Mord war vollbracht, aber ungelöst – und aus Sicht des Schläfers damit ein voller Erfolg.

Obwohl …

Strong war zu höflich, das Humphreys gegenüber anzusprechen, wenn sie sich mit den hohen Tieren trafen, was zwei-, dreimal die Woche der Fall war – aber im russischen Geheimdienst feierte niemand die brillante Hinrichtung eines Dissidenten direkt vor der Nase Ihrer Majestät der Queen. Taten sie es doch, dann so leise, dass nicht einmal ein Flüstern zum MI6 durchgedrungen war, obwohl der seine Ohren im Kreml und an verschiedenen russischen Außenposten hatte.

Wenn man so einen Aufwand betrieben hatte, um jemanden umzubringen, auf solch eine Weise und nachdem man seinen Killer so lange vorher in Position gebracht hatte, warum es dann derartig unter der Fellmütze halten? Nach den Morden an Markow 1978, Litwinenko 2006 und dem Versuch vor vier Jahren, Gorbuntsow auszuschalten, hatte es in der Geheimdienst-Community Unmengen an Klatsch und Spekulationen, Triumphgeschrei und Angeberei gegeben, wie es für Putin und seine Leute nun mal typisch war. Strong wusste das, weil er sich schlaugemacht hatte. Er wollte Humphreys' Welt verstehen, und wenn du aus Windsor Castle heraus arbeitest, erzählten dir die Leute einiges.

Das war allerdings nicht der einzige Grund, aus dem Strong die Liste der Verdächtigen weiter offenhielt. Es war seine natürliche Sorgfalt. Sein Team hatte die Tänzerinnen bis ins Letzte durchleuchtet, und auch den Freund, mit dem eine von ihnen angeblich gefacetimt hatte. (Sie hatte.) Ebenso Peyrowskajas Hausmädchen, obwohl sie winzig war. Es gab keine DNS von ihr in Brodskys Zimmer. Keinen wirklichen Beweis, dass sie nichts mit dem Mord zu tun hatte, aber auch keinen, *dass* sie in die Geschichte involviert war.

Dann war da noch die junge Frau vom Treffen der Auslandsaufklärung. Sie war Brodsky im Flur vor seinem Zimmer begegnet, nachdem er unten im Crimson Drawing Room Klavier gespielt hatte. Eine vorbeikommende Haushälterin hatten die beiden gesehen. Die junge Frau hatte angegeben, sie habe eine Kontaktlinse verloren und dass er ihr geholfen habe, sie zu finden, was die Haushälterin bestätigt hatte. Eine Zeit lang dachte Strong, sie sei die letzte Person gewesen, die Brodsky lebend gesehen hatte. Aber warum sollte sie ihn attackieren? Geplant hatte sie es nicht haben können. Erst ein paar Stunden vorher hatte sich ergeben, dass sie über Nacht bleiben würde.

War es zu einer sexuellen Begegnung gekommen? Hatte er sie auf irgendeine Art und Weise missbraucht? War etwas danebengegangen?

Strong hatte das in Erwägung gezogen, doch dann kam die überraschende Entdeckung, was den russischen Diener betraf. Sie war durch etwas ausgelöst worden, was der Commissioner gesagt hatte, etwas über Geschichten zwischen Besuchern und Bediensteten (von der Queen selbst wollte er die gehört haben, aber vielleicht hatte er dem Ganzen auch nur einen weiteren Schnörkel hinzufügen wollen), über Wetten, ob man einzelne Personen an den Sicherheitsleuten vorbei in die Gästezimmer schleusen konnte.

Das hatte Strong zu denken gegeben, und er war mit seinem kleinen, im Schloss arbeitenden Dreierteam jede einzelne Möglichkeit durchgegangen. Natürlich war das Sicherheitssystem von Windsor Castle darauf ausgerichtet, Fremde und Unbekannte nicht ins Schloss kommen zu lassen, vor allem aber, die königliche Familie zu schützen. Es ging sicher nicht in erster Linie darum, besuchende »Hauptpersonen«, wie sie genannt wurden, vor ihren eigenen Bediensteten zu schützen. Ja, das mitgebrachte Personal durfte nicht ohne ausdrückliche Einladung in die Gästesuiten – aber wenn ein Gast mit seinem Bediensteten die Betten tauschen oder teilen wollte, gab es dann Vorkehrungen, ihn zu stoppen? Oder sie?

Jedenfalls war etwas Interessantes dabei herausgekommen. Die Dienerschaft und die in jener Nacht diensthabenden Polizisten waren ein weiteres Mal befragt worden, etwas eingehender diesmal, und Strong hatte herausgefunden, dass Vadim, Peyrowskis Diener, zweimal nach oben gegangen war, zunächst zur schönen Masha Peyrowskaja, dann zu seinem Dienstherrn.

Wie sich herausstellte, hatte sein Chef beim ersten Mal noch unten mit seinem Hedgefonds-Freund getrunken, was einen Sinn ergab. Aber einem der Detective Inspectors waren ein paar seltsame Einzelheiten in den Aussagen der Dienerschaft aufgefallen. Beim ersten Mal hatte Peyrowskis Diener das Gesicht von ihnen abgewandt gehalten und mit seiner Begleiterin gesprochen, und er hatte einen grauen

Anzug angehabt. Beim zweiten Mal hatte er ihnen offen ins Gesicht gesehen, und sein Anzug war schwarz.

Was komisch war. Und so hatten seine Leute den Mann etwas stärker unter Druck gesetzt, und am Ende war er eingeknickt. Nein, er hatte ganz und gar nichts mit der umwerfend schönen Frau seines Chefs. Er war schwul und hatte einen festen Freund. Ja, schon, Masha Peyrowskaja zuliebe hatte er bei der Sache mitgespielt, wollte aber auf jeden Fall vermeiden, dass irgendwer annahm, sie hätten etwas miteinander.

Nicht *er,* Vadim, war beim ersten Mal mit ihr nach oben gegangen. Auch kein anderer, der mit ihr ins Bett gewollt hatte – da war sich Vadim sicher. Masha Peyrowskaja war ein wertvolles Juwel. Sie war ihrem Mann treu und genoss den Aufenthalt im Schloss. Niemals hätte sie etwas getan, was den Glanz des Abends zerstört hätte, sie war nicht diese Art Frau. Es war Mr Brodsky gewesen, der mit ihr nach oben gegangen war, und sie waren Freunde, einfach nur Freunde. Beide liebten die Musik. Vielleicht hatten sie über Rachmaninow gesprochen?

Als sie darauf Masha befragt hatten, hatte die ohne weitere Umstände Meredith Gostelow verraten. Die Architektin war im Moment beruflich in Sankt Petersburg, und sie hatten noch nicht persönlich mit ihr sprechen können, am Telefon jedoch hatte sie Mashas Behauptung nicht widersprochen, dass sie das Objekt der Begierde des jungen Mannes gewesen war. Brodsky hatte es also mit der älteren Lady getrieben, nicht mit der jungen. Wer hätte das gedacht?

Was bedeutete, dass er stundenlang nicht in seinem Zimmer gewesen war, ohne dass sie etwas davon geahnt hätten. Strong schämte sich dafür. Es erklärte jedoch nicht, was danach passiert war. Die Sicherheitsleute waren sicher, dass der Mann, von wem sie jetzt wussten, dass es Brodsky gewesen war, anschließend allein nach oben in sein Zimmer gegangen war. Meredith Gostelow hatte ihn nicht auf diesem letzten Gang begleitet. Das widerlegte Humphreys' Annahme, dass die Frau, weil sie an einem Projekt in Sankt Petersburg arbeitete, eine mittelalte putinsche Mata Hari war, ausgesandt, um Brodsky nach Hühnchen und Petits Fours zu verführen und zu ermorden. Wie schade. Strong hatte die Vorstellung gefallen.

Vadim konnte Brodsky selbst umgebracht haben, nachdem er Peyrowski zu Bett gebracht hatte, überlegte Strong. Aber wieder: Warum? Weil sich Brodsky seiner Identität bedient hatte? Da schien ein Mord doch eine gewisse Überreaktion.

Die Person, die das Ganze am meisten zu beunruhigen schien, war Meredith Gostelow. Aus ihrem Hotelzimmer in Sankt Petersburg hatte die Frau ihn angefleht, nichts davon an die Öffentlichkeit dringen zu lassen, da ihr Ruf als internationale Architektin auf dem Spiel stehe. (Strong hatte nie von ihr gehört. Was jedoch nicht viel zu sagen hatte, in der Welt der internationalen Architektur.)

Wie immer, zu ihrem Glück bestand kaum Gefahr, dass diese kleine, wertvolle Information nach außen drang, bedeutete die absolute Paranoia in Bezug auf Schlagzeilen in der *Daily Mail* doch, dass dieser Fall die geheimste Untersuchung war, die Strong je durchgeführt hatte. Sein Miniteam bestand aus den loyalsten Männern und Frauen, die er sich nur wünschen konnte. Nie blieben irgendwo irgendwelche Unterlagen oder Hinweise zurück. Nicht die kleinste Information verirrte sich in unerwünschte WhatsApp-Gruppen. Sämtliche Fragen, selbst von engen Freunden unter den Kollegen, wurden abweisend beantwortet. Dennoch ließen es sich verschiedene hohe Regierungsbeamte und einige Handlanger Humphreys' nicht nehmen, regelmäßig so heftige wie unnötige Drohungen für den Fall zu formulieren, dass sie nachlässig wurden.

Nur Singh schien darauf zu vertrauen, dass sie ihren Job so ernsthaft und sachgerecht machten, wie sie es gelernt hatten. Strong mochte den Commissioner, der einiges zu ertragen hatte, ohne es weiter nach unten durchzureichen.

Und dann war Vadim Borowik das Opfer eines sogenannten homophoben Angriffs in einer Gasse bei der Dean Street geworden. Strong war sich ziemlich sicher, dass es um eine Privatsache im Zusammenhang mit Peyrowski und seiner Frau ging. Er sah wieder auf seine Tafel. Sollte er Singh bitten, Ihre Majestät darüber ins Bild zu setzen, und auch über Brodsky und seine nächtlichen Kapriolen? Sie hatte wahrscheinlich Wichtigeres zu überdenken. Es war die Sache von Männern wie ihm, sich mit den fiesen Einzelheiten zu beschäftigen.

Eine E-Mail erschien mit einem Ping auf seinem Laptop. Er öffnete sie und fluchte laut. Das *war* etwas, das die Queen würde wissen wollen. Er war nur froh, dass er es nicht war, der es ihr würde mitteilen müssen.

KAPITEL 22

Es war die letzte ruhige Woche in Windsor, bevor sie in die Stadt zurückkehrten. Auch wenn »ruhig« ein relativer Begriff war, was das Leben im Schloss anging, besonders mit der bevorstehenden Horse Show in etwas mehr als zwei Wochen und den über tausend Pferden, die dafür unterzubringen waren, war Philip in seinem Element.

»Ich fahre in den Park, um zu sehen, wie es mit den Hindernissen für das Kutschenrennen steht.«

Er stand bei der Tür, hatte seinen Mantel an, den Autoschlüssel in der Hand. Die Queen sah auf die Uhr. In weniger als anderthalb Stunden wollte sie sich mit dem Master of the Fabric der St George's Chapel treffen, um den Vorschlag für eine attraktivere nächtliche Beleuchtung zu besprechen. Man sollte nicht glauben, dass die Beleuchtung eines alten Gebäudes von außen von solcher Wichtigkeit war, aber für die Bürger Windsors überschattete der Streit um ein rein weißes oder leicht bläuliches Licht selbst noch die Debatte um den Brexit. Da war ein klarer Kopf gefragt.

»Vielleicht komme ich mit.«

Es waren fünf Minuten mit dem Range Rover in die Arena im Home Park mit Blick auf den Castle Hill, der sich majestätisch hinter ihnen über die Bäume erhob. Philip nahm seine Rolle als Ranger des Großen Parks von Windsor sehr ernst und behielt gern den Überblick über alle wichtigen Dinge, und nichts war wichtiger als die Royal Windsor Horse Show, zu der in diesem Jahr wieder mehr Pferde als je zuvor kommen sollten, dazu Tausende Besucher und eine Fernseh-Crew von ITV.

Im Moment war das Gelände noch ein Sumpf, umgeben

von Tiefladern, Metallgittern und zahllosen Stapeln tragbarer Absperrungen. Der Leiter der Arbeiten, mit Bauhelm und Stahlkappenstiefeln, deutete auf die Grasflächen, wo die Pferdeanhänger geparkt werden würden, wo es Wasser und Futter geben und die Verkaufszelte stehen sollten.

Etwas weiter hinten wurde an verbesserten Tribünen gearbeitet.

»Die Queen ist seit '43 dabei«, erklärte Philip dem Mann. »Seit der allerersten Show. Da gab es noch Hunde. Bis ein Labrador dem König sein Hähnchen-Sandwich wegfraß. Von da an wurden sie für immer ausgeschlossen.« Sein bellendes Lachen ließ den Mann einen Schritt zurückweichen.

»Es war ein Lurcher«, korrigierte sie ihn und trat näher. »Und sie haben dreihunderttausend Pfund gesammelt. Genug für achtundsiebzig Tiffys.«

»Wie bitte?«, fragte der Mann und sah sie verwirrt an.

»Die *Flugzeuge*. Um den Krieg zu gewinnen.«

»Mein Großvater war in Dünkirchen, Ma'am«, sagte der Mann jetzt etwas selbstsicherer, da sie in den Unterhaltungsmodus geschaltet hatten.

»Oh, tatsächlich? Wie interessant. Hat er den Krieg überlebt?«

»Ja, Ma'am. Er hat Fußball gespielt, für Sheffield Wednesday. Vor fünf Jahren ist er gestorben. Bis zuletzt fit wie nur was.«

»Wie schön für ihn«, sagte sie. Wobei sie dachte, dass er nicht viel älter als sie gewesen sein konnte. Teil einer Generation, die einiges durchzumachen gehabt hatte.

Zurück im Schloss war sie dankbar, noch ein wenig an die frische Luft gekommen zu sein. Ab jetzt galt es sich um tausend Einzelheiten zu kümmern. Die gesamte Familie würde wieder anreisen, dazu der König von Bahrain samt Gefolge. Da war die Frage der Bettwäsche für Raum 225, der Lieblingssuite für besondere Gäste. Eine Haushälterin hatte bemerkt, dass die schönsten Bezüge leicht fadenscheinig wurden. Natürlich konnten sie nicht mehr benutzt werden, aber wollten sie die edwardianischen Stickereien neu in Auftrag geben? Und welche Wäsche sollten sie in der Zwischenzeit benutzen? Und würde es die Linleys nicht stören, nicht in ihren gewohnten Räumen nächtigen zu können, weil sie für jemand anderen gebraucht wurden? Und dann war es Zeit, den Master of the Fabric in seinem Büro bei der Chapel aufzusuchen, um die schicksalhafte Entscheidung zur Beleuchtung zu besprechen.

Als das geschehen war, kam eine Nachricht des Trainers von Barbers Shop, die besagte, dass sich das Pferd eine Muskelzerrung zugezogen habe und sein Auftritt bei der Show nicht hundertprozentig sicher sei. Es wäre eine Tragödie, wenn er nicht antreten könnte. Beim Ridden Show Horse hatte er eine echte Chance und verdiente es so, und überhaupt hatte sie ihn seit Monaten nicht mehr gesehen und freute sich auf seine Ankunft aus Essex. Als ihr Sir Simon im Großen Korridor entgegenkam und verdrießlich dreinblickte, sagte sie: »Keine schlechten Nachrichten, bitte. Davon gab es heute schon genug.«

Aber er antwortete nicht mit seinem feinen sardonischen Lächeln, sondern seine Miene verhärtete sich. »Es *könnte* schlimmer sein, Eure Majestät.«

Was kaum aufbauend war.

»Kommen Sie. Erzählen Sie.«

Sie gingen in den Oak Room, aus dem man in den Oberen Hof sah. Sie setzten sich, und er erklärte ihr, dass Sandy Robertson, ihr Lieblingspage, eine Überdosis Paracetamol genommen hatte, von der er sich im St Thomas' Hospital erholte, nachdem ihn seine Tochter in seiner Wohnung in Pimlico gefunden hatte.

»Danke, Simon.«

Sie sah tief getroffen aus, dachte er. Betrübt und niedergeschlagen. Er zog sich schnell aus dem Raum zurück, um ihr die Zeit zu geben, sich eine Träne aus den Augen zu wischen, wenn nötig.

Als sie allein war, atmete sie einmal tief durch.

»Mistkerl«, murmelte sie, und meinte damit nicht den armen Sandy.

Tage vergingen ohne spürbaren Fortschritt. In der Küche, der Wäscherei und den Büros des Masters des Haushalts lagen die Nerven blank, während sich alle mit zu viel Kaffee und zu wenig Schlaf durchschlugen. In einem der Kalträume goss der Konditormeister eine dritte Ladung Schokolade in die Form für eine neue Art Trüffel, die in vierzehn Tagen bei einem der großen Empfänge serviert werden sollte. Zwei Tage lange hatte er versucht, die Ganache richtig hinzubekommen, doch es wollte einfach nicht funktionieren. Er hatte nur noch ein paar Stunden hier in diesem Raum, mit diesen Formen, bevor er seine Ausrüstung zusammenpacken und zurück nach Buckingham Palace musste. Sie nahmen immer nur die wichtigsten persönlichen Gerätschaften mit, mit denen sie gerne arbeiteten, trotzdem, es kam ganz schön was zusammen. Dann ging es gleich an die Vorbereitungen für eine Gartenparty und anschließend wieder zurück nach Windsor, wegen der Horse Show, für die ihm dann noch drei Tage blieben.

Die Unterbutlerin, die so interessiert über die erste polizeiliche Untersuchung von Mr Brodskys sexuellem Treiben im Schloss spekuliert hatte, fragte sich, ob sie am rechten Ort gelandet war. Jahrelang war die Vorstellung, für die Queen zu arbeiten, ein Traum gewesen. Und nach ihrer hochkarätigen Ausbildung wusste sie sich kaum zu fassen, als sie auch noch das letzte Einstellungsgespräch erfolgreich durchgestanden hatte. Aber während der letzten Tage war sie kein einziges Mal vor ein Uhr früh ins Bett gekommen.

Jede Schicht schien nahtlos in die nächste überzugehen, und heute Morgen war sie auch noch von Prinz Andrew angeschrien worden, weil sie aus Versehen eine Tür blockiert hatte, durch die sie zwei schwere Stühle tragen wollte. Normalerweise hätte ihr das nichts ausgemacht, aber wozu das alles? Wenn treue Bedienstete wie der reizende Sandy Robertson plötzlich nach Hause geschickt wurden und ihn niemand kontaktieren durfte – und jetzt hieß es auch noch, dass der arme Mann im Krankenhaus gelandet war. Lief es darauf hinaus? War es das, was du für all deine Mühen bekamst? Es gab Websites, auf denen Leuten mit ihrer Ausbildung sechsstellige Gehälter für Posten in großen Häusern in warmen Ländern geboten wurden. Heute Abend würde sie sich die vielleicht noch mal ansehen.

In seinem Büro im Norman Tower mit Blick auf seinen privaten Garten im alten Burggraben ging Sir Peter Venn durch die Liste mit seinen Terminen in der nachfolgenden Woche, bereit, als nominelles Oberhaupt des Schlosses zu agieren, solange die Queen nicht da war. Er spürte die Unruhe in der Küche und auf den Gängen. Normalerweise beruhigte sich alles, wenn ein größeres Ereignis vorbei war, aber die verwünschten Ermittler der Polizei dokterten nebenan im Runden Turm immer noch an ihrem Fall herum. Gestern war er völlig aus dem Blauen heraus von einem Journalisten kontaktiert worden, der unangenehme Fragen zu dem Russen gestellt hatte, und warum der Autopsiebericht denn nicht zugänglich sei. Es war nur eine Frage der Zeit, bis aus träger Neugierde etwas Ernsteres wurde und jemand systematisch zu recherchieren begann. Dann brach die Hölle los.

Währenddessen hatte ihm die Chefhaushälterin die letzten Pläne für die Unterbringung der Gäste bei der Horse Show gegeben. Seine Frau, die normalerweise der Inbegriff von Unerschütterlichkeit war, schien leicht panisch. Über die Jahre hatte sie Botschafter, Feldmarschälle, zwei Astronauten und mehrere Herzoginnen empfangen, aber selbst sie war nicht sicher, wie Leute wie Ant & Dec und Kylie Minogue zu beeindrucken waren.

Rozie spürte das Rumoren in der Luft, es war wie das Donnern eines Sommergewitters. Sie versuchte sich keine Sorgen zu machen, sah aber, wie hart alle arbeiteten und dass das, was die Schlossfamilie zusammenhielt, ziemlich zerbrechlich war – dieses besondere Etwas, wegen dem sie Fran zugemutet hatte, ihre Hochzeit zu verlegen, das sie an ihren freien Tagen arbeiten, sich mit der feuchten Außenwand in ihrem Zimmer abfinden und akzeptieren ließ, dass sie zu Weihnachten nicht zu Hause sein und an etlichen Geburtstagsfeiern nicht teilnehmen konnte.

Es hatte mit Pflichtbewusstsein zu tun, mit Vertrauen und Zuneigung, doch das funktionierte nur in beiden Richtungen. Was mit Sandy Robertson geschah, schien das Schloss bis in seine Grundfesten zu erschüttern. Und was kam dann? Was würden all diese Menschen tun, die willentlich ihr eigenes Leben hintanstellten, um einen Menschen glücklich zu machen? Wenn das Vertrauen verpuffte, die Zuneigung verblich? Einem Erdbeben käme das gleich, das ganze Gemäuer würde einstürzen.

Rozie tat, was sie immer tat, wenn sie spürte, dass sie in Stress geriet: Sie zog sich um und nutzte die Mittagspause zum Joggen, und während sie im Großen Park ihre Runde drehte, versuchte sie das, was sie wusste, zu einem schlüssigen Ganzen zusammenzufügen. Sollte sich die Polizei nicht auf Rachel Stiles konzentrieren? Sie hatte getrunken, Drogen genommen, und ihre DNS war in Brodskys Zimmer gefunden worden. Hatte sie ihn umgebracht und dann Selbstmord begangen? Und was war mit der anderen jungen Frau, Anita Moodie? Hatte Stiles auch sie umgebracht?

Nach vierzig Minuten, in denen sie die Leistungsfähigkeit ihrer Lunge auf die Probe gestellt hatte, wusste Rozie, dass sie kein Stück weitergekommen war – aber sie fühlte sich trotzdem besser.

»Sie wirken ja ganz aufgekratzt«, sagt Sir Simon, als sie zurück ins Büro kam, »geht es Ihrer Mutter besser?«

Sie log schamlos und sagte, ja, viel besser. Die Endorphine vom Laufen trugen sie durch den Nachmittag.

Die Woche neigte sich dem Ende zu. Am Samstagmittag saß Billy MacLachlan am Steuer seines vier Jahre alten Honda Civic und wunderte sich nicht zum ersten Mal, wie verdammt weit Sussex von … von allem entfernt war. Sehr hübsch, wenn du erst da warst, aber Herrgott noch mal. Das zog sich.

Er geriet aus dem Sendebereich des Senders mit der klassischen Musik, der er gelauscht hatte, und nutzte die Stille, um über das Gespräch nachzudenken, das er gestern mit einer jungen Frau in Highgate geführt hatte. Sie war Lehrerin an einer noblen Mädchenschule in Nordlondon, gab Musikunterricht und trainierte die Netball-Mannschaft. Er hatte sie zwischen der mittäglichen Chorprobe und dem Aufwärmen des B-Teams der achten Klasse erwischt. Sie hockte hinten in einem leeren Klassenzimmer und hielt eine schwere Tontasse mit Kaffee in Händen.

Escort.

Sie hatte definitiv das Wort »Escort« gebraucht. Nach einer halben Stunde, als sie sich warmgeredet hatte und der Kaffee kalt geworden war. Er würde die Aufnahme auf seinem Telefon später noch einmal überprüfen, war aber sicher, dass es so war. So wie in: »Ich weiß, dass es ihr gut ging, aber trotzdem, sie mochte schöne Kleider und so. Einmal habe ich sie in diesem Wahnsinnsmantel gesehen und begriff dann, dass er aus der aktuellen Gucci-Kollektion war. Und sie hatte die Anya-Hindmarch-Crossbody-Bag, die ich schon immer wollte, und als ich sie fragte, ob sie die auf Vinted gefunden hätte, sagte sie, nein, die sei neu. Und ihre eigentliche Tasche war von Mulberry, und auch die sah neu aus. Ich meine, ganz ernsthaft, aber ein paarmal habe ich mich gefragt … Ich sollte das nicht sagen.«

»Tun Sie's ruhig.«

»Okay, also … Ich will jetzt nicht gemein sein, aber ich habe mich gefragt, ob sie bei einem Escort-Service war. Ich weiß, es ist absurd. Anita war nicht diese Art Frau. Ich meine, sie war eigentlich zurückhaltend Männern gegenüber. Aber sie hatte so viele tolle Sachen, und sie war nicht die beste Sängerin in unserem Jahrgang. Sie war gut … ich nehme an, sie hatte einfach Glück.«

Glück, vielleicht. Talent ganz sicher. Anita Moodie war mit dieser jungen Frau im College gewesen und hatte auf einen Master in Gesang hingearbeitet. MacLachlan machte sich ein Bild von ihr, indem er mit alten Freunden und Freundinnen über sie sprach. Für einige war er ein alter Lehrer von ihr, den die Nachricht von ihrem Tod tief getroffen hatte und der mehr über ihr späteres Leben in Erfahrung zu bringen versuchte, für andere ein Reporter, der über ihren Selbstmord schrieb. Vielleicht nahm die Polizei später ebenfalls diese Spur auf, und er wollte nicht, dass sie erfuhr, wer ihr bereits gefolgt war. In ein paar Stunden, wenn er es bis nach Woodbridge geschafft hatte, würde er ein alter Freund der Familie sein, der Erinnerungen sammelte, um sie ihren Verwandten in Hongkong zu übermitteln.

Die Anita, die er da kennenlernte, war eine äußerst ehrgeizige junge Frau. Nach dem Internat in Allingham hatte sie an der Hochschule für orientalische und afrikanische Studien in London Musik studiert und sich dabei auf die musikalischen Traditionen Afrikas, Asiens und des Nahen und Mittleren Ostens konzentriert. Anschließend hatte sie noch einen Master am Royal College of Music nachgeschoben, wo sie als gute, wenn nicht gar herausragende Sängerin bekannt gewesen war.

In ihrem letzten Jahr an der Hochschule für orientalische und afrikanische Studien war Freunden bereits aufgefallen, dass sich ihr Lebensstil merklich zum Gehobeneren hin entwickelte. Sie wohnte wie alle anderen in einer eher schäbigen Gegend Londons, verreiste aber öfter, kleidete sich besser und hatte ein eigenes Auto, einen quietschrosa Fiat 500 – alles perfekt auf ihrem Instagram-Account in Szene gesetzt.

Mit Ausnahme ihrer Freundin, der Lehrerin, schrieben die anderen ihren neuen Lebensstandard Anitas Erfolg dabei zu, Engagements auf Kreuzfahrtschiffen und ausgefallenen Partys im Ausland zu finden. Es gab verschiedene Bilder von ihr in Grand Hotels, an exquisiten Orten mit Springbrunnen im Patio und unter Palmen parkenden MacLaren-Superautos. Anita schien sich zunehmend in Ballkleidern unter glitzernden Kronleuchtern zu Hause zu fühlen, und irgendwann hatte sie eine Anzahlung auf eine hübsche Wohnung in Greenwich mit Blick auf den Fluss gemacht, nicht weit von der O2-Arena.

Welche junge Zwanzigjährige in London konnte sich eine eigene Wohnung leisten? Einige Freundinnen nahmen an, es sei Geld von der Familie, aber die, die sie besser kannten, wussten, dass ihre Eltern in Hongkong ein bescheidenes Leben führten. Sie leiteten eine kleine Sprachenschule und hatten sich anstrengen müssen, ihr das Internat zu bezahlen.

Also. Wer bezahlte die Wohnung und die teuren Handtaschen? Hatte sie eine Art Sugardaddy? Eine ihrer Schulfreundinnen sagte, sie habe sich ein enges Verhältnis zu einem ihrer Musiklehrer im Internat bewahrt. Vielleicht hatte sie etwas für ältere Männer übrig? Der Mann war nach seiner Pensionierung nach Suffolk gezogen und hatte in ein Treffen eingewilligt. MacLachlan rechnete mit allem. Vielleicht hatte Mr de Vekey eine … väterliche Ader. Vielleicht hatte er aber auch seit zehn Jahren nichts mehr von ihr gehört und nichts zu sagen.

So hatte es sich jedoch nicht angehört, als MacLachlan angerufen hatte, um sich mit ihm zu verabreden. Der Mann schien schockiert, zittrig und aus der Fassung gebracht. Wie jemand, dem viel im Kopf herumging.

Während die A12 nach und nach ihren Weg durch Essex zur Küste fand, fragte sich MacLachlan, was es am Ende sein würde.

KAPITEL 23

Nach dem Tee ging die Queen in ihre Privatkapelle. Nach dem Brand 1992 war die alte Kapelle zur Lantern Lobby umfunktioniert worden und wurde als Empfangsbereich für Gäste genutzt. Der Gedanke, an dem Ort zu beten, an dem das Feuer ausgebrochen war, war ihr einfach nicht mehr sinnvoll erschienen.

Mit der Zeit wäre es wieder gegangen, wie ihr bewusst wurde. Die Zeit heilte so gut wie alles. Dennoch bedauerte sie die Entscheidung nicht.

Die neue Kapelle hatte eine prächtige nachgemachte gotische Decke aus grüner, in Himmelblau abgesetzter Eiche. Es war ein Familienprodukt: ihr persönlichster Beitrag zum Charakter des Schlosses. Charles war im Planungskomitee gewesen, David Linley hatte den Altar gebaut – sehr einfach, wie sie es mochte, und Philip hatte mit einem Handwerksmeister das Buntglasfenster entworfen, an dem sie beim Eintreten vorbeikam.

Das Fenster war ein mit Erinnerungen durchwobenes Kunstwerk. Die oberen drei Bilder zeigten die Dreifaltigkeit, heiter erhoben über einer graugrünen Ansicht von Schloss und Park. Gott sah auf sie hernieder und sorgte sich liebevoll um den Haushalt. Unten gaben drei Bilder den Tag des Feuers wieder. In der Mitte stand der heilige Georg über einem rotäugigen Drachen, links hielt ein Freiwilliger ein gerettetes Porträt, und rechts kämpfte ein Feuerwehrmann gegen die Flammen, mit dem wie eine Fackel lodernden Brunswick Tower hinter sich. Ursprünglich hatte sich Philip da einen aufsteigenden Phönix vorgestellt, was ihr sehr gefallen hatte, doch sie mochte die tatsächliche Lösung lieber. Das Schloss baute sich nicht von selbst neu auf, ein eng verbundenes Team hatte das getan, nachdem die Feuerwehr Tag und Nacht dafür gekämpft hatte, den Schaden möglichst zu begrenzen.

Sie alle waren Teil ihrer weiteren Familie, und sie fühlte sich ihnen immer noch verpflichtet. Auch wenn 1992 ihr *annus horribilis* blieb, empfand sie doch jedes Mal, wenn sie herkam, Dankbarkeit für das, was darauf gefolgt war. »Fürchte dich nicht, denn ich bin bei dir.« »Ich bin deine Stärke und dein Schild.« Als kleines Mädchen hatte man sie gelehrt, wenn man standhaft war, würde man am Ende triumphieren. Im Krieg hatte sie in Windsor Schutz gesucht. Manchmal dauerte es lange, doch es stimmte.

Sie setzte sich auf ihren gewohnten Platz, einen purpurnen Stuhl beim Altar, richtete die Gedanken auf die Gegenwart und betete für den jungen Russen und die Frau aus der Stadt, und auch für die Sängerin, deren Rolle sie noch nicht ganz verstand. Sie betete für ihre Familie, die direkte und weitere, und dankte Gott für die kommenden Generationen, die so gut ihren Anfang nahmen. Nun, wenn Harry nur eine anständige Frau finden würde, das wäre etwas. Sie betete um Einsicht und die Kraft, das, was sie bereits in Erfahrung gebracht hatte, dazu nutzen zu können, Licht in die derzeitige Dunkelheit zu bringen, damit nicht noch mehr junge Leben ihr Ende fanden.

Sie war versucht, um Einsicht in das 3:15er-Rennen morgen in Wincanton zu beten, aber Gott beantwortete keine Wettgebete. Zu gewinnen verlangte Glück und ein gutes Urteil, gewachsen aus jahrelanger, auch praktischer Erfahrung. Ganz wie im Leben.

Es war etwa zu diesem Zeitpunkt, als er auf dem Weg zurück aus East Anglia von der A13 auf die North Circular bog, dass MacLachlan einen schwarzen BMW M5 drei Wagen hinter sich bemerkte. Genauso einen hatte er auf dem Hinweg gesehen. Er war ihm aufgefallen, weil er so schnittig, neu und schnell aussah, so einen würde er auch gern fahren – falls sie sich je dazu entschlossen, seine Rente zu verdoppeln. Und weil ihm der Wagen so gefiel, hatte er auch gesehen, dass er Diplomaten-Nummernschilder hatte. Jetzt bremste er leicht ab und fuhr auf die linke Spur. Momente später zog der M5 an ihm vorbei. Die gleichen Nummernschilder. Der Fahrer drehte sogar den Kopf, um zu ihm herüberzusehen.

Was für Trottel, dachte er. Wenn ihr es macht, nehmt zumindest ein unscheinbares Auto und macht es richtig. Dennoch spürte er, wie sich sein Puls beschleunigte, als er wieder aufs Gas trat.

Jetzt, da er sich darauf konzentrierte, fiel ihm etwa zwanzig Minuten später auch der weiße Prius auf. Der war älter, hatte normale Nummernschilder und sah aus wie einer von tausend Ubers. Aber er hielt sich seit der Tower Bridge sechs Autos hinter ihm, kam immer mal wieder in den Blick und blieb nie länger als fünf Minuten verschwunden, bis er in Chiswick, auf der anderen Seite von London, nicht weit von zu Hause von der A4 bog. Natürlich hätte es reiner Zufall sein können, nur dass er seine Route extra um etwa eine halbe Stunde verlängert hatte und auf Umwegen durch Battersea gefahren war, über die Chelsea Bridge von Nord nach Süd über den Fluss und in Putney wieder auf die Nordseite – so hätte ihn auch kein noch so irres Navi nach Hause gebracht. Sie folgten ihm ganz eindeutig, bis sie sicher waren, wohin er wollte. Ausgefuchst genug, zwei Autos zu benutzen. Amateurhaft genug, sich dabei nicht gerade schlau anzustellen. Gott sei Dank.

So kam er denn später nach Hause, als zunächst angenommen, zu spät, um noch in Windsor Castle anzurufen. Morgen dann. Eigentlich würde er ihre Privatsekretärin anrufen, aber am Wochenende, das wusste er, war es ebenso gut möglich, Ihre Majestät direkt zu erreichen, wenn er es nur zur richtigen Zeit versuchte. So gegen sieben, zwischen den Drinks und dem Abendessen, funktionierte es für gewöhnlich. Früher hatte es ihn überrascht, wie leicht sie zu erreichen war, wenn sie die Zeit für ein privates Gespräch hatte. Das zu wissen, war eines der Dinge, für die die Boulevardpresse jemanden umbringen würde, dachte er – nur würden die es nie herausfinden. Morgen wollte er sie anrufen, das reichte, er war ein geduldiger Mann.

Am Sonntagabend wollte sich die Queen gerade für das Abendessen umziehen, als die Assistentin ihrer Garderobiere ein Telefon hereinbrachte: einen altmodischen Apparat, das Gegenteil eines Smartphones, schwer, mit einem Hörer und einer Gabel.

»Ein Anruf für Sie, Ma'am. Mr MacLachlan.«

»Danke.«

Das Mädchen ging hinaus. Die Queen sah sich im Spiegel ihres Frisiertisches an (müde, etwas verquollen) und hob den Hörer ans Ohr.

»Billy, wie nett, dass Sie anrufen.«

»Es ist mir ein Vergnügen, Eure Majestät. Ich glaube, ich habe das, wonach Sie suchen. Die junge Moodie hat sich nicht das Leben genommen – nicht, wenn ich meinen Quellen glauben kann. Und Sie fragten, ob sie Chinesisch sprechen konnte: Das tat sie. In der Schule hat sie Mandarin gelernt und zu Hause in Hongkong Kantonesisch gesprochen. Ich habe zudem noch ein wenig herumgefragt, ob sie auch Russisch konnte, aber ich glaube, das nicht. Sie könnten sagen, dass sie ein interessantes Leben geführt hat. An dem definitiv nicht alles gestimmt hat.«

»Erzählen Sie mir, so viel Sie können. Ich habe sieben Minuten.«

»Das ist mehr als genug, Ma'am.«

Er informierte sie über Anita Moodies Instagram-Account und die Gespräche, die er mit ihren Freunden und Freundinnen geführt hatte. »Dann war ich gestern noch bei einem alten Lehrer von ihr«, fügte er hinzu. »Sie hat ihn ein paar Tage vor ihrem Tod noch besucht, und es ging ihr nicht gut. Er dachte erst, sie hätte Liebeskummer, und schrieb es ihrer Künstlerseele zu. Aber so hatte er sie noch nicht erlebt. Es ging ihr *wirklich* schlecht, wissen Sie, sie war nicht einfach nur traurig oder weinerlich, sondern es war eine echte Krise. Sie saß auf seinem Rasen, sagte er, wiegte sich vor und zurück und murmelte Dinge, die er zum großen Teil nicht verstand. Völlig neben sich sei sie gewesen. Verzweifelt.«

»Deutet das nicht auf einen Selbstmord hin?«, fragte die Queen. Das war das, was die Freunde der jungen Frau dachten, obwohl es sich in keiner Weise vorher angedeutet hatte.

»Man könnte es denken«, sagte MacLachlan, »aber während Mr de Vekey darüber sprach, kam er ins Grübeln und änderte schließlich seine Meinung dazu, wie sie ihm erschienen war – ihre Verfassung, Sie verstehen, was ich meine? Sie dachte, sie werde sterben. Er konnte sie nicht beruhigen, nicht trösten. Und dann meinte er, wenn er richtig darüber nachdenke, sei sie weniger verstört gewesen, als dass sie Angst gehabt habe. Panische Angst.«

Der Queen wollte dieser Lehrer nicht recht gefallen. »Dachte er nicht, er sollte jemanden benachrichtigen? Ihre Eltern zum Beispiel? Wo es ihr so schlecht ging?«

»Sie hat ihm gesagt, das solle er nicht.«

Die Queen machte sich nicht die Mühe, den Chief Inspector zu fragen, wie er es dann aus ihm herausgebracht hatte, weil MacLachlans Fähigkeiten in der Hinsicht der Grund waren, warum sie sich auf ihn verließ.

»Was soll ich jetzt tun, Ma'am? Wobei ich Sie warnen sollte, sie sind hinter mir her.«

»Wer?«

Er erzählte ihr von dem schwarzen und dem weißen Wagen. »Die Diplomatenkennzeichen waren von einer arabischen Botschaft. Ein kleines Land. Mit uns befreundet. Wobei nur schwer vorstellbar ist, dass die hinter dem Mord stecken.« Er nannte den Namen des Landes, und sie stimmte ihm zu.

Sie überlegte.

»Tun Sie zunächst mal nichts. Vielen Dank, aber ich glaube, das ist im Moment genug Aufregung. Brauchen Sie Hilfe?«

»Nein, alles okay, Ma'am«, versicherte er ihr. Sollten die nur was probieren. »Lassen Sie mich wissen, wenn ich noch etwas tun kann.«

Aber sie war mit ihren Gedanken bereits weiter. Die Puzzleteile waren alle da. Sie musste sie nur in die richtige Ordnung bringen. Die Grundstruktur schien klar, das tat sie schon seit einer Weile, aber ein paar Dinge wollten sich einfach nicht einpassen.

Vielleicht hätte sie das Rätsel noch an diesem Abend lösen können, doch kaum dass sie den Hörer aufgelegt hatte, war das Mädchen wieder da, mit frischen Strümpfen, und dann war es Zeit für das letzte Abendessen in Windsor für eine Woche, eine Woche voller Freunde und Verwandter.

Später abends nahm sie ihr Tagebuch zur Hand und dachte kurz an die Befragung von Rachel Stiles durch die Polizei in ihrer Wohnung auf der Isle of Dogs (nahe beim Millennium Dome, wo man einen Abend verbracht hatte, der wahrhaft zu den schrecklichsten Nächten ihres Lebens gehört hatte, was die Dinge in eine gewissen Schieflage brachte), an die Augen und das einzelne Haar. Und diese verwünschte Unterhose. Warum nur die? Sie bekam es einfach noch nicht zusammen.

Wie so oft, wenn ein Problem unlösbar schien, beschloss sie, darüber zu schlafen. Aber die Uhr tickte. Wenn sie *recht* hatte, bedeutete das, dass der fürchterliche Humphreys ebenfalls nicht ganz falschlag, und das wiederum hieß, dass dem Land Gefahr drohte, bis die Sache geklärt war.

TEIL VIER

EIN KURZES ZUSAMMENTREFFEN

KAPITEL 24

Philip hatte am Montag einen Termin in der Stadt und brach schon früh mit seinem Kammerdiener und seinem Stallmeister auf, noch vor ihrem letzten Ausritt. Sie hoffte darauf, dass die frische Luft, das Grün und der vertraute Ponygeruch sie mit ihrem Puzzle weiterbringen würde, aber am Ende war sie zu nervös wegen der bevorstehenden Horse Show, zu traurig, dass sie zurück in die Stadt musste, und mit den Gedanken bereits zu sehr bei der vor ihr liegenden Woche, als dass sie auch nur einen Schritt weitergekommen wäre.

Rozie kam mit den Schachteln, die sie noch vor ihrem Aufbruch durchsehen wollte. Rozie hätte auch mit ihr in die Stadt fahren können, aber die Queen brauchte Zeit zum Nachdenken.

»Wir sehen uns im Buckingham Palace.«

»Ja, Ma'am.«

»Es gibt ein paar Dinge, über die wir reden müssen.«

»Natürlich, Ma'am.«

»Kommen Sie nach dem Mittagessen zu mir.«

Eine Stunde später verließ der Range Rover diskret das Schlossgelände und nahm den vertrauten Weg zur M4. Heute war Prinzessin Charlottes Geburtstag, und die Queen rief zur Feier des Tages kurz in Anmer Hall an, wo sie gerade eine kleine Party vorbereiteten. Sie würde sie bald sehen, bei der Horse Show. Im Moment bekam sie nur ein scheues kleines »Hallo, Gan-Gan« von Prinz George, der eigentlich nicht so zurückhaltend war, aber noch Respekt vor der Technik zu haben schien. Vielleicht sollte man dankbar dafür sein. In zehn Jahren war er wahrscheinlich nicht mehr davon wegzuholen.

Sie dachte an die kleine Familie in Cambridge, so sicher und geborgen außerhalb der öffentlichen Aufmerksamkeit. Genau so sollte es sein. Auch sie war so aufgewachsen, in Mayfair und dann in Windsor, und hatte durchaus auf ein ungestörtes Leben außerhalb der Öffentlichkeit hoffen dürfen. Heute war es schwer, sich daran zu erinnern, wie es gewesen war, mehr als nur ein paar engen Freunden zu vertrauen, Risiken eingehen und Fehler machen zu dürfen, wie sie jedem normalen Menschen erlaubt waren. Heute war das anders. Heute zerrissen sich alle gleich das Maul.

Auf der Autobahn beschleunigte der Wagen. Sie sah, wie Fahrer und Mitfahrer in überholenden Autos noch mal extra die Köpfe drehten und zu erkennen versuchten, wer da auf dem Rücksitz des Range Rovers mit der zugehörigen Eskorte saß.

Es war wie ein Wunder, dass der fiese kleine Mordfall es noch nicht in die Schlagzeilen geschafft hatte. Nur die absolute Diskretion aller Beteiligten machte das möglich. Wobei es die Arbeit von Chief Inspector Strong sicher nicht erleichterte, sich mit seinen Ermittlungen unter dem Radar der Öffentlichkeit bewegen zu müssen. Sich vorzustellen, die *Daily Mail* würde von der Geschichte samt Frauenschlüpfer und Lippenstift Wind bekommen …

Und dann fügte sich plötzlich das Puzzleteil mit dem Morgenmantel und dem Gürtel ins Bild. *Natürlich.* Der Chief Inspector hatte genau das getan, was er tun sollte.

Und auf den nachfolgenden Kilometern fanden auch die anderen Teile ihren Platz, bis alles, was die Nacht anging, klar war, alles einen Sinn ergab.

Es war das Haar, das ihr die größten Schwierigkeiten bereitet hatte, aber jetzt verstand sie, wie die Dinge abgelaufen waren. Auch die Antwort auf die Frage der DNS war offensichtlich. Tatsächlich hätte sie das als Erstes sehen sollen.

Ihr war klar, wie der Mord inszeniert worden war, und

warum. Das Schlimme daran war, wie sie erbittert erkannte, dass sie selbst der Grund dafür war. Worüber sie mit Philip gewitzelt hatte, diese kleinen Verdrossenheiten, waren keine Nebensächlichkeiten, sondern bildeten den Kern der Demütigung des armen Mannes. Man war verantwortlich für den Schrank, den purpurnen Morgenmantel, für alles.

Der dichte Verkehr auf der Autobahn verlangsamte die Fahrt. Die Queen sah, wie sich fern am Himmel zum Landen ansetzende Flugzeuge hintereinander einreihten. Sie zwang sich dazu, ruhig durchzuatmen. Und nachzudenken.

Es blieb die Frage, was dann geschehen war. Wie hatte die junge Frau gleichzeitig an zwei Orten sein können? Oder besser gesagt: Wie hatten zwei junge Frauen an einem Ort sein können? Wieso war es niemandem aufgefallen?

Es dauerte eine Weile, es sich richtig vorzustellen. Als sie begriff, was geschehen sein musste, schnappte sie laut nach Luft. Der zu ihrem Schutz auf dem Beifahrersitz mitfahrende Beamte drehte sich zu ihr um, um sich zu versichern, dass alles in Ordnung war, und sie nickte ihm beruhigend zu.

Aber nichts war in Ordnung.

Sie sah, was sie getan haben mussten, und es war schrecklich. Kaltblütig, berechnend, schaurig und ein so fürchterlicher Verlust. Und selbst das war noch nicht genug gewesen.

Sie ging jedes Detail noch einmal durch und überprüfte, ob es mit dem, was MacLachlan gesagt, was Chief Inspector Strong, was sie selbst und Rozie herausgefunden hatten, zusammenpasste. Ja, alles griff ineinander, und MacLachlans letzter Bericht gab ihr den Mut zu glauben, dass es tatsächlich so war.

Zugegeben, es war noch etwas bruchstückhaft, aber die Lücken ließen sich schließen. Wenn die Leute wussten, wonach sie suchen sollten, würden sie es auch finden, und wahrscheinlich mehr. Sie begriff, dass es vor allem eine Person war, die das alles in Gang setzen konnte. Wenn sie doch noch in Windsor wäre! Verflixt und zugenäht! Sie würde eine Entschuldigung finden müssen, um mit ihm zu reden.

Als der Range Rover im Vormittagsverkehr an Harrods vorbeisegelte, hatte sie sich überlegt, was nötig und wie es zu bewerkstelligen war. Sie fühlte sich mittlerweile etwas besser, aber das Nachdenken über so viel Tod und Betrug ging ihr an die Nerven. Sie sehnte sich danach, die Kleinen zu sehen, George und Charlotte, und nach dem Leben und der Freude daran, zu feiern. Zehn Tage schienen eine fürchterlich lange Wartezeit.

»Können Sie den Governor von Windsor Castle ans Telefon holen? Ich muss etwas mit ihm besprechen.«

»Ja, Ma'am.«

Die Queen saß in ihrem Privatbüro im Buckingham Palace, das Telefon halb unter Fotos und Blumen begraben. Die vertrauten Möbel und Familienfotos beruhigten sie, vor allem aber der Blick hinaus auf die von Victoria und Albert gepflanzten Platanen, deren Äste sich mittlerweile ineinander verwoben. Nach ihrer Ankunft hatte sie einen langen Spaziergang mit den Hunden durch den Garten gemacht, was nicht vorgesehen war, aber alle hatten mit bewundernswerter Ruhe darauf reagiert. Jetzt fühlte sie sich besser. Es konnte weitergehen.

Die Vermittlung hatte Sir Peter innerhalb von Minuten am Telefon.

»Ah, Governor, was ich Sie eigentlich noch vor meiner Abfahrt hatte fragen wollen, wissen die Fernsehleute mittlerweile, wo sie ihre riesigen Übertragungswagen parken sollen? Weil ich nicht will, dass sie mir den Rasen völlig aufreißen.«

Ein paar Minuten lang diskutierten sie und der General

die letzten Feinheiten, was die Organisation der Horse Show anging. Sie waren seiner Meinung nach etwas weniger dringlich, als sie Ihrer Majestät vorzukommen schienen, doch nichts lag ihm ferner, als sie wegen etwas zu kritisieren, was ihr im eigenen Zuhause wichtig war.

»Oh, und ich musste gerade«, sagte sie wie nebenbei, »an die schreckliche Geschichte mit der jungen Frau denken, die in London umgekommen ist. Ja, die mit dem Kokain. Ich nehme an, es war die Fahrt in die Stadt, die mich daran erinnert hat. Ich dachte plötzlich … Sie müssen einer der letzten Menschen gewesen sein, der sie gesehen hat. Ja, ich weiß, aber ich habe mich gefragt, ob sie nicht auch im Schloss Drogen genommen hat. Das ist das Letzte, was wir brauchen. Wissen Sie, ob Chief Inspector Strongs Leute das nachgeprüft haben? Ich erinnere mich an die Ärmste. Eine so ruhige junge Frau … Und sagen Sie ITV, dass ich die Übertragungswagen nicht auf dem Rasen will. Das sollte sie, wenn schon nichts anderes, in Angst und Schrecken versetzen.«

Danach machte sie noch einen schnellen Anruf bei Billy MacLachlan.

»Ich glaube, es ist Zeit, dass Sie tun, was Sie vorgeschlagen haben. Aber sehr vorsichtig. Haben Sie hinterher ein Auge auf ihn. Ich nehme mal an, dass er sicher ist. Und denken Sie, Sie sollten MI5 wegen der Zahlungen einen Tipp geben? Danke, Billy.«

Rozie stand in der Nähe, bereit, sich Notizen zu machen. Sie verstand die Gespräche nicht ganz, besonders die Frage nicht, ob Rachel Stiles im Schloss Drogen genommen hatte. Seit wann ging es darum? Sie hätte wahnsinnig gern gewusst, wie die Dinge standen, aber zwischen ihr und ihrer Chefin bestand die unausgesprochene Übereinkunft, nicht offen zu benennen, was sie gerade taten und vorhatten.

»Gibt es etwas, was ich tun kann, Ma'am?«, fragte sie.

»Könnten Sie herausfinden, ob Rachel Stiles Kontaktlinsen getragen hat? Und vielleicht sprechen Sie mit dem Generaldirektor. Sagen Sie ihm, dass ich ihn gern am Mittwoch sehen würde. Ich könnte einen Bericht über den Stand der Dinge brauchen.«

In Schloss Windsor steckte Sir Peter nachdenklich sein Telefon in die Tasche. Er war sich ziemlich sicher, dass der Leiter der Horse Show sich bereits um die Übertragungswagen gekümmert hatte, aber er würde sich dessen noch einmal versichern, bevor er Ihre Majestät in dem Punkt beruhigte. Zunächst war da jetzt mal die kleine Frage mit dieser jungen Frau und dem Kokain. Rachel Soundso, richtig? Stiller? Snipes?

Er bezweifelte, dass sie sich getraut hätte, im Schloss Drogen zu nehmen. Doch sicher nicht während einer streng geheimen Konferenz? Aber es stimmte, am ersten Tag, als er sie kennengelernt hatte, schien sie in bester Form zu sein und am zweiten Tag dann weniger. Er sah nicht ganz, was das mit der polizeilichen Untersuchung des Mordes an Brodsky zu tun haben sollte, aber so hypergewissenhaft er war, hatte er das Gefühl, er sollte seinen Teil beitragen und der Sache nachgehen. Wenn sie tatsächlich herausgefunden hatten, dass im Schloss Drogen konsumiert worden waren, und das drang an die Öffentlichkeit, würde es über Wochen die Schlagzeilen beherrschen. Er würde die Presseabteilung warnen müssen.

Sir Peter musste sowieso ein paar Leute in den Büros am Unteren Hof sprechen. Danach, auf dem Weg zum Mittagessen mit seiner Frau im Norman Tower, ging er vorher kurz in den Runden Turm und stapfte die Treppe hinauf in den kleinen Raum im dritten Stock. DCI Strong war nicht an seinem Platz, aber Andrew Roberts, einer der jüngeren Detectives, war da.

Jetzt, da er einem der Polizisten gegenüberstand, kam sich Sir Peter mit seinem Anliegen etwas lächerlich vor. Behinderte er mit seinem Pflichtbewusstsein die Arbeit der Beamten nicht unnötig? Der Mordfall war für sie doch sicher weit wichtiger als eine mögliche kleine Drogengeschichte. (Und nach allem, was Sir Peter über die Jahre mit den verschiedenen Besuchern erlebt hatte, wäre es bestimmt nicht das erste Mal gewesen.) Sich einem General gegenüber sehend, einem Ritter des Königreichs, dem – so Sir Peters voller offizieller Titel – Constable und Governor von Schloss Windsor, war DI Roberts aber ganz bei der Sache.

»Nein, es ist absolut richtig, dass Sie gekommen sind, Sir. Danke, dass Sie sich die Mühe machen. Lassen Sie mich sehen, was wir hier haben … Ja. Rachel Stiles. Expertin für die chinesische Wirtschaft. Traurigerweise ohne vielversprechende Zukunft … Äh, ja, lassen Sie mich sehen. Nein, das ist definitiv das richtige Foto. Wir haben es aus ihrem Büro. Das, was wir ursprünglich hatten, war etwas klein. Ich glaube, dass uns da ein Fehler unterlaufen sein könnte. Ich kann es noch einmal überprüfen, wenn Sie mögen. Ich rufe Sie in fünf Minuten an, es sei denn, Sie wollen lieber warten, während ich …«

Mittlerweile leicht alarmiert, sagte Sir Peter, er warte lieber.

Einige Stunden später nippte Guy de Vekey in seinem Garten in Woodbridge an einem Glas gekühltem Pinot Grigio, während hoch über ihm Schwalben pfeilschnell durch die Luft schossen. Er liebte diese geisterhaften Stunden, wenn der Tag in die Dämmerung glitt, sich der Himmel erst pfirsichfarben, dann purpurn färbte und die Schatten über dem Rasen dichter wurden. Hinter ihm strömte Elgar so berückend wie leicht verkratzt von dickem Vinyl in die Abendluft.

Er hatte gelobt, ein Geheimnis zu bewahren, sein Gelöbnis aber bereits einmal gebrochen, und jetzt wollte jemand, dass er es wieder tat. Seine erste, instinktive Reaktion war, Wort zu halten. Anita war tot, wie konnte er sie da im Stich lassen? Und doch, war es nicht so, dass er sich … was war das richtige Wort dafür … befreit, von seinem Wort entbunden fühlte, nachdem er bereits einmal davon abgewichen war?

Er hatte zwei Generationen Schulkindern das Singen beigebracht. Etliche von ihnen hatten den Kontakt zu ihm aufrechterhalten, er war zu Hochzeiten und ersten Konzerten eingeladen worden, aber nur ein paar seiner ehemaligen Schüler waren wirkliche Freunde geworden. Für gewöhnlich waren es die mit einem außergewöhnlichen Talent gewesen, wobei das auf Anita nicht unbedingt zutraf. Sie war gut, sicher, aber was sie wirklich auszeichnete, war ihr Hunger auf das Leben, auf Erfolg, darauf, so gut zu werden, wie nur möglich – und was sie dafür zu geben bereit gewesen war. Das war ein anderes, notwendiges Talent im mörderischen klassischen Musikbusiness. Und trotz des Altersunterschiedes hatte sie ihm vertraut. Hatte seinen Rat geschätzt. Alle paar Jahre hatte er sie gesehen, immer quirlig und gut gelaunt hatte sie ihm Fotos von ihren Reisen gezeigt und erzählt, was alles geschehen war. Aber wie es ihr bei ihrem letzten Besuch vor drei Wochen gegangen war … Er erschauderte, wenn er nur daran dachte. Diese Verzweiflung. Ein verzweifeltes, schniefendes, Rotz und Wasser heulendes Wrack war sie gewesen.

Und dann dieser Freund der Familie, der gekommen war, um nach ihr zu fragen. Mister … Wie hatte er noch geheißen? Er erinnerte sich nicht … Wie auch immer, um ihren Eltern zu helfen, hatte er wissen wollen, in welchem Zustand sich Anita befunden hatte, bevor sie … sich das angetan hatte. Wer konnte das sagen? Wer konnte das wissen?

Bei Anitas Besuch hatte Guy gedacht, dass es durchaus normal war, wenn eine junge Frau einmal einen schlechten Tag hatte und die Fassung verlor. Aber als dieser Mann dann vor ihm saß, war er selbst überrascht gewesen, wie schlimm das alles klang, was er über Anitas Zustand zu berichten hatte. Irgendwie hatte er es sich von der Seele geredet. Toll, wie er Geheimnisse bewahrte.

Merkwürdig war ihm die Veränderung Anitas mit einem Mal vorgekommen. Unvermittelt. Unerklärt. Guy begriff, dass es keine Traurigkeit gewesen war, die da auf diese Weise aus ihr hervorgebrochen war, sondern Angst. Panik.

Sogar ihren Tod hatte sie vorausgesagt. Worauf er ihr geraten, sie angefleht hatte, nichts Unbedachtes zu tun – und vielleicht ging es ja gar nicht darum, dass ihr etwas das Herz gebrochen hatte.

Vielleicht tat der Mann richtig daran, jetzt besorgt noch einmal anzurufen. Vielleicht sollte Guy zur Polizei gehen. Vielleicht hielten sie ihn ja für einen Narren, aber was, wenn er keiner war?

Hatte Anita ihm, wenn er es richtig überlegte, womöglich etwas sagen wollen? So verschlossen und verängstigt war sie gewesen, und zwei Tage später tot. Guy trank seinen Wein aus. Er betete, dass er sich täuschte.

»Hast du dich entschieden?«

Seine Partnerin kam heraus zu ihm und legte ihm eine Hand auf die Schulter. Er zog sie an sich.

»Ich rufe sie gleich als Erstes morgen früh an.«

KAPITEL 25

Am Dienstagmorgen gab es in Westminster Abbey einen Trauergottesdienst für Geoffrey Howe, der in den Tagen Margaret Thatchers sehr unterhaltsam gewesen und ebenfalls ein Kind des Jahres 1926 war. Die Queen nahm nicht teil, denn wenn sie zu einem dieser Gottesdienste ging, musste sie auch zu allen anderen gehen. Allerdings wäre sie dieses Mal gerne dabei gewesen. Howe war ein gütiger, anständiger Mann gewesen, ein ehrbarer Politiker, was, wie Gott wusste, nicht alle waren. Und hatte sich mit Cricket ausgekannt. Ein weiterer Verlust.

In ihrem Alter, und Philips, hieß es ständig, dass wieder jemand gestorben war. Fast täglich ging das so, es war grausig. Tatsächlich hatte Philip im letzten Winter irgendwann gesagt: »Wenn sie mich zu noch einem Trauergottesdienst einladen, drehe ich sie alle durch den Wolf.« Er meinte es natürlich nicht so. Und zumindest hatten die meisten ihrer lieben Freunde auf ein erfülltes Leben zurückblicken können.

Sie sah sich im Spiegel an, nüchtern. Während ihres Besuches bei der Royal Mail hatte sie jemand daran erinnert (oft erzählten Leute stolz Dinge über sie, die nicht unbedingt neu waren), dass sie der in der Geschichte der Welt am meisten abgebildete Mensch war. Zu Anfang hatte sie es nicht wissen wollen: Das war die Art Information, die niemand sollte ertragen müssen. Überhaupt hätte man gedacht, dass es Diana wäre. In den Neunzigern hatte ein Freund erzählt, dass er gerade aus den höheren Regionen Nepals zurückkomme, wo es weder Autos, Telefon oder gar Radios gebe. Und dort, in den Gebirgsausläufern des Annapurna, hatte er auf einem Feld einen Bauern mit einer mittelalterlich anmutenden Sense gesehen, der ein T-Shirt mit dem Bild ihrer verstorbenen Schwiegertochter getragen hatte. Wohin immer man kam, sie war da.

Aber alle Zeitungen, Zeitschriften und Souvenirläden wurden von den Abbildungen auf Banknoten und Briefmarken übertroffen. So einfach war das. Zu Hause und im ganzen Commonwealth benutzten sie im Zweifelsfall ihr Porträt für Geldscheine, Münzen und Briefmarken. Zum Glück hatte sie in jüngeren Jahren noch ein schönes, glattes Kinn besessen, das sich erst später vervielfacht hatte. Sie lebte schon schrecklich lange …

Sie beugte sich vor, rückte die Brille zurecht und inspizierte die königlichen Nasenlöcher auf Haare. Das Älterwerden war so ein würdeloser Prozess. Sie hatte sich nie für eine Schönheit gehalten, aber nach all der Zeit zurückblickend, begriff sie, dass sie vielleicht doch eine gewesen war. Zum Glück, wo sie doch darauf bestanden hatten, ihr Porträt milliardenfach auf Alltagsobjekten zu verewigen. Heute war es vor allem die Frage, den immer weiter vordringenden Haarfollikeln Einhalt zu gebieten.

Billy MacLachlan hatte Glück und erwischte sie am Frisiertisch, diesmal am Morgen. Das Gespräch war sehr kurz.

»Ich habe mit Mr de Vekey gesprochen, Eure Majestät.«

»Konnten Sie ihn überreden?«

»Ich denke, schon.«

»Ausgezeichnet. Und den anderen Anruf haben Sie auch gemacht?«

»Ja. Tatsächlich war es ein Online-Formular. Aber mit dem gleichen Effekt.«

»Ich danke Ihnen.«

»Kein Problem, Ma'am. Einen schönen Tag noch.«

Später, als sie ihre Schachteln fast durchgesehen hatte, gab es draußen auf dem Korridor einen fürchterlichen Aufruhr. Fußstampfen, Türen wurden zugeschlagen, Stimmen erhoben.

Sir Simon war bereits hereingekommen, um die Schachteln zu holen. Er blieb ungerührt, aber die Queen sah verärgert zur Tür.

»Könnten Sie einmal nachsehen, was ist?«

Aber bevor Sir Simon etwas tun konnte, flog die Tür auf, und der Duke of Edinburgh stürmte herein, hochrot im Gesicht und außer sich.

»Hast du gehört, was dieser Bastard Humphreys gestern gemacht hat?«

»Danke, Simon.«

Sir Simon verließ ohne einen Ton den Raum. Sie wandte sich Philip zu

»Nein.«

»Er hat meinen Kammerdiener verhört. Meinen verdammten Kammerdiener. *Sechs Stunden lang,* mitten in der Nacht. Ohne mich zu fragen oder auch nur etwas zu sagen, Gott noch mal. Ich habe erst heute Morgen davon erfahren.«

»Große Güte. Warum?«

»Weil er denkt, er sei ein verdammter russischer Agent. Gott weiß, warum. Der Mann war in seinem Leben nicht weiter östlich als Norwich. Und hast du das von Robertson gehört? Seine eigene Tochter hat ihn gefunden und in die Notaufnahme gebracht. Gehetzt werden sie. Ich habe es satt, dass dieser Humphreys wie irgendein mieser Westentaschendiktator in unserem Haushalt herumwütet.«

»Ich weiß, was du meinst.«

»Tust du das? Erst hat er wochenlang ungestraft in Windsor Castle herumgefurzt, und jetzt hier. Du musst dem ein Ende setzen, bevor es zu einer Krise kommt.«

Sie hob eine Braue. »Möchtest du, dass ich den Direktor vom MI5 hinauswerfe?«

»Ja, verdammt noch mal.«

»Ich bin sicher, dass der Premierminister das zu schätzen wüsste.«

»Vergiss den Premierminister.«

»Heute Abend sehe ich ihn«, sagte sie. »Ich werde ihm erzählen, dass du das gesagt hast.«

»Mit größtem Vergnügen. Hör zu, Lilibet, ich meine es ernst.« Er beruhigte sich ein wenig. Nicht vielen Leuten wäre das aufgefallen, so wie er sich verhielt, aber so war es. Er kam zu ihrem Schreibtisch und stützte sich mit einer Hand darauf ab. »Humphreys kann nicht immer weiter ohne Grund unsere Leute verrückt machen. Er hat keinerlei Beweis für seine windige Theorie.«

»Ich weiß. Und ich treffe ihn bald.«

»Ja?« Er richtete sich auf. »Und du pfeifst ihn zurück?«

»Ich werde tun, was ich kann«, sagte sie.

Obwohl es ihn ernsthaft wütend machte, wie mit seinen Leuten umgegangen wurde, war dem Duke doch bewusst, dass er da von seiner Frau zu viel verlangte – und so gelassen und entgegenkommend, wie sie reagierte, war ihm aller Wind aus den Segeln genommen.

»Wirklich?«

»Ja, wirklich.«

»Verstehe. Das klingt gut. Wann?«

»Ich bin nicht ganz sicher«, sagte sie. »Irgendwann morgen, denke ich. Wenn wir ihn ...«, sie schob sich ihre Brille zurecht und sah auf ihren Schreibtisch, »zwischen den Generalsekretär des Commonwealth, den Bischof von Leicester und Michael Gove einschieben können.«

»Ha! Das erfindest du!« Seine gute Laune war zurück. Seine Ausbrüche währten nie lange.

»Nein.«

»Was du alles für unser Land tust.«

Sie zwinkerte ihm zu.

»Aber du liest ihm die Leviten, wenn du ihn siehst?«, fragte er noch einmal nach.

Ihre Miene verriet nichts. Sie lächelte. »Etwas in der Art.«

KAPITEL 26

Bis Mittwoch verlief das Leben in Buckingham Palace wieder in seinen gewohnten Bahnen. Es war ganz so, als wären sie kaum weg gewesen. Rozie hatte damit zu tun, mit den Japanern den bevorstehenden Besuch ihres Premierministers zu besprechen, und mit dem Büro des Premierministers und der Regierung ging es um den offiziellen Geburtstag der Queen im Juni.

Rozie hatte der Queen berichten können, dass Rachel Stiles, die an einer Überdosis gestorbene junge Frau aus den Docklands, weitsichtig gewesen war und von Zeit zu Zeit eine Brille getragen hatte, aber keine Kontaktlinsen, soweit sich das feststellen ließ. Die Queen hatte das mit wenig mehr als einem »Hmm« quittiert. Rozie brannte darauf, weiter nachzufragen, tat es aber nicht. Sie wusste, dass die Queen immer noch nicht an die Theorie des MI5 mit den Russen glaubte. Nach allen Erkundigungen, die sie selbst eingezogen hatte, und nach dem, was sie über Billy MacLachlans Aktivitäten wusste, war klar, dass es eine Verbindung zwischen Brodsky, Rachel Stiles und Anita Moodie gegeben hatte. Sie nahm an, dass sich Anita als Rachel ausgegeben hatte, konnte aber nicht sagen, wo die Verbindung war. Hatte Brodsky dafür gesorgt? Schließlich kannte er Anita. War *er* ein Spion gewesen? Und was war es, worüber MacLachlan mit dem MI5 reden musste?

Rozie fühlte sich außen vor, aber nicht ausgegrenzt. Das überraschte sie. Sie hätte gedacht, es würde sie stärker kränken, dass die Queen sich nicht genauer erklärte – aber das tat die Chefin nun mal nicht. Sie war weder deine Freundin, noch warst du ihre Vertraute. Für jemanden, der ständig

Gäste hatte, führte sie ein bemerkenswert einsames Leben, und nachdem über all die Jahre hinweg so oft einzelne Geschichten nach außen gedrungen waren – begonnen hatte es mit der eigenen Gouvernante, die nicht begriffen hatte, was über die kleinen Prinzessinnen erzählt werden durfte und was nicht –, dauerte es wahrscheinlich Jahre, sich ihr Vertrauen zu erarbeiten. Ihre Garderobiere besaß es, dachte Rozie. Aber die war auch schon seit 1994 Teil des Haushalts. Rozie gehörte erst seit sechs Monaten dazu.

Gavin Humphreys war ein methodisch denkender Mann, der nach einem alten Sinnspruch lebte, den er von seinem Vater, einem Militär, hatte: *Eingehende Planung und Vorbereitung verhindern Pleiten und Rohrkrepierer*. Der Generaldirektor vom MI5 plante voraus, war stets vorbereitet und erwartete nie, hinter den Erwartungen zurückzubleiben.

So war denn ein Besuch in Buckingham Palace, um die Queen auf den letzten Stand einer Agentenjagd zu bringen, nichts, was ihn aus der Ruhe brachte. Erst als er sein Büro in Millbank verließ, verspürte er ein kurzes Nervenflattern. Es wäre schön, wenn er all den Planungen und Vorbereitungen nun auch den zugehörigen Fortschritt zur Seite stellen könnte. Aber Eile brauchte Weile, diese Dinge ließen sich nicht erzwingen, das würde auch Ihre Majestät verstehen. Sie war nach dem, was Singh ihm berichtete, alles in allem eine sehr einsichtige Person.

Allerdings hatte der Duke of Edinburgh heute Morgen etwas verschnupft reagiert. Zudem hatte sich die Kammerdiener-Theorie in gewisser Weise als eine Sackgasse erwiesen, was misslich war. Zunächst hatte sie vielversprechend ausgesehen: Die Ex-Freundin des Mannes hatte nicht nur für eine, sondern zwei Hotelketten in der Türkei gearbeitet, die bekanntermaßen von Putin-Sympathisanten betrieben wurden. Es wäre für den FSB ein Leichtes gewesen, durch sie an ihn heranzukommen, aber wie sich herausstellte, hatte er eine neue Freundin, eine Büroangestellte des königlichen Haushalts, mit der er in der fraglichen Nacht im Bett gewesen war. Sie war die Tochter des stellvertretenden Leiters der Kommunikationszentrale der Regierung und, was sie als Zeugin betraf, so unangreifbar, wie es nur möglich war. Verdammt. Dummerweise waren sie auch mit dem Pagen der Queen und dem Archivar noch nicht wirklich weitergekommen, und Humphreys begann zu argwöhnen, dass der Agent noch tiefer im Getriebe saß als zunächst angenommen.

Wladimir Putin hatte seine Karten brillant ausgespielt, und das nicht zum ersten Mal. Er war ein prinzipienloser moderner Diktator, dennoch musste man den Mann bewundern.

Ein Stallmeister begleitete ihn zur Tür des Audienzzimmers, in dem er die Queen treffen sollte. Er holte tief Luft und betete, dass keine Corgis bei ihr waren.

Waren sie nicht. Der Raum war überraschend einfach nach all dem Marmor und den Statuen auf dem Weg dorthin. Er war blau gestrichen, mit der üblichen Kunst und den alten Spiegeln, hatte aber einen leicht femininen Touch. Die Assistentin mit den hohen Absätzen war ebenfalls da, und die Queen fragte, ob er etwas dagegen hätte, wenn sie bliebe, was er verneinte. Das Beste war, dass vom wütenden Prinz Philip nichts zu sehen war. Ihre Majestät war, wie Singh gesagt hatte, voller höflicher Ermutigung und Verständnis. Sie wusste, wie schwer und von welch grundlegender Bedeutung die Aufgabe war, die Nation zu schützen.

Sie saßen auf seidenbezogenen Stühlen, und es gelang ihm gut, dachte er, die Schwierigkeiten zu erklären, die es machte, Putins hinterlistige Machenschaften aufzudecken, versicherte aber, dass sie ihm mit der nötigen Zeit schon auf die Schliche kommen würden. Er spürte das andauernde

Missvergnügen Ihrer Majestät über die Störung des normalen Alltagslebens in Windsor Castle. Sie war ihren Angestellten zu sehr zugetan. Humphreys war so etwas fremd – er und seine Frau hatten eine Putzhilfe, die zweimal die Woche kam und deren Nachnamen sie immer noch nicht kannten. Sentimentalität zahlte sich nicht aus. Aber natürlich konnte er das der Souveränin so nicht sagen, ganz besonders wegen ihres Alters nicht. Höflich versicherte er ihr, dass sie sich um größte Eile bemühten.

»Es gibt da ein interessantes Detail«, sagte er, um sie aufzumuntern. »Wir haben herausgefunden, dass sich an dem Abend im Schloss jemand als jemand anderes ausgegeben hat. Es ist dem Governor aufgefallen.«

»Oh?«

»Eine junge Frau, Ma'am. Sie hatte nur eine Nebenrolle und war keine Bedrohung der nationalen Sicherheit. Aber natürlich verfolgen wir auch das weiter, und es gab bereits einen glücklichen Durchbruch. Es ist allerdings sehr unwahrscheinlich, dass es eine Verbindung mit dem Fall Brodsky gibt. Sie sollte ursprünglich nicht einmal über Nacht bleiben. Es war einer dieser seltenen Zufälle.«

Er lächelte und zuckte mit den Schultern. Die Queen lächelte ebenfalls, und es war an der Zeit, das Treffen zu beenden.

»Ich bringe Sie hinaus«, sagte sie, was ihm ungewöhnlich vorkam, aber es war ihr Palast, und sie meinte, sie müsse sowieso in die Richtung.

Während sie durch die mit dicken Teppichen ausgelegten Korridore gingen, den Stallmeister und die Assistentin mit den hochhackigen Schuhen drei Schritte hinter sich, bemerkte die Queen im Plauderton, wie beschäftigt sie jetzt sein werde, da es in den Sommer ging.

»Etliche Besuche von Schulen und Universitäten, wie man es so zu tun pflegt.«

Sie nannte ein paar. Für jemanden ihres Alters hatte sie ein ziemlich gutes Gedächtnis. Eine der Schulen war offenbar jene, an der Brodsky laut eigener Aussage Klavier studiert hatte, was die gute Laune etwas schmälerte. Allingham hieß sie. Sie sagte, Brodsky sei ein exzellenter Pianist gewesen, und sie freue sich schon darauf, die Musiklehrer dort zu sprechen. Und dann waren sie auf der Treppe, und der Besuch fand sein Ende. Humphreys war dankbar, dass sie ihren Pagen nicht erwähnt hatte. Mehr noch, sie hatte wirklich recht aufgeräumt Konversation gemacht. Als er durch eine Seitentür hinausging und nach seinem Fahrer sah, seufzte er erleichtert.

Kaum dass er wieder an seinem Tisch saß, rief der Commissioner der Metropolitan Police an.

»Wie war sie?«

»Alles bestens. Gibt es bei Ihnen etwas Neues?«

»Ja, tatsächlich. Wir haben interessantes Material aus der Videoüberwachung. Es wird sowieso zu Ihnen gelangen, aber ich dachte, Sie würden gerne Bescheid wissen.«

KAPITEL 27

Am Donnerstag kam der japanische Premierminister zu Besuch. Auf dem Podium neben David Cameron warnte Shinzō Abe wie schon Präsident Obama vor ihm vor der Gefahr, beim bevorstehenden Volksentscheid für den Brexit zu stimmen. Sogar die Japaner waren beunruhigt. Rozie hasste all die Untergangsszenarien, aber sie war auch nicht zu besorgt. Schließlich war auch das schottische Unabhängigkeitsreferendum gut ausgegangen. Im Übrigen war Japan heute nicht ihr Problem. Die Audienz mit der Queen würde nur kurz sein, und die Art Diplomatie war für Sir Simon eine Kleinigkeit.

Es war Rozies freier Tag, und da es in der nächsten Woche verrückt zugehen würde, hatte er ihr gesagt, sie solle ihn nehmen. Und so würde sie am Nachmittag in einer Suite im Claridge's eine Milliardärin treffen. Masha Peyrowskaja hatte um ein weiteres Gespräch gebeten.

Was Rozie überraschte, als sie in die funkelnde, karamellfarbene Lobby des elegantesten Londoner Hotels trat, war nicht, wie überwältigend der gedämpfte Luxus wirkte, sondern, wie entspannt sie ihm begegnete. Ihr Job zeigte Wirkung. Der jetzt, und auch der vor der Bank, bei dem es regelmäßig Team-Building-Wochenenden in teuren Wellnessoasen und Abendessen mit Kunden in den Nebenräumen von Restaurants mit venezianischen Kronleuchtern gegeben hatte, bei denen edelste Weine getrunken wurden. Mittlerweile kannte sie sich mit den guten Tropfen schon ein wenig aus. Sie mochte es, wie die Absätze ihrer Francesco-Russo-Schuhe über den schwarz-weißen Marmorboden der Hotelhalle klackerten, und dann den kurzen wie schockgefrorenen Ausdruck auf dem Gesicht des Portiers, als sie den Namen der Peyrowskis nannte. Sie selbst reagierte genauso, wenn sie einen König oder Präsidenten traf. Aber schon wurde sie sanft und zuvorkommend in die große Piano-Suite geleitet. Und auch den Teil beherrschte sie mittlerweile.

In der Suite dann saß Masha am Flügel und spielte etwas Kühnes, Dramatisches, und ihr Körper wiegte sich hin und her, während sich ihre Arme nach den fernen Tasten reckten. Rozie stand eine Weile da und sagte nichts. Das Mädchen, das ihr die Tür geöffnet hatte, war in einen anderen Raum verschwunden.

Schließlich war das Stück zu Ende, und Masha holte tief Luft und schloss die Augen.

»Tschaikowski«, sagte sie, ohne sich umzudrehen. »Der entspricht meiner Stimmung.«

»Sie spielen wirklich gut.«

»Ich weiß.« Masha sah zum Fenster zu ihrer Linken, an dem die Netzvorhänge zur Seite gezogen worden waren und durch das man auf die Dächer Mayfairs hinaussah. »Ich hätte Pianistin werden sollen.« Sie zuckte mit den Schultern und lächelte Rozie verhalten zu. »Sie sind gekommen. Wie geht es Ihrer Majestät?«

»Sehr gut, vielen Dank.«

»Sie bringen ihr liebe Grüße von mir?«

»Natürlich.«

»Wenn sie je … mehr russisches Klavierspiel hören möchte …« Masha wirkte wehmütig.

Rozie fragte sich erst, ob sie vielleicht eine Art Job suchte, begriff dann aber, dass die arme Frau einfach die Queen wiedersehen und ihr nahe sein wollte. Die Chefin ließ diesen Wunsch bei manchen Leuten entstehen. Ehrlich gesagt, bei den meisten, nach Rozies Erfahrung.

»Es ist schade, dass sie Mr Brodsky nicht mehr zuhören

kann«, sagte Rozie und änderte damit das Thema leicht. Sie war nicht sicher, warum sie hergerufen worden war.

»Sie mögen einen Drink?«, fragte Masha. Sie stand auf, ging zu einem Samtsofa und ließ sich etwas salopp darauf niedersinken. Rozie setzte sich ihr gegenüber etwas schicklicher in einen Sessel. Masha trug eine hautenge Jeans und keine Schuhe, ein weites T-Shirt und mehrere Halsketten. Ihr Haar schien ungewaschen und ungebürstet, und sie hatte keinerlei Make-up aufgelegt. Was sie, wenn das denn möglich war, umso schöner machte.

Rozie wollte gerade eine Tasse Tee vorschlagen, als ein Butler mit einem Tablett hereinkam, auf dem Tee, Kaffee, stilles und kohlensäurehaltiges Wasser, zwei Arten Smoothies und eine Kristallschüssel mit Obst standen.

»Bitte, machen Sie es sich bequem«, sagte Masha mit einer großen Geste zu Rozie hin, mit der sie gleichzeitig den Butler entließ. Er zog sich zurück. Rozie nahm sich einen rosa Smoothie, trat sich die Schuhe von den Füßen und zog die Beine unter sich. Sie hatte immer noch keine Ahnung, um was es gehen sollte. Aber warum sollte sie es nicht genießen?

»Wie kann ich Ihnen helfen?«

Darauf folgte eine sehr merkwürdige Stunde, in der Masha ihre Ehesorgen in schonungslosem Detail vor Rozie ausbreitete.

»Er behandelt mich wie die Schnecke unter dem Schuh. Er denkt, mir ist nur Kunst wichtig, aber wie kann er wissen, was ich denke, wenn er nie mit mir spricht? Wir haben seit sieben Wochen keine Liebe mehr gemacht. Er war einmal ein wundervoller Liebhaber, aber jetzt … Er macht es, wie wenn er mich hasst.« Masha starrte zur Decke hinauf. »Sein letztes Geschenk für mich war eine kleine Bichon Frisé. Er sagt, eine Hündin verdient eine Hündin. Können Sie sich das vorstellen? Zu seiner *Frau?* Ich schenke den

Hund der Köchin, und er wirft sie hinaus. Sie war eine gute Köchin.« Sie spielte mit ihrem Ring, drehte den möweneigroßen Diamanten um den Finger und sah zu, wie sich das Licht darin spiegelte. »Jeden Tag er fragt mich wegen Vadim. Ist er wirklich schwul? War es ein Spiel? Hatten wir Dreier? Er ist abscheulich. Er sagt, er hat die Schläger nicht beauftragt, aber ich weiß es. Er ist wütend auf mich, weil ich Maksim helfe. Ich sage, ich verlasse dich, und er sagt, geh. Also gehe ich, hierher, in teuerstes Hotelzimmer, das ich finden kann. Er lässt mich beobachten, aber es ist mir egal.«

»Das klingt … schwierig«, sagte Rozie und war sich des Understatements bewusst. Sie bliebe niemals bei einem Mann, der sie eine Hündin nennen würde, ganz zu schweigen von allem anderen. Aber sie hätte auch keinen möweneigroßen Diamanten angenommen. So etwas bekam man nur unter gewissen Bedingungen, dachte sie.

»Verlasse ich ihn?«

»Ich bin keine Expertin für …«

»Sie arbeiten für die Queen! Sie geben Rat auf höchster Ebene, die ganze Zeit.«

»Nicht in solchen Fragen.«

»Sie hat vier Kinder, alle geschieden!«

»Nur drei von ihnen. Der Earl of Wessex …«

»Sie versteht den Schmerz. Sie fragt Sie um Rat, oder?«

»Das tut sie nicht.«

»Ich glaube, doch«, sagte Masha entschieden, drehte sich auf dem Sofa und arrangierte ihre trägen Glieder so, dass sie wie Rozie auf ihren Füßen saß. »Ich glaube, sie vertraut Ihnen. *Ich* vertraue Ihnen. Sie haben etwas. Sie sind die *einzige* Person, der ich vertraue. Deshalb sind Sie hier.«

»Ich glaube nicht …«

»Sie plappern nicht, *plapper, plapper, plapper,* wie alle anderen, sagen mir, ich soll ihn verlassen, wie meine Mutter. Oder dass ich bei ihm bleiben soll, bis ich eine Milliarde bei

Scheidung verdient habe, wie meine Schwester. Oder immer bei ihm bleiben, wie mein Baba. Was soll ich tun?«

Rozie zog die Stirn kraus. »Das fragen Sie mich wirklich?«

»Natürlich. Sagen Sie es mir. Jetzt lächeln Sie. Warum lächeln Sie?«

»Sie haben es selbst gesagt, Masha. Sie wollen nicht, dass man Ihnen vorschreibt, was Sie tun sollen. Sie kennen alle Optionen: Was wollen *Sie selbst?*«

»Hmm.« Masha wirkte ernsthaft nachdenklich. »Das hat mich noch keiner gefragt. Ha! Sie sind clever! Sehen Sie?«

»Meine Schwester ist Therapeutin«, sagte Rozie. »Mit ihr sollten Sie reden.«

Masha hob eine Braue. »Ja? Okay.«

»Ich mache Spaß. Sie wohnt in Frankfurt.«

»Wo ist das? In Surrey?«

»Nein – *Frankfurt*. In Deutschland.«

Masha sah einen Moment zur Decke auf und dachte nach. »Okay.«

»Wie meinen Sie das? Okay?«

»Ich meine, ich fliege sie nach London ein, für Sitzungen. Sie kommt her ins Claridge's und spricht mit mir. *Sie* kann mir sagen, was ich tun soll.«

Eine lebhafte Vorstellung nahm in Rozies Gedanken Gestalt an: Fliss, wie sie regelmäßig nach Heathrow flog, dann hier in dieser Suite saß, Smoothies trank und mit einer schönen, traurigen Russin sprach. Das würde sie lieben, und wie! Und sie hätte die Chance, bei der Familie hereinzuschauen, bevor sie zurückflog.

Masha war es ziemlich ernst mit ihrem Angebot. Sie bettelte sie förmlich an.

»Ich werde sie fragen«, sagte Rozie, wusste aber, dass sie Fliss das zwar alles erzählen, es jedoch nicht als ein ernsthaftes Angebot darstellen würde. Das Letzte, was sie wollte, war, dass sich ihre Schwester in der Welt von Yuri Peyrowski verfing. Sie glaubte Masha, was sie über Vadim und wer ihn zusammengeschlagen hatte, sagte. Diese umwerfende Frau in der Grand Piano Suite bewegte sich über dünneres Eis als die meisten Leute, die Rozie kannte, und da gab es einige in wirklich prekärer Situation. Plötzlich wurde das Gefühl der Bedrohung, sosehr es sich abgemildert hatte, seit die Queen sich für die Seidenstraßen-Frau interessierte, wieder sehr real.

Nach ihrem Besuch nahm Rozie die Gelegenheit wahr, in der nahen Oxford Street ein wenig einzukaufen. Eine halbe Stunde später taten ihr die Füße in den Stöckeln weh, und ein Idiot erschreckte sie, indem er sie praktisch auf eine Busspur stieß. Hätte sie nicht so schnell reagiert, hätte es böse ausgehen können. Sie beschloss, mit der U-Bahn vom Oxford Circus zurück nach Green Park zu fahren.

Oben auf der Rolltreppe hinunter zum Bahnsteig befiel sie plötzlich eine unbestimmte Angst. Vielleicht lag es an der Sache mit dem Bus. Aber als sie dann angerempelt wurde und beinahe rechts an allen vorbei in die Tiefe gestürzt wäre, hätte sie schwören können, ein Grienen im Gesicht des großes blonden Kerls hinter sich zu sehen, während sie noch mit den Armen ruderte, um das Gleichgewicht wiederzufinden. Diesmal rettete sie der Mann vor ihr, der sie beim Arm fasste und festhielt.

»Zieh dir das nächste Mal Turnschuhe an, dumme Kuh«, murmelte er in sich hinein.

»Ja. Danke«, sagte sie, zu sehr vom Grienen des Blonden abgelenkt, um ihm die Meinung zu geigen.

Unten angekommen, sah sie sich immer wieder um, während sie sich durch die mittägliche Menge in Richtung Victoria Line schob. Sie hielt nach dem blonden Haarwuschel Ausschau, aber er war verschwunden. Und die ganze

Zeit fragte sie sich, ob das alles nur Zufall gewesen war und sie unter Verfolgungswahn litt. Unten auf dem Bahnsteig hielt sie sich mit Bedacht vom Gleis fern.

Eine Minute später kam ein Zug, und sie stieg in einen der mittleren Wagen ein. Er war beruhigend voll – so voll, dass sie stehen musste. Eine wüste Truppe Studenten stieg hinter ihr ein. Nur eine Haltestelle. Sie war froh, nach Hause zu kommen.

Aber kaum dass der Zug losfuhr, spürte sie eine Bewegung unter den Studenten. Ihre alarmierten Sinne drängten sie, sich umzudrehen, und sie sah etwas Blondes unter einer dunkelgrauen Kapuze aufblitzen. Der Kerl war kaum zwei Meter entfernt und drängte ausdruckslos näher heran, und als sich ihre Blicke begegneten, war da kurz wieder dieses Grienen. Die Studenten machten ihm Platz. Eine Erinnerung an ihre Militärausbildung sagte ihr, dass es komisch war, wie er seine Arme und Schultern bewegte. Sie senkte den Blick und sah, wie sich seine linke Hand zu einer Faust ballte, die etwas Kleines, Dunkles umschloss und versteckte.

Sie hob den Blick wieder, sorgsam darauf bedacht, den seinen zu meiden. Er schien ruhig, reglos, das Grienen lag jetzt fest auf seinem Gesicht. Was immer er vorhatte, seine Körpersprache besagte, dass er bereit und nicht zu stoppen war.

Er war kaum noch eine Armlänge entfernt. Sie schätzte ihn auf knapp unter eins neunzig, zehn Zentimeter größer, als sie selbst war, und er wog bestimmt an die achtzig Kilo. Er war schlank, aber muskulös, hatte den Nacken eines Gewichthebers und war gleichmäßig gebräunt wie jemand, der viel draußen trainierte. Manche Leute hätten gesagt, dass er gut aussah, doch da lag etwas Wölfisches in seinem Ausdruck. Sie würde ihn auch dann nicht mögen, wenn er kein Messer in der Hand hielte.

Der Zug hatte seine Höchstgeschwindigkeit erreicht und schoss lärmend durch den Tunnel. Sie verlagerte das Gewicht auf die Fußballen, sah sich unter den übrigen Leuten in der Nähe um und versuchte das mögliche Risiko durch jeden Einzelnen einzuschätzen. Näher bei der hinteren Tür des Wagens war mehr Platz, und sie schob sich dort hinüber, entschuldigte sich dabei nach links und rechts. Er folgte mit gleicher Geschwindigkeit und lächelte ebenfalls entschuldigend.

An der Tür blieb sie stehen, sah sich nicht um, konnte ihn aber hinter sich spüren. Schon kam sein Spiegelbild in den Blick, von der Scheibe der Tür verzerrt. Er unternahm noch nichts. Er wartete, bis der Zug in den nächsten Bahnhof einfuhr, wo er tun wollte, warum er hier war, und dann schnell entkommen konnte. Sie ging von einem Messerstich in den Körper aus, irgendwo weiter unten, genau auf den Punkt. Aber vielleicht unternahm er jetzt auch noch nichts, falls er dachte, dass sie ihn durchschaut hatte.

Der Zug ratterte noch weitere dreißig Sekunden durch den Tunnel, erzitterte und begann abzubremsen. Er war ihr ganz nahe. Sie holte Luft und versuchte die Schultern zu entspannen. Metall kreischte über Metall, und sie wurden beide ein wenig zur Seite geworfen, während der Zug schnell abbremste.

Der Schlag kam aus dem Nichts, und der Schmerz blendete ihn. Er stolperte zurück gegen einen Mann und fuhr sich mit der rechten Hand hoch an die Nase. Er konnte noch nichts wieder sehen, fühlte aber, dass da ein Knorpel war, wo keiner sein sollte. Sie hatte ihm die Nase gebrochen. Das Miststück.

Er schlug mit der anderen Hand, der mit dem Messer, nach ihr, doch bevor er sie traf, wurde ihm der Griff aus der Faust geschlagen, und als er sich instinktiv bückte, um es wieder an sich zu bringen, durchzuckte ihn ein weiterer lähmender Schmerz. Diesmal hatte sie ihn mit dem Kopf im Gesicht getroffen und rammte sein Kinn nach hinten. Er ignorierte die panischen Schreie hinter sich, fauchte wütend und wollte sich auf sie stürzen, bekam aber ihr Knie im Zentrum seiner Männlichkeit zu spüren, was ihm komplett den Atem nahm.

Sie war einfach nur eine Sekretärin mit Ich-bin-geil-Stöckeln! Verfickt! Er war auf den Knien, seine Sicht klärte sich, und er sah sein Messer eine Armlänge entfernt auf dem Boden, als der Zug in den Bahnhof Green Park einfuhr. Alle wichen zurück. Er wollte sich das Messer schnappen, sie schrie, das solle er lassen, aber er hörte nicht auf sie. Und dann lag er platt auf dem Bauch, hatte ihr Gewicht auf sich, und sein rechter Arm wurde eng an seinem Rücken in die Höhe gedrückt.

»Eine Bewegung, und ich breche dir die Finger«, knurrte sie ihm ins Ohr, damit er sie durch die allgemeine Panik und das Schreien verstehen konnte. Er sagte ihr, wohin sie sich scheren solle, und zu seinem Erstaunen hielt sie Wort. Der Schmerz war kaum zu ertragen, als der kleine Finger knackte und die nächsten beiden so heftig auseinandergezogen wurden, dass er sich fragte, ob seine Hand je wieder zu gebrauchen sein würde.

Er schrie und fluchte, und kaum dass sich die Tür öffnete, warf er sie mit aller ihm verbliebenen Kraft von sich ab und floh durch die auf dem Bahnsteig wartende Menge.

Sie folgte ihm nicht. Das Adrenalin, ihr wurde schwindelig. Sie war erschöpft und jetzt, da es vorbei war, auch ein wenig verängstigt. Sie hörte so etwas wie Regentropfen und begriff, dass ihr die Leute im Wagen applaudierten.

»Hat er dir wehgetan, Liebes?«, fragte eine Frau und hockte sich neben sie.

»Scheiße, das Messer! Vorsicht!«

Jemand fragte, ob sie den Notruf betätigen sollten, aber

Rozie sagte Nein. Der Kampf hatte nur Sekunden gedauert, nicht lange genug, dass jemand ein Video davon hätte machen können. Das Letzte, was sie brauchte, waren Leute, die Bilder auf Twitter verbreiteten. Während sie sich nach draußen schleppte, hielten sie ihr die Tür auf, froh, dass die Fahrt endlich weiterging.

Rozie setzte sich an die Bahnsteigwand, den Kopf zwischen den Knien, und schnappte nach Luft. Bald darauf schloss London sie ringsum ein, und es war fast so, als wäre er nie dort gewesen.

KAPITEL 28

Am Freitag stand ein Besuch der Berkhamsted School auf dem Plan (nicht Allingham), mit der Staatskarosse. Der Stallmeister der Queen, ihre Hofdame und Sir Simon warteten beim Wagen auf sie. Rozie, die den Tag für sie organisiert hatte, hätte statt seiner da sein sollen, doch sie war indisponiert. Was nie vorkam. Rozie war nicht die Art Mensch, der »indisponiert« war.

»Oje«, sagte die Queen. »Ich hoffe, es ist nichts Ernstes?«

»Sie ist in der U-Bahn angegriffen worden. Dem armen Kerl war offenbar nicht klar, dass er es mit einer ordensgeschmückten Kriegsveteranin zu tun hatte. Rozie denkt, er wollte ihr die Handtasche stehlen. Aber er …« Sir Simon hielt inne.

»Was, Simon? Er hat was?«

»Er hatte ein Messer, Ma'am«, gab er zu. Und bedauerte es. Die Queen schien ernsthaft schockiert, was selten der Fall war.

»Ist mit ihr alles in Ordnung?«

»Absolut. Sie ist mit dem Schrecken davongekommen. Er allerdings nicht. Sie denkt, sie hat ihm drei Finger gebrochen.«

»Gutes Mädchen.« Die Queen hatte eine klare Vorstellung von den Guten und den Schlechten, und was mit ihnen geschehen sollte. Ihre Kinder hatten alle Selbstverteidigungskurse gemacht, und Anne hatte davon profitiert, als sie vor all den Jahren beinahe entführt worden wäre. Die Zeitungen hatten genüsslich die Antwort zitiert, die sie dem Mann gegeben hatte, der sie nicht nur mit einer, sondern mit zwei vorgehaltenen Pistolen aus dem Auto befehlen wollte. »Wohl eher nicht, verflucht noch eins!«

Das war ihr Mädchen. Es war eine ungeheure Erleichterung zu sehen, dass ihre Privatsekretärin aus ähnlichem Holz geschnitzt war.

Als Rozie sich am Samstag zurückmeldete, war die Queen zerknirscht. Sie sagte es natürlich nicht, weil man das nicht tat, aber sie war es.

»Wie geht es Ihnen, Rozie? Ich hoffe, besser?«

»Ganz und gar, Eure Majestät.«

»Ich nehme an, es war ein ziemlicher Aufruhr.«

»Nichts, womit ich nicht hätte umgehen können, Ma'am.«

Die Queen lächelte. »So sagte man es mir. Es freut mich, dass Sie durch Ihre Stellung hier bei uns nicht Ihre Qualitäten vergessen haben.«

»Ganz im Gegenteil.« Rozie grinste. »Nur weiter so. Ich habe den Mann gewarnt, bevor ich in Aktion getreten bin.«

Die Queen nickte. »Sehr umsichtig. Dennoch denke ich, Sie sollten eine Weile vorsichtig sein, wenn Sie ausgehen.«

»Sorgen Sie sich nicht – das werde ich.«

»Ich meine, *sehr* vorsichtig. Ich hätte gern, dass Sie, wenn möglich, auf dem Gelände bleiben, es sei denn, es gibt offizielle Aufgaben.«

Rozie zuckte etwas reumütig mit den Schultern. »Es war mein eigener Fehler. Ich habe mich mit Masha Peyrowskaja getroffen, obwohl ich wusste, dass ihr Mann gefährlich ist. Ich hatte allerdings keine Ahnung, dass es so übel werden könnte. Wobei ich nicht denke, dass er es noch einmal probieren wird, Ma'am. Das wäre zu offensichtlich.«

Die Queen seufzte. »Ich glaube nicht, dass Mr Peyrowski dahintersteckt. Warum haben Sie sich übrigens mit seiner Frau getroffen? Ich erinnere mich nicht, es vorgeschlagen zu haben.«

»Sie nicht, Ma'am. Mrs Peyrowskaja selbst. Ich war nicht sicher, warum, aber wie sich herausstellte, wollte sie einen Rat, was ihre Ehe betrifft. Da läuft es nicht gut.«

»Ich hoffe, Sie haben ihr keinen gegeben.«

»Nein, das habe ich nicht. Ich habe keine Ahnung, wie verheiratete Paare es schaffen, zusammenzubleiben.«

»Reine Übung. Aber gut. Das Letzte, was man braucht, ist, in eine Scheidung verwickelt zu werden. Bleiben Sie auf Distanz.«

»Das hatte ich vor, Ma'am. Aber er ist trotzdem hinter mir her. Oder hat zumindest jemand anderen geschickt.« Rozie war so erleichtert, dass sie es nicht einmal in Erwägung gezogen hatte, Fliss in die Sache hereinzuziehen. Während sie in Sandhurst in Selbstverteidigung gedrillt worden war, hatte Fliss den Erstsemester-Preis darin gewonnen, möglichst viele Gläser Tequila zu leeren und dabei wie Beyoncé zu tanzen. Auf der Tanzfläche war Fliss nicht zu schlagen, gegen ein messerstechendes russisches Schwergewicht zu bestehen war jedoch etwas anderes. Aber Moment, hatte die Chefin gerade gesagt, das Peyrowski womöglich nichts damit zu tun hatte? »Ich meine, ich habe angenommen, dass er dahintersteckte. Denken Sie, er war es nicht?«

Die Queen sah sie mit festem Blick durch ihre Zweistärkenbrille an. »Das hat alles nichts mit Mrs Peyrowskaja zu tun. Oder wenigstens nur sehr entfernt.«

»Aber ich dachte …«

»Sie haben Erkundigungen zu Rachel Stiles angestellt. Auf meine Bitte hin, ich weiß. Tun Sie es bitte nicht mehr. Für's Erste nicht.«

Rozie überlegte. »Aber ich habe zuletzt nur nach ihren Kontaktlinsen gefragt. Ob sie welche hatte.«

»Ich weiß«, sagte die Queen, »und genau das macht mir Sorgen.«

Das Londoner Highlight der nächsten Woche sollte die Gartenparty im Buckingham Palace am Dienstag sein, traurigerweise jedoch schüttete es wie aus Eimern. Selbst der Queen war die Enttäuschung anzumerken. Sie wusste, was für ein besonderer Tag es für alle war, die kamen, um sie zu sehen, und sie wollte, dass sie den Garten von seiner besten Seite erlebten, nicht unter tropfenden Zeltplanen. So oft war in der ersten Maiwoche sehr schönes Wetter, dieses Jahr jedoch schien gänzlich aus der Art zu schlagen. Charles gab natürlich der Erderwärmung die Schuld, und man neigte dazu, ihm zuzustimmen.

Die Sache war, wenn es in Westminster so regnete, tat es das wahrscheinlich auch in Windsor. Die Horse Show sollte am Mittwoch beginnen, mit einem Dressurtag und offenem Zugang für die Bürger der Stadt, die so geduldig die anstürmenden Menschenmengen und endlosen Schlangen mit Pferdeanhängern erduldeten. Vor einem Jahr schon war es so abgesprochen worden, und zahllose Leute hatten hart dafür gearbeitet. Aber der Direktor warnte sie, dass womöglich alles abgesagt werden müsse, weil der Boden zu nass war.

Und dann, wie um dem Ganzen noch eins draufzusetzen, hatte sie sich das Bein an einem Fußbänkchen angeschlagen, als sie Candy davon abhalten wollte, einen Teller Kekse vom Teetisch zu stibitzen, worauf sie den Abend mit einem Eisbeutel im Bett verbrachte und sich hundeelend fühlte.

Es war Sir Simon, der mit der nächsten Nachricht kam, die sie ungeheuer aufheiterte und fast, aber nicht ganz, darüber hinwegtröstete, dass die Parkplätze des Parks in Windsor tatsächlich so überflutet waren, dass der »Windsor-Mittwoch« zum ersten Mal abgesagt werden musste, zu jedermanns Entsetzen.

Sir Simon, der auch diese Nachricht überbrachte, war überrascht, was für ein Lächeln das andere Detail auf die Züge Ihrer Majestät zauberte. Es bestand allein darin, dass Gavin Humphreys ihn gebeten hatte, sie darüber zu informieren, dass die Mordermittlungen eine neue, unerwartete Wende genommen hätten. Sir Simon hatte gedacht, dass sie das nur noch mehr deprimieren würde, da es wahrscheinlich bedeutete, dass sich die Sache noch länger hinziehen würde. Und der *Daily Mail* noch mehr Gelegenheit gegeben wurde, vom purpurnen Morgenmantel und weiteren Anzüglichkeiten Wind zu bekommen und sie alle zu demütigen.

Doch sie lächelte nur und sagte: »Ach, wirklich?«, und schien ziemlich *insouciante*.

»Ich kann ihn bitten, Sie genauer aufzuklären, Ma'am, wenn Sie mögen?«

»Das ist nicht nötig. Solange er uns allgemein informiert hält. Und sagen Sie ihm, er soll sich melden, wenn wir ihm helfen können.«

»Ja, Ma'am. Natürlich. Wobei ich sicher bin, dass er alles unter Kontrolle hat.«

KAPITEL 29

Rozie fiel auf, dass die Chefin am Donnerstag besser gelaunt schien. Aber damit war auch zu rechnen gewesen, denn jetzt waren sie alle zurück in Windsor, die Queen konnte mit ihrem Bein wieder laufen, und bevor sie auch nur einen Gedanken an die Schachteln verschwendete, war sie bereits draußen in der kühlen, sonnigen Luft, um nach den Pferden zu sehen.

Die schweren Regenwolken waren abgezogen, die Parkplätze trocken genug für die Pferdeanhänger, und es sollte schön bleiben. Und das Beste von allem: Barbers Shop hatte sich völlig erholt und brannte auf die Ridden Horse Show Championship und den Jubiläumsumzug.

Eine lächelnde Queen fuhr in einem der Range Rover hinunter in den Park, wo sich bereits eine erwartungsvolle Menge versammelt hatte. Der Wettbewerb fand als eines der ersten Ereignisse in der Copper Horse Arena statt. Mit Strickjacke, darüber noch einer gefütterten Jacke, Schal und Stiefeln mischte sich die Queen unter die Reiter, Trainer und Pferdefanatiker, machte Witze über das Wetter und demonstrierte mit entsetzter Miene, wie ihr die biblische Flut zugesetzt hatte.

Rozie war zusammen mit Sir Simon ebenfalls aus dem Schloss heruntergekommen. Sie sollte das Gelände nach wie vor nicht verlassen, aber hier war sie so sicher, wie sie nur sein konnte. Sie betrachteten die Wettbewerbsteilnehmer von einem Platz gegenüber der VIP-Tribüne und genossen gemeinsam diesen seltenen Moment der Entspannung und Ruhe.

Rozie saugte die schwachen, aber stetigen Sonnenstrahlen in sich auf, ließ die beruhigend knisternde Stimme des Moderators aus dem Lautsprechersystem auf sich wirken und atmete den Geruch von Pferden, nassem Sand und Fliegenspray ein. Das alles trug sie zurück in ihre Teenagerzeit, zu ihren Ausritten im Park, ihrer späteren Nervosität, wenn es über besonders mächtige Hindernisse ging, und der Begeisterung, da hinauszukommen.

»Reiten Sie, Simon?«, fragte sie, als ihr bewusst wurde, dass sie ihn nie darüber hatte sprechen hören.

»Nein. Meine Mutter hatte eine Allergie gegen Pferde. Sie tat alles, um ihnen nicht zu nahe zu kommen. Was schon komisch war, wenn man bedenkt, dass sie auch gegen Hundehaare allergisch war und wir trotzdem zwei Terrier und einen Labrador hatten. Und drei Katzen und ein Meerschweinchen.« Er zuckte mit den Schultern.

»Vielleicht mochte sie einfach keine Pferde?«, sagte Rozie.

»Manchmal frage ich mich das. Wir alle wollten reiten, meine Schwestern waren geradezu verrückt nach Pferden. Besonders die jüngere, Beaty. Sie wusste alles, was man darüber wissen konnte. Wie genau man ein Pferd striegelte, ihm den Schweif flocht, was für Rassen es gab und wie man einen Pferdehusten behandelte. Das hatte sie aus den Geschichten, die sie las. Ich glaube, meine Mutter fürchtete, dass Beaty völlig besessen werden könnte, wenn sie tatsächlich mit einem Pferd in Berührung kam. Und natürlich konnten wir es uns nicht leisten. Nicht bei den Schulgebühren.«

Rozie nickte. Einen Moment lang stellte sie sich vor, die Art Mädchen zu sein, die in einem Haus aufwuchs, in dem man mit dem täglichen Drama konfrontiert war, sich zwischen den Ausgaben für ein Internat und einem Pferd für die Tochter entscheiden zu müssen. In der Grundschule in Notting Hill hat es ein paar solche Kinder gegeben, aber die hatten in einer anderen Welt gelebt – einer Welt mit pastellfarbenen Stadthäusern, die so nah und doch völlig unerreichbar gewesen war. Rozie lachte und legte ihrem Vorgesetzten mitfühlend eine Hand auf die Schulter.

»Sie Ärmster! Was für ein Albtraum das gewesen sein muss.«

»Das war es!« Er grinste sie an. »Meine sorgenschwere Kindheit.«

Rozie wusste es womöglich nicht, aber ihre Direktheit war das, was ihr den Job eingebracht hatte. Sämtliche Kandidatinnen waren intelligent und clever gewesen, mit besten Ergebnissen im Civil Service, aber viele auch dreist und arrogant, wenn man etwas tiefer schürfte. Rozie war anders, sie ruhte in sich selbst. Man wusste immer, woran man mit ihr war, selbst wenn sie einen auf den Arm nahm. Sie vermochte sich einzufügen, weil sie sich nicht zu sehr hervortun wollte, und das gefiel Sir Simon. Im Übrigen sah sie in ihren lächerlichen Stöckelschuhen fabelhaft aus, und ihr Grinsen, wenn sie eine schwierige Frage gelöst hatte, wärmte einem das Herz. Allerdings war er viel zu professionell, als dass er sich davon hätte beeinflussen lassen. Im Übrigen hatte Ihre Majestät letztlich entschieden, wer genommen wurde.

Barbers Shop kam federnd in die Copper Horse Arena, ein wahrer Champion. Sein glänzendes kastanienbraunes Fell war mit einer geradezu mathematischen Präzision gestriegelt worden, die Sir Simons kleiner Schwester zweifellos gefallen hätte. Er hatte endlose Beine mit schwarzen Füßen, kräftige Schultern und einen intelligenten Kopf – nun spitzte er die Ohren, als die Zuschauer anerkennend applaudierten. Alle sahen, wie genussvoll die Queen lächelte, als sie ihn sah, und strahlend verfolgte, wie er Dressur und Sprünge absolvierte und dabei große Kraft mit einem schauspielerischen Sinn für den großen Auftritt verband.

Er wusste genau, was von ihm verlangt wurde, und zog alle Register, schien in der Luft zu schweben, bevor er mit der Präzision eines Akrobaten wieder auf der Erde landete und befriedigt von der eigenen Leistung den Kopf hin und her warf.

Rozie liebte dieses Pferd, hatte aber Schwierigkeiten, den Blick von seiner Besitzerin zu wenden.

»Sie sieht so glücklich aus.«

»Das ist sie.«

»Aber … ihr Glück scheint so ungetrübt zu sein, und Sie haben mir gestern erst gesagt, sie fühle sich absolut elend und ihr Bein bringe sie um.«

»Sie hat ein Talent fürs Glücklichsein«, sagte Sir Simon. »Was ein Glück an sich ist. Schon als Kind war sie so, von allen geliebt. Ich glaube, das hat sie durch die nächsten siebzig Jahre getragen.«

»Dann muss sie schon ein verdammt glückliches Kind gewesen sein.«

»Ich denke, das war sie.«

Ohne dass es jemanden überrascht hätte, und zur großen Freude seiner Besitzerin, gewann Barbers Shop den Wettbewerb und die Queen einen Fünfzig-Pfund-Gutschein von Tesco. Sie verbrachte eine Weile mit Pferd und Trainer, gratulierte beiden zu ihrer Leistung und freute sich mit ihnen. Dann sah sie nach den Kindern auf ihren Ponys. Eine ganze neue Reitergeneration wuchs da heran. Es war wunderbar. Wie viele Möhren bekam man bei Tesco für fünfzig Pfund?, fragte sie sich. Sie würde es herausfinden.

Später am Abend, nach allen möglichen Empfängen und einem Essen für vierzig Personen im Waterloo Chamber, rief General Sir Peter Venn Sir Simon in seiner Wohnung an und fragte ihn, ob er vorbeikommen könne. Sein Freund bat ihn nur zu gerne zu sich, und so war Sir Peter überrascht, auch die stellvertretende persönliche Sekretärin bei ihm vorzufinden, mit einem Glas Whisky auf dem Tischchen neben ihrem Sessel. Die Füße hatte sie bequemerweise auf den Sitz gezogen.

»Es tut mir leid, ich wollte nicht stören.«

»Das tust du ganz und gar nicht, Peter. Rozie und ich gehen nur noch ein paar Dinge durch. Was kann ich dir anbieten? Einen Glenmorangie? Famous Grouse? Gordon's? Oder einen Port? Ich habe einen '96er Taylors, der sehr nach mehr schmeckt.«

»Ja, bitte«, sagte Sir Peter dankbar. Er ging hinüber zu einem freien Sessel und ließ sich hineinsinken. »Mein Gott. Was für ein Tag.«

»Ich habe dich beim Empfang gesehen. Da sahst du etwas grün um die Kiemen aus. Ist etwas mit dir?«

Sir Simon gab dem Governor ein Kristallglas, in dem der lohfarbene '96er Port leuchtete. Sir Peter nahm einen kleinen Schluck, schloss die Augen und lehnte sich in seinen Sessel zurück.

»Es geht schon besser. Ich musste hinterher zu Ihrer Majestät. Was keine zu schöne Aussicht war.«

»Ach?« Sir Simon schlug ein Bein über das andere und sah ihn ein wenig beunruhigt an.

Sir Peter warf einen besorgten Blick zu Rozie hinüber und wandte sich wieder seinem Gastgeber zu. *»Pas devant?«*, murmelte er.

»Oh, Rozie weiß alles. Und wenn nicht, sollte sie es. Wir sind alle hier angestellt. Und sie spricht Französisch.«

Sir Peter lief kurz rot an, erholte sich jedoch gleich wieder. »Also gut. Wie sich herausstellt, habe ich an dem Abend mit Brodsky eine Hochstaplerin erster Güte ins Schloss gelassen.«

»Das wussten wir.«

»Nun, das habt ihr mir nicht gesagt, und ich wünschte,

ihr hättet es, weil ich Zustände gekriegt habe, als ich mir vorstellte, was die Queen sagen würde, wenn sie es herausfände. Es war schon schlimm genug, dass die Frau es überhaupt ins Schloss geschafft hat, und dann ist sie auch noch auf meine persönliche Nachfrage beim Master über Nacht geblieben …«

»Wie solltest du wissen, dass sie nicht koscher war?«, sagte Sir Simon ruhig.

Sir Peter nahm noch einen Schluck Port. »Ich weiß es nicht. Es war ja nicht meine Veranstaltung, sondern ich habe nur den Gastgeber gespielt, für einen Freund aus dem Außenministerium, weil wir hier so hohe Sicherheitsstandards haben. Ha! Und es lag so günstig zu Heathrow. Ich habe das gerne getan, muss aber sagen, dass ich dachte, MI6 und das Ministerium wüssten genau, mit wem sie es zu tun hatten. Wie sich herausstellte, war die junge Frau noch ziemlich unerfahren, was diese Art von Input betraf. Sie hatte über die chinesische Infrastrukturfinanzierung promoviert, was nicht zu viele Leute tun, wie du dir vorstellen kannst, und ein paar Vorträge vor Londoner Thinktanks gehalten, aber niemand beim Treffen hier hatte sie schon einmal persönlich gesehen. E-Mails hatten sie durchaus mit ihr ausgetauscht, aber das war alles. Und sie hatte dieses auffällig dichte Haar. Für die Sicherheitsleute war sie die Frau auf dem Passfoto. Da ist niemand auf die Idee gekommen, das noch mal zu überprüfen.

Jedenfalls begann ich mir leichte Sorgen zu machen, als ich hörte, dass sie Drogen nahm. Was herauskam, als sie in den Nachrichten von ihrem Tod berichteten, oder? Ich dachte plötzlich – was, wenn sie hier Drogen genommen hat? Kannst du dir vorstellen, was los gewesen wäre, wäre das nach außen gedrungen? Also habe ich mit den Leuten von Chief Inspektor Strong gesprochen, und kaum dass sie mir ein Bild von der Frau zeigten, die da gestorben war, wusste ich, das war nicht die, die hier im Schloss gewesen ist. Natürlich habe ich ihnen das gleich gesagt, wobei ich dachte, die Queen würde explodieren. Es war meine Idee gewesen, das Treffen auf den nächsten Tag zu verschieben, weißt du, um auf dieses Wunderkind aus Dschibuti zu warten. Also war es mein Fehler, dass die Hochstaplerin im Schloss übernachtet hat. Ganz allein mein Fehler.« Er seufzte und trank sein Glas aus.

»Absolut nicht«, sagte Sir Simon. Er stand auf, langte nach der Karaffe mit dem Port und stellte sie neben den Ellbogen des Governors. »Das Treffen war äußerst hilfreich, nehme ich an, wäre ohne Lo aber ein Reinfall gewesen. Es war gut, dass du alle überreden konntest, noch zu bleiben.«

»Du bist zu gütig. Und ich sehe durchaus, *dass* es ein gutes Treffen war. Ich habe selbst nicht teilgenommen, aber offenbar hat es unserem Blick auf die Seidenstraßenstrategie eine neue Richtung gegeben. Wir haben das Projekt zwar immer schon für hoch ambitioniert, aber doch grundsätzlich für harmlos gehalten. Und wir haben uns auf den Landweg konzentriert. Was sie zum Beispiel in Afrika tun, hat eine Größenordnung, die kaum vorstellbar ist. Lo hat uns ein paar faszinierende Einblicke in den Meeresroutenteil gegeben, und da kam dann auch diese Stiles ins Spiel. Kelvin Lo interessiert sich dafür, wie sie die neuen Häfen in den Entwicklungsländern finanzieren. Er sorgt sich wegen der Möglichkeiten, die sie damit ihren Seestreitkräften eröffnen. Aber mehr noch, weil sie einige dieser Länder durch die Hafenbauten in eine Schuldenkrise treiben, sodass sie am Ende über eine Reihe Stützpunkte entlang des Indischen Ozeans und des Westpazifiks verfügen, die von ihnen abhängig sind.«

»Ganz so, wie wir es im neunzehnten Jahrhundert gemacht haben«, sinnierte Sir Simon.

»Tja, nun … das ist vorbei. Wir haben nicht einmal mehr

Hongkong. Das bedeutet, dass sie unguten Druck auf unsere Handelsrouten ausüben können. Da hat das Außenministerium reichlich Stoff zum Nachdenken. Genau wie der MI6. Kelvins Informationen über das Ausmaß ihrer Infrastrukturfinanzierung schlug ein bisschen wie eine Bombe ein.«

Als er das sagte, kam Rozie ein Gedanke.

»War es also China, das da spioniert hat? Um herauszufinden, was wir über sie wissen?«

Der Governor, der sich während seines Vortrags zunehmend erregt hatte, sank zurück in den Sessel. »Durch den von mir persönlich eingeladenen, drogenabhängigen Übernachtungsgast, meinen Sie? Gut möglich. Ich kann es nicht sagen.«

»Entschuldigen Sie, Sir Peter. Ich wollte nicht …«

»Nein, nein, schon gut. Es ist allein mein Fehler. Ich hätte die Sicherheit anweisen sollen, alle zusätzlich noch einmal zu überprüfen. Aber mir kam gar nicht erst in den Sinn, dass da was nicht ganz richtig sein könnte. Die verdammte Veranstaltung fand im Namen der nationalen Sicherheit statt, Himmel noch mal!«

»Genau«, tröstete ihn Sir Simon. »Du konntest es nicht wissen. Was hat Strong gesagt? Er hat die Frau doch verhört, oder, wegen des Mordes? Hat er den gleichen Fehler gemacht?«

»Ich habe keinen blassen Schimmer! Er will mir nichts sagen, weil Humphreys natürlich denkt, dass wir alle für den Kreml arbeiten. Obwohl ich, als ich in Diensten der NATO stand, die Verteidigungsstrategie gegen einen russischen Angriff mit Land-, Luft- und Seestreitkräften über Skandinavien erarbeitet habe. Vielleicht denkt er, das erhöht die Möglichkeit noch, dass ich ein Spion bin. Weiß der Himmel. Ich kann nur annehmen, dass die beiden Frauen unter einer Decke gesteckt haben. Warum sonst ist die wahre Rachel Stiles nicht zur Polizei gegangen? Sie müssen sie umgebracht haben, weil sie zu viel wusste.«

»Du denkst, sie ist gezielt umgebracht worden?«, fragte Sir Simon.

»Du nicht?«

»Ich habe mich das schon gefragt. Damit haben wir zwei Mordopfer.«

Drei, dachte Rozie.

»Wie auch immer«, fuhr der Governor fort. »Ich war heute Abend bei der Queen, bereit, mich in mein Schwert zu stürzen, aber sie war fürchterlich verständig. Sie sagte, dass es natürlich nicht meine Sache gewesen sei, die Sicherheitsüberprüfung infrage zu stellen. Deren Standards, wie ich annehme, bereits überarbeitet werden. Sie werden hochgefahren, sobald Zeit dafür ist, nach der Horse Show. Und jetzt komm mir nicht damit, dass das Kind längst in den Brunnen gefallen ist.«

»Nicht im Traum würde ich daran denken«, versicherte Sir Simon ihm.

»Doch, tust du.«

»Nein, nein, nein.«

»Du grinst.«

»Ich freue mich einfach nur für dich, dass dir die Chefin nicht das Fell über die Ohren gezogen hat.«

»Gott sei Dank hat Barbers Shop sie in gute Laune versetzt.« Sir Peter stellte sein Glas ab und erhob sich aus dem Sessel. »Nun, danke für den Port, Simon. Gute Nacht, Rozie. Christine erwartet mich. In zweiundsiebzig Stunden kommt Kylie Minogue, und sie haben sie in einem unserer Gästezimmer untergebracht. Ehrlich, gegen Christines Aufgabenliste für den Besuch sind meine NATO-Verteidigungsstrategiepapiere ein Witz.«

KAPITEL 30

Sobald die Queen hörte, dass die Ermittlungen eine neue Richtung genommen hatten, entspannte sie sich. Billy MacLachlan hatte einen Köder ausgelegt, und Humphreys hatte ihn endlich geschluckt. Bei ihrem kurzen Treffen mit dem zerknirschten Sir Peter am Donnerstag hätte sie ihm gerne dafür gratuliert, dass er seine Rolle so gut spielte, aber es war wichtig, sich unschuldig zu geben, bis man alle Entdeckungen offiziell mitgeteilt bekommen hatte.

Sonntags kam der Anruf, den sie erwartet hatte. Nach einem leichten Mittagessen mit der Familie und vor dem letzten Nachmittag mit verschiedenen Entscheidungen und Auszeichnungen unten im Park informierte Sir Simon sie, dass der Generaldirektor vom MI5 und der Commissioner der Metropolitan Police gern ein Treffen mit ihr vereinbaren würden.

»Wenn Sie sich erholt haben, Ma'am. Von den Feierlichkeiten.«

»Sie kennen mich, Simon. Ich bin morgen wieder in aller Frühe auf den Beinen. Sind es gute Nachrichten?«

»Sie wollten es nicht sagen, Ma'am. Aber Neues gibt es ganz sicher. Wenn ich es recht verstehe, haben sie wenigstens eine Verhaftung vorgenommen. Aber sie möchten Ihnen gern selbst alles ausführlich erklären.«

»Sie haben doch nicht vor, noch mehr von meinen Bediensteten einzukerkern, oder?«

»Nicht dass ich wüsste.«

»Finden Sie eine geeignete Zeit. Wenn ich jetzt nicht hinunter zu den Pferden gehe, werden keine mehr da sein.«

Es war eine reine Freude unten im Park. Vom Pony-Club

bis zu den Mächtigkeitsspringern, sie war von begeisterten Pferdeliebhabern umgeben, alle bereit, in makellosen Reithosen und Stiefeln in einen Wettbewerb einzutreten, oder grinsend und matschbespritzt nach einem wilden Ritt über den Hinderniskurs. Eltern, denen sie vor vielen Jahren Auszeichnungen an die Jacken geheftet hatte, brachten ihre Kleinen in ihren ersten Tweedmänteln mit, die unsicher wie in einem Cartoon auf ihren Ponys saßen. Am anderen Ende der Skala gab es eine gesunde Anzahl Stars, die bald nach Rio fliegen würden, wo sie um olympisches Gold kämpfen würden. Wenn man ihnen schon nicht dorthin folgen konnte, wie schön war es dann, sie im eigenen Garten zu haben, an einem sonnigen Tag, mit dem Schloss als Kulisse. Und dann war es Zeit für den Musikzug der Kavallerie des Haushalts, und wer ließ sich davon nicht begeistern?

Aber all das verblasste vor dem Festzug am Abend. Anne und Edward hatten an den ersten Proben teilgenommen und versucht, ihr zu erklären, was sie zu erwarten hatte – man dachte, man wusste es –, aber nichts, wirklich *nichts* konnte einen darauf vorbereiten, wie besonders es werden sollte. So ganz anders als all die katastrophalen Jubiläumsgeschichten. (Die Sache auf dem Fluss hatte Philip praktisch den Garaus gemacht.)

Sie nahmen die schottische Staatskutsche, Philip und sie, und es dämmerte, als sie in die Arena des Schlosses kamen. Etwa sechstausend Zuschauer warteten auf den Tribünen, und dazu noch einmal fünftausend entlang des Langen Wegs draußen, die das Ganze auf riesigen Leinwänden verfolgten. Aber man war wegen der Pferde gekommen.

Ein großer Choreograf war vonnöten, um solch ein Ereignis in Schwung zu bringen und neunhundert Pferde sekundengenau aufeinander abgestimmt agieren zu lassen.

hatte. Humphreys hatten den Festzug selbst nicht verfolgt, aber seine Frau hatte den Fernseher im Hintergrund an gehabt. Die königliche Familie war offenbar in Hochstimmung gewesen, und es hat *Unmengen* Pferde gegeben. Er hatte den größten Teil verpasst, weil er damit beschäftigt gewesen war, seinen heutigen Vortrag einzuüben.

Und jetzt war er hier, und Ihre Majestät bot ihm und dem Commissioner Tee und Kaffee an. Er bat um Letzteres, mit Milch, aber ohne Zucker, und sie erlaubten sich eine kleine, höfliche Plauderei über den Festzug, doch bald schon stellte sie die unvermeidliche Frage.

»Sagen Sie mir, Generaldirektor, wer hat Mister Brodsky umgebracht? Wissen wir es?«

Humphreys drückte den Rücken durch, die Beine nur leicht geöffnet, nicht weit gespreizt, so hatte man es ihm beim Medientraining beigebracht.

»Ja, Ma'am, das tun wir«, sagte er bedeutungsvoll – beantwortete ihre Frage aber nicht ganz, weil er sie langsam dazu hinführen wollte. »Und ich sollte vielleicht hinzufügen: Dunkle Mächte waren dabei im Spiel.«

»Das sagten Sie.« Sie nickte. »Putins Mächte.«

»Die dann doch nicht«, gab er zu. »Zu Beginn nahmen wir an, der Mord an Brodsky wäre eine unverfrorene Botschaft des russischen Präsidenten. Tatsächlich war er aber das Gegenteil, ausgeführt mit der Absicht, völlig missverstanden zu werden. So haben wir lange Zeit in die falsche Richtung geblickt.«

»Oje. Haben wir das?«

Er nickte mit ernster Miene.

»Wie unglücklich.«

Einen winzigen Moment lang fühlte sich Humphreys in sein zehnjähriges Ich zurückversetzt, das seinem Großvater erklären musste, dass er seine goldene Taschenuhr auseinandergenommen hatte, um zu sehen, wie sie funktionierte, aber nun ging sie leider nicht mehr. Nicht mehr zu reparieren war sie gewesen … Aber halt, er war vierundfünfzig, und hier und heute war alles wieder in Ordnung gebracht! Er schüttelte seine Erinnerung ab und kehrte zu seiner Geschichte zurück.

»Die Mächte hätten noch eine Weile länger unentdeckt bleiben können«, fuhr er fort, »wenn es nicht zu einem Sturm über der arabischen Halbinsel gekommen wäre und eine junge Frau nicht ihre Kontaktlinse verloren hätte.« Diesen Teil hatte er genau eingeübt, und er gefiel ihm. Die Augen der Queen leuchteten auf. Ermutigt, entspannte er sich ein wenig und sagte: »Es ist ein wenig wie bei der Chaostheorie, Ma'am. Ein Schmetterling, der in …« *Verdammt.* Es zahlte sich nie aus, zu improvisieren. Wo schlug der Schmetterling noch mit den Flügeln? Damit dann irgendwo anders ein Sturm daraus wurde? Aber in diesem Fall *war* der Schmetterling der Sturm. Er fuhr geschwind fort: »… am Amazonas, äh … und das Ergebnis sind drei Tote.« Er legte eine dramatische Pause ein.

»*Drei Tote?* Meine Güte.«

Die Queen war angemessen beeindruckt.

»An dieser Stelle muss ich sagen, dass es eine bestimmte Person gibt, die unseren Erfolg erst möglich gemacht hat«, fügte Humphreys großzügig hinzu. »Ohne ihn, denke ich, würde wir immer noch versuchen, die einzelnen Fäden miteinander zu verbinden.«

»Oh?«

»Sir Peter Venn. Eine seiner Besucherinnen war nicht, wer sie zu sein vorgab. In diesem Fall war der, nach dem wir suchten, eine Sie. *Cherchez la femme,* Ma'am.«

Die Queen legte den Kopf leicht zur Seite. »Ah. Ja. *La femme.* In der Tat.«

»Es zahlt sich aus, offen und unvoreingenommen zu bleiben. Dank Sir Peter haben wir uns auf eine völlig andere

Gruppe als die Ihrer Übernachtungseinladung konzentriert.«

»Abendeinladung mit Übernachtung«, unterbrach ihn der Commissioner.

»Was?«

»Es war eine Abendeinladung mit Übernachtung.«

Gott, das fehlte ihm gerade noch, dass er hier von Singh korrigiert wurde. Humphreys atmete einmal tief durch, bewahrte die Ruhe und fuhr fort: »Sie waren zu einer Besprechung hier, am Tag bevor Brodsky tot aufgefunden wurde. Es ging um ein Seidenstraßenprojekt. Das ist eine chinesische Strategie, um …«

»Ich kenne das Seidenstraßenprojekt«, versicherte Ihre Majestät.

»Oh. Ah. Gut. Jedenfalls wurde die Besprechung vom MI6 und dem Außenministerium organisiert, und der Governor agierte freundlicherweise als Gastgeber. Es mag nicht so aussehen, als hätte es eine Verbindung zu Ihrer kleinen Soiree gegeben, aber haben Sie etwas Geduld. Wir haben es mit drei miteinander verbundenen Fällen zu tun.«

Gott sei Dank hatte er das Schreibpapier dabei. Er griff in seine Aktentasche, holte ein paar Blatt heraus und legte sie im Querformat vor sich auf den Kaffeetisch. Auf das oberste Blatt, oben in der Mitte, schrieb er »Brodsky« und umrahmte den Namen mit einem Kasten. Ein weiterer Kasten kam unten rechts in die Ecke, den er mit dem Stift noch einmal umkreiste.

Singh, neben ihm, konnte sich nicht zurückhalten. »Die Verbindung zu Mr Brodsky war äußerst ungewöhnlich, Ma'am. Ich weiß immer noch nicht, wie der Generaldirektor das herausgefunden hat. Ein wirklicher Gedankenblitz …«

»Danke, Ravi. Darauf komme ich noch zurück. Der Zweck der Besprechung, Ma'am, war es, geheime Informationen über Chinas Absichten mit dem Seidenstraßenprojekt auszutauschen und daraus hochkarätige Vorschläge für die Reaktionen des Vereinigten Königreichs abzuleiten. Die fragliche Teilnehmerin – die hätte dabei sein *sollen* – war eine junge Frau namens Rachel Stiles.« Er schrieb den Namen in den leeren Kasten. »Eine Expertin für die chinesische Wirtschaft. In unserem Fall, Ma'am, war China von Interesse. Russland in keiner Weise.«

»Meine Güte«, bemerkte die Queen ruhig. »Wie faszinierend.«

»Nicht wahr?« Er schrieb »Seidenstraße« unten in die Mitte des Blattes. Das alles war stark vereinfachend, aber er sah, dass sich sein Schaubild als nützlich erweisen würde. Eine Szene erschien in seinem Kopf: seine Zeichnung gerahmt über seinem Schreibtisch zu Hause, und davor er, der Dinnergästen erzählte, wie er Ihrer Majestät damit den Fall Brodsky erklärt hatte.

»Die Besprechung brachte Experten aus verschiedenen Bereichen zusammen. Alle natürlich sorgfältig überprüft – aber sie bildeten eine neue Gruppe. Wie sich herausstellte, hatte niemand von ihnen Rachel Stiles schon einmal persönlich kennengelernt. Dr. Stiles war in ihren Zwanzigern, hatte blaue Augen und dichtes, dunkles Haar. Genau wie die Frau, die dann ins Schloss kam. Sie schien die Person zu sein, die bei der Sicherheitsüberprüfung auf dem Passfoto zu sehen war. Erst nach Sir Peters Enthüllung haben wir Unterschiede in den Gesichtszügen entdeckt, aber die waren sehr gering.«

Er machte eine Pause, um zu sehen, ob ihm die Queen noch folgen konnte. So schien es zu sein.

»Dr. Stiles war unglücklicherweise bereits tot, als wir die Täuschung entdeckten. Als wir den anderen Teilnehmern an der Besprechung dann aber ein größeres Foto von ihr zeigten, stimmten sie uns zu: *Es war nicht Rachel Stiles, die mit ihnen zusammen gewesen war*. Damit lautete die Frage: Wer war diese Frau, die sich als sie ausgegeben hatte?«

»Ich hoffe, Sie haben es herausgefunden.« Die Queen hob eine Braue.

»Nicht unmittelbar.« Humphreys beugte sich vor und zeichnete einen dritten Kasten in die untere linke Ecke seines Schaubilds. Er überlegte, ob er ein Fragezeichen hineinsetzen sollte, doch das würde später im Weg sein und alles vermurksen. Also ließ er den Kasten, wie er war – ungefüllt, aber voller Möglichkeiten. Er drehte das Blatt zu Ihrer Majestät hin und klopfte nachdenklich darauf.

»Nennen wir sie fürs Erste die Agentin eines Schurkenstaates.«

Die Stimme der Queen erklang glockenklar: »Oh? Von welchem?«

Humphreys hatte sie eigentlich auch dort erst langsam hinführen wollen, aber sie verlangte so offensichtlich nach dieser Information, dass er nachgab. »Das mag Sie überraschen, Ma'am.«

»Also nicht Russland?«

»Tatsächlich nicht, nein.«

»Oder China?«

»Auch nicht China. Es war einer unserer Verbündeten, können Sie das glauben?« Er nannte den Namen.

»Wirklich?« Sie beugte sich vor und legte die Stirn in Falten. »Und warum haben die uns ausspioniert?«

»Es gibt ein Problem mit dem fraglichen Staat, was, wie ich denke, von mir ausging.« Humphreys glaubte, den winzigen Anflug eines Lächelns über das Gesicht der Privatsekretärin huschen zu sehen. Aber vielleicht bildete er es sich auch nur ein. Die Queen schien aufmerksam und neugierig. »Im letzten Jahr, worüber man Sie, wie ich annehme, informiert hat, entschied sich König Zeid, einem seiner Neffen die Leitung der Polizei und des Geheimdienstes des

Landes zu übertragen. Wir glauben, dass er den Jungen – den jungen Mann, sollte ich sagen – testen wollte, um zu sehen, ob er Führungsqualitäten hat. Ich denke, Sie kennen Prinz Fazal recht gut.«

Die Queen nickte. »*Recht* gut.«

»Ich habe gehört, dass er Sie gelegentlich hier in Windsor und in Sandringham besucht hat, aus dem Internat und aus Sandhurst, wenn er Ferien hatte.« Ihre Miene verfinsterte sich. Humphreys' Information nach hatte sie den jungen Mann wie einen Teil der Familie behandelt. »In der Militärakademie in Sandhurst fiel auf, dass sein Potenzial zur idealen Führungsperson begrenzt war«, fuhr er fort. »Er war ein ausgezeichneter Schütze und robust wie ein altes Paar Armeestiefel, geriet in der Stadt aber ständig in Schlägereien und fuhr heimlich nach London, um in Casinos zu spielen. Ich glaube, er hat es gerade mal ein Jahr an der Akademie ausgehalten. Er war jung. Unsere Führung schrieb das alles seinen Hormonen zu. Dennoch wäre er sicher nicht unsere erste Wahl für den Posten eines Polizei- oder Geheimdienstchefs gewesen.«

»Meine auch nicht«, stimmte die Queen ihm zu. So wie sie das sagte, argwöhnte Humphreys, dass sich der Bursche den Hunden oder vielleicht auch den Pferden gegenüber mies verhalten hatte.

»Wie Sie wissen, betrachten wir die ersten Monate, seit er die Stellung eingenommen hat, als … unbefriedigend. Es gibt eine Zunahme staatlich sanktionierter Folter in den Gefängnissen. Bestimmte Aktivisten sind von der Bildfläche verschwunden, und man geht davon aus, dass sie tot sind. Es gibt Gerüchte – noch unbestätigt –, dass er es mag, wenn die Leute zu ihm nach Hause gebracht werden, damit er ihnen persönlich den Gnadenschuss verabreichen kann. Darüber hinaus tritt er regelmäßig für Krieg in der Region ein. Als er seinen Posten übernahm, traf ich die Entscheidung, den Informationsaustausch mit seinem Geheimdienst zu limitieren. Ich glaubte nicht, darauf vertrauen zu können, dass er unsere Quellen schützt. Ich muss nicht extra sagen, dass er außer sich war.«

»Ich verstehe.«

»Ich dachte, sein Onkel, der König, hätte sich womöglich bei Ihnen beklagt.«

»Das hat er nicht.«

»Das ist an sich schon interessant, Ma'am. Es legt nahe, dass die Macht des Jungen bereits wieder schwindet oder der alte Mann auf dem absteigenden Ast ist. Auf jeden Fall beschloss der Prinz, die Dinge selbst in die Hand zu nehmen. Wenn wir ihm nicht sagten, was er wissen wollte, würde er es eben selbst herausfinden. Wir haben uns das näher angesehen, und es stellte sich heraus, dass er unseren Geheimdienst zu einer ganzen Reihe Themen auszuspionieren versuchte. Auch zur Seidenstraße.«

»Wie?«, fragte die Queen.

»Wie was, Ma'am?«

»Wie er uns auszuspionieren versuchte.«

»Ah. Es stellte sich heraus, dass er eine Quelle im Außenministerium hatte.«

»Oh«, sagte die Queen kühl. »Es gab also ein U-Boot?«

»Ja, Ma'am, und wir …«

»Aber nicht in meinem Schloss.«

»Nun, Ma'am, ich wollte gerade …«

»Entschuldigen Sie vielmals. Fahren Sie fort.«

Humphreys schrieb »Fazal« in sein Schaubild, nahe bei dem leeren Kasten, und unterstrich den Namen.

»Dank der Informationen dieser Person war die Agentin in der Lage, sich in die Gruppe im Schloss einzuschleichen. Sie war still, aber keinesfalls die Einzige, die zunächst etwas zurückhaltend schien.« Humphreys kam ein Gedanke. »Sie erinnern sich wahrscheinlich nicht, Ma'am, aber vielleicht haben Sie sie an dem Abend selbst gesehen, beim Empfang im Salon des Governors …« Er brach ab, um diese außergewöhnliche, unbegreifliche Möglichkeit zu überdenken.

»Das könnte sein«, sagte die Queen milde. »Noch Kaffee?«

»Ich … äh …« Humphreys begriff, dass er völlig ausgedörrt war. Seine erste Tasse war längst kalt, wurde aber gleich von einem stummen Diener ausgetauscht. Er trank und verlor für einen Moment den Faden.

»Wo war ich noch?«

»Im Salon des Governors«, sagte die Queen. »Mit der Spionin.«

Humphreys lächelte dankbar. Sie war wacher, als sie aussah. Was unter den gegebenen Umständen hilfreich war.

»Ja, sicher. Und damit hätte es sein Ende finden sollen. Eigentlich sollten alle abends noch wieder zurück nach Hause, aber eine Schlüsselperson für das Treffen war auf dem Flug von Dschibuti durch einen Sturm aufgehalten worden. Da sind wir wieder bei dem Sturm, den ich zu Anfang erwähnt habe, Ma'am. Der wie der Schmetterling am Ama… Jedenfalls war sein Anschlussflug in Dubai um mehrere Stunden verspätet, und so wurde die eigentliche Besprechung auf den nächsten Tag verlegt, und der Governor sorgte dafür, dass alle Teilnehmer im Schloss übernachten konnten. Ungeplant.«

»Ja, das hat er mir berichtet.«

»Eine großzügige Entscheidung. Die Folgen konnte er nicht erahnen. Die Gruppe blieb noch eine Weile auf, redete und trank, einschließlich der sogenannten Frau Dr. Stiles. Die anderen haben berichtet, dass sie zu diesem Zeitpunkt recht aufgekratzt war, mitredete und Späße machte. Sie mochten sie. Im Nachhinein betrachtet, ist das ziemlich beeindruckend, Ma'am, auf seine Weise.«

»Ist es das?«, fragte die Queen etwas barsch.

Humphreys machte einen kleinen Rückzieher. »Nun, alles, was sie tat, war natürlich verwerflich. Aber manchmal muss man den Feind auch bewundern. Solcher Mut angesichts derartiger Widrigkeiten …«

»Ich sehe meine Gastfreundschaft lieber nicht als Widrigkeit, Generaldirektor.«

»Nein, nein, natürlich nicht.« Er nahm noch einen Schluck Kaffee. »Jedenfalls gingen alle vor Mitternacht hinauf in die ihnen zugewiesenen Zimmer. Sie waren auf verschiedene Dachgeschosse verteilt. Stiles, oder besser: die Agentin, hatte ihres über den Gästesuiten.«

Humphreys konnte von seinem Platz aus auf sie hinaussehen, durch die großzügigen Fenster auf den Oberen Hof hinaus – Reihen gotischer Fenster in schwerem Stein, mit Türmen und Zinnen. Und er konnte sich den Schrecken der unvorbereiteten jungen Frau vorstellen, die in der ältesten bewohnten Burg der Welt gefangen war, umgeben von Polizei und den bewaffneten Mitgliedern der Haustruppe. Die Queen mochte die Agentin ja nicht für besonders mutig halten, er schon. Er hatte von jungen Frauen in ähnlichen Situationen gehört. An anderen Orten, die ihrem Land unter schwierigsten Umständen gedient hatten. Er unterschätzte nicht, was das bedeutete.

»Etwa um halb eins sah eine der Haushälterinnen sie auf dem Weg von der Dusche zurück in ihr Zimmer. Sie hatte sich in ein Handtuch gewickelt und trug ein zweites um den Kopf. Sie rutschte auf den Knien herum und suchte nach etwas. Die Haushälterin fragte, was sie verloren habe, und sie sagte, eine Kontaktlinse. Diese Information schien erst irrelevant, doch dann begriffen wir, dass sie von grundsätzlicher Bedeutung war. Die Linsen sind wichtig, Ma'am. Wie wir später feststellten, hatte die Agentin braune Augen, und die von Rachel Stiles waren blau. Damit war klar, dass es sich um eine blaue Kontaktlinse handelte, die sie unbedingt für den nächsten Tag brauchte.

Die Haushälterin bot an, ihr zu helfen, doch sie lehnte ab. Und dann, aus bloßem Zufall – und das ist die Sache mit dieser traurigen Geschichte, es war wirklich reiner Zufall, Ma'am, kommt Maksim Brodsky aus seinem Zimmer, das nur ein paar Türen weiter liegt. Ja, endlich kommen wir bei Brodsky an. Da wollte ich hin, haha.« Er nahm seinen Stift und klopfte auf Brodskys Kasten in seinem Schaubild.

»Er war anderswohin unterwegs, doch der Punkt ist, er sah die junge Frau, sah sie mit ihrem Turban, wie sie auf dem Boden herumkroch, und da, Ma'am, da hat er einen schrecklichen Fehler gemacht. Er ging in die Hocke, um ihr zu helfen.«

Die dramatische Pause, die Humphreys jetzt einlegte, hatte etwas definitiv Absurdes. Es war, als warteten sie auf die Verkündung des Gewinners beim Großen Britischen Backwettbewerb. Alle sahen ihn an.

Am Ende hielt Mr Singh es nicht länger aus. Er sprang ein. »An diesem Punkt hatte Mr Humphreys seine Offenbarung, Ma'am. Es war eine wirklich ungeheure Inspiration. Ich kann immer noch nicht sagen, wie er das geschafft hat.«

»Ich danke Ihnen, Ravi«, sagte Humphreys mit einem bescheidenen Kopfschütteln. »Ohne Sie und Ihre Männer wäre mir das nicht gelungen. Und natürlich Ihre Frauen. Es war eine absolute Mannschaftsleistung.«

»Aber drei völlig unterschiedliche Untersuchungen miteinander in Verbindung zu bringen, das war einfach nur brillant.«

Humphreys hatte den Anstand, kurz zu erröten. Er sah auf seine Schenkel und zupfte eine eingebildete Fluse vom Knie seiner Hose, nahm dann seinen Stift und zog eine Verbindungslinie zwischen dem leeren Kasten und »Stiles«.

»Nicht brillant«, wandte er ein. »Es war Glück. Und eine Mannschaftsleistung, wie gesagt. Und …«

»Und was war es am Ende?«, unterbrach ihn die Queen. »Was war so brillant?«

Humphreys war zu bescheiden, um ihr in die Augen zu blicken. Vielmehr erzählte er Willow die Geschichte, oder vielleicht auch Holly, auf jeden Fall einem der Corgis, die sich neben Ihrer Majestät eingerollt hatten.

»Mr Singh sprach von drei Ermittlungen. Vor sechs Tagen, als wir uns bereits mit dem Fall Stiles beschäftigten, bekamen wir einen anonymen Hinweis auf einen möglichen Spion. Die Quelle hatte recht – wir fanden schnell ein Zahlungsmuster an eine Offshore-Bank, das dazu passte. Und bezeichnenderweise hatte die Person Kontakte, die sich bereits auf unserem Radar befanden. Kontakte, die für Prinz Fazal arbeiten. Der Diensthabende gab es an den Abteilungsleiter weiter, der die Unterlagen gleich mit einer Notiz auf meinen Tisch legte. Ich glaube, da waren wir gerade im Gespräch, Commissioner?«

»Ja, so ist es. Wir diskutierten gerade über den Butler vom Duke von Edin…«

»Das ist unwichtig. Worauf es ankommt, ist, dass wir im Fall Stiles nach jemandem suchten, der sich als Kenner chinesischer Investitionen ausgab – eine, äh, Frau offenbar. Und da gab es eine Anita Moodie, geboren in Hongkong, Schule in England, die fließend Kantonesisch und Mandarin sprach und das richtige Alter und die richtige Größe hatte … Sicher, sagte ich mir, damit haben wir sie. Aber da war noch etwas anderes.

Nicht lange nachdem Sie gegangen waren, Commissioner, habe ich mir den Fall Moodie näher angesehen, dachte an Stiles, und alles fügte sich zusammen. Es waren weder die Geldflüsse noch die Kontakte oder die Orte, an denen sie sich aufgehalten hatte. Es war ein ganz einfaches Detail – so winzig, dass es mich wundert, wie es mir aufgefallen sein kann. Es war der Name des Internats, auf das Moodie gegangen ist. Oh.«

Er hob den Blick. Die Assistentin in der Ecke hatte einen Schluck Wasser getrunken und sich dabei verschluckt. Sie hob entschuldigend die Hand. Er fuhr fort.

»Moodie ging in einem Ort namens Allingham zur Schule. Der Name kam mir bekannt vor, und ich erinnerte mich – er stand in den Protokollen im Fall Brodsky: Auch Maksim Brodsky war dort zur Schule gegangen. Als ich das begriff, traf es mich wie ein Schlag. Das war unsere Besucherin. Moodie war hier im Schloss gewesen. Und, ganz einfach, Brodsky erkannte sie wieder, von der Schule. Er muss sich zu ihr hinuntergebeugt haben, um mit der Linse zu helfen. Und da war sie, ohne die schwere Perücke, und mit wenigstens einem Auge in der tatsächlichen Farbe. Er muss sie gleich erkannt haben.

Ich habe die Daten überprüft. Moodie war im Jahrgang über Brodsky in Allingham. Sie wissen, dass man sich immer eher an die Leute ein Jahr höher erinnert? Nun, Sie vielleicht nicht, Ma'am, Sie wurden hier unterrichtet, aber allgemein ist es so. Zurück zum Thema, es stellte sich heraus, dass sie zusammen Musik gemacht haben. Er hat sie bei verschiedenen Konzerten begleitet. Es war unmöglich für sie, so zu tun, als täusche er sich. Er kannte sie als Anita, aber hier war sie Rachel. Er kannte sie als Sängerin, aber hier war sie eine Finanzanalystin aus der City. Sie musste das noch vor dem Morgen in Ordnung bringen. Bevor er davon zu erzählen begann, dass er eine alte Schulfreundin im Schloss getroffen hatte.«

Humphreys hielt inne. Wieder herrschte Stille. Ihm wurde bewusst, dass er sehr schnell geredet hatte, und vielleicht etwas zu begeistert von sich selbst, aber er erinnerte sich an seine Erleuchtung, als läge sie gerade mal fünf Minuten zurück. Wie so oft durchlebte er den Moment noch einmal, mit einem neuerlichen Erschaudern … das man unter den gegebenen Umständen kaum wohlig nennen konnte, aber gewiss doch befriedigend.

»Lieber Himmel«, sagte die Queen endlich. »Sie sind ein äußerst instinktiv arbeitender Ermittler, oder?«

»Ja, Ma'am«, stimmte er ihr mehr als nur ein wenig stolz zu.

Sie lächelte, und in dem Moment dachte er, dass sie wirklich ziemlich attraktiv aussah, für eine ältere Lady.

Bescheiden senkte er den Blick und vermied es, ihr in die strahlend blauen Augen zu sehen. Humphreys schrieb »Moodie« in den letzten leeren Kasten seines Schaubilds und zeichnete eine Verbindung zum Brodsky-Kasten oben ein, womit nun alle mit allen verbunden waren.

»Das ist es, Ma'am. Der internationale Einfluss der britischen Internate. Ein unglückliches Zusammentreffen … so war es.«

Der Blick der Queen war immer noch sehr eindringlich. »Sind Sie sicher, dass sie ihn umgebracht hat?«

»Absolut, Ma'am. Nachdem wir sie identifiziert hatten, haben wir ihre DNS gleich mit der in Brodskys Zimmer verglichen. Sogar ihre Fingerabdrücke haben wir gefunden. Aber vielleicht kann sich der Commissioner zu dem Teil besser äußern als ich.«

Der Mann neben ihm wirkte leicht unwillig. »Wenn Sie wollen.«

»Nur zu, Ravi«, sagte Humphreys großmütig. Endlich konnte er sich zurücklehnen, schlug die Beine übereinander und überlegte, ob es unhöflich wäre, sein Schaubild mitzunehmen, wenn sie gingen.

Der Commissioner sah die Queen an.

»Miss Moodie hat das Problem nicht gleich zu lösen versucht. Es ging nicht, und vielleicht war es Mr Brodskys Abwesenheit, die ihr die Möglichkeit gab, sich einen Plan zurechtzulegen. Weil, sehen Sie …« Er war nicht sicher, wie er es ausdrücken sollte, bis er sich erinnerte, dass die Queen ihn selbst auf diesen Teil aufmerksam gemacht hatte. »Er hatte eine Verabredung. Mit einem Ihrer Gäste.« Er studierte ihre Reaktion, und zu seiner Erleichterung sah sie nicht aus wie eine Frau, die Riechsalz brauchte. Wobei ihn selbst ein leichter Schwindel ergriff, da er mit Queen Elizabeth II. über derlei Dinge sprach.

»Mr Brodsky traf diese, äh, Person unten in ihrer Suite, und alles ging … ging recht gut.« Er spürte, wie seine Wangen wärmer wurden. »Und hinterher ist er nach draußen, um eine Zigarette zu rauchen.« Er hustete. Er machte es sich nicht leicht. »Als er dann zurückkam, muss Miss Moodie eine Entschuldigung gefunden haben, um zu ihm in sein Zimmer zu kommen. Schließlich war sie eine alte Freundin. Es ist möglich, dass sie ihn verführen wollte, aber er war sicher nicht sehr … Er war wahrscheinlich … nun, ja … müde. Jedenfalls hat sie ihn irgendwann morgens überwältigt. Angesichts der gebrochenen Knochen in seinem Genick gehen wir davon aus, dass sie ihn erwürgt hat, bevor sie ihm den Gürtel um den Hals legte. Er wird in ihrer Gesellschaft ganz entspannt gewesen sein, sodass es leicht für sie gewesen sein muss, ihn zu überraschen. Sie war klein, aber stark. Trainiert, nehmen wir an, und verzweifelt.«

»Wie schrecklich«, sagte die Queen auf eine Weise, dass Singh zum ersten Mal das Gefühl hatte, nicht einfach einem Mitglied des Königshauses einen gemeinen Mord zu schildern, sondern einem Menschen, der wirklich betroffen war. Es transportierte ihn zurück in seine frühen Tage als Streifenpolizist.

»Ja, Ma'am«, sagte er leise. Er sah, wie sie einen Fuß gegen den Hund auf dem Boden neben sich drückte, und verspürte den Wunsch, über den Kaffeetisch zu greifen und ihre Hand zu fassen. Aber natürlich tat er es nicht, und der Moment verstrich.

»Und jetzt war da eine Leiche. Das würde morgens zu Fragen führen. Also musste sie es wie einen Unfall aussehen lassen. Denn falls es zu einer Untersuchung kam, einer öffentlichen, würden wir schnell herausfinden, dass die echte Rachel Stiles gar nicht da gewesen war. Das war ihre große Angst. Sie musste es uns so schwer wie nur möglich machen. Die Frage war, wie?«

Die Frage war rhetorisch gemeint, Singh würde sie gleich beantworten, aber die Queen kam ihm zuvor.

»Indem sie mich mit hineinzog«, sagte sie grimmig. »Indem sie es so schmutzig erscheinen ließ, dass mein Ruf geschützt werden musste.«

Sie hatte völlig recht. Er war beeindruckt, wie schnell sie das begriffen hatte. Fast war es so, als hätte sie es bereits gewusst. »Genau, Ma'am«, nickte er. »Miss Moodie hat ihn entsprechend in Szene gesetzt. Sie hat Mr Brodsky entkleidet und ihm den Morgenmantel vom Schloss angezogen, den Gürtel um den Hals gebunden, festgezogen, ihn in den Schrank gehievt und das andere Ende am Griff verknotet. Aber nicht fest genug, um …«

»Ich weiß das mit dem zweiten Knoten«, erinnerte sie ihn.

»Richtig, Ma'am. Natürlich. Erst waren wir verwirrt, wegen dem Haar auf seinem Körper, zwischen Gürtel und Hals, das tatsächlich von Dr. Stiles stammte. Ich gebe zu, dass das unsere Ermittlungen für eine Weile in die falsche Richtung geführt hat. Es muss an Dr. Stiles' Kleidern gehaftet haben, die Miss Moodie trug.«

»Ah. Hat sie das?«

»So gut wie sicher, Ma'am. Wir wissen, dass sie Miss Stiles' Tasche benutzt hat.«

»Ach, ja?«

Die Frage überraschte Singh ein wenig. Warum interessierte die Queen gerade die Tasche? Aber ihre Frage schien ernst gemeint.

»Morgens war aus Dr. Stiles' Wohnung eine Kabinentasche entwendet worden. Genauso eine wie die, mit der Miss Moodie ins Schloss kam. Nach Form und Größe zu urteilen, enthielt sie Dr. Stiles' Unterlagen für das Treffen und ihr Kleid für den Empfang abends. Darüber hinaus wohl Wäsche zum Wechseln. Sie ist hinterher verloren gegangen, sodass wir nicht sicher sein können.«

»Aha«, sagte die Queen. »Ich verstehe.«

Ihr Gesichtsausdruck erstaunte ihn. Konzentriert. Nachdenklich. Er versuchte zu helfen. »Die Tasche spielt keine große Rolle in der Untersuchung, Ma'am.«

»Nein, ich nehme an, das tut sie nicht. Fahren Sie bitte fort.«

»Um noch einmal auf das Haar zu kommen. Ich glaube nicht, dass sie es bewusst dort platziert hat. Sie hat sorgsam darauf geachtet, den Lippenstift von ihrer DNS zu befreien. Dann hat sie Mr Brodskys Fingerabdrücke darauf aufgebracht und ihn neben seine Leiche gelegt.«

»Und ein Höschen, wie ich mich zu erinnern scheine«, fügte die Queen hinzu. »Wo kam das her?«

Noch ein nebensächliches Detail, aber Singh erinnerte sich, wie stur Gavin Humphreys darauf bestanden hatte, dass es von ihrem Pagen stammte. Das musste sie sehr verärgert haben.

»Wir glauben …« Singhs Stimme zitterte leicht. »Ähm, nach allem, was wir in Dr. Stiles' Bad gefunden haben … äh, dass sie … nun, dass sie ihre Tage hatte, Ma'am. Und ich weiß, dass Ladys da gerne ein Ersatzhö…«

»Danke, Commissioner. Ich verstehe.«

»Und so hat Miss Moodie dieses benutzt, um es so aussehen zu lassen, als wäre Mr Brodsky beim …«

»Jaa-aa.« Das Wort bekam mehrere Silben, und ihre Stimme war voller Melancholie. »Ihr alter Schulfreund … ein ganz besonderer junger Mann. Ich habe mit ihm getanzt.«

»Es tut mir leid«, sagte Singh.

»Nun, ja. Mir auch.«

Er wollte die Stimmung verbessern, wusste aber, was nun kommen würde. »Vielleicht fragen Sie sich, Ma'am, was Dr. Stiles die ganze Zeit über gemacht hat, während Miss Moodie damit beschäftigt war, ihren Platz einzunehmen?«

»In etwa schon«, sagte die Queen mit unergründlicher Miene.

»Darüber können wir gerne ein anderes Mal sprechen, wenn Sie mögen.«

Die Queen seufzte. »Nein. Sagen Sie es mir jetzt.«

Singh spürte eine gewisse Unwilligkeit. Sie musste müde sein nach dem letzten Abend. Wobei es ihm fast so vorkam, als wüsste sie, was jetzt kommen würde. »Nun, als Sir Peter den Betrug aufdeckte, war Dr. Stiles längst tot. Ursprünglich hatten wir angenommen, dass man sie bestochen oder bedroht hätte, um den Betrug geschehen zu lassen, denn schließlich hatte sie keine Anzeige erstattet. Wie sich jedoch herausstellt, hat sie seit dem Tag vor ihrem Termin in Windsor niemand mehr lebend gesehen. DCI Strong nahm zunächst an, er habe mit ihr geredet, weil er sie als Zeugin in ihrer Wohnung befragt hatte, nach Sir Peters Entdeckung jedoch wurde ihm bewusst, dass er mit Miss Moodie gesprochen haben musste, nicht mit Dr. Stiles.

Also haben wir uns das Videomaterial der Kamera vor ihrer Wohnung angesehen. Vom Abend vor ihrem Termin im Schloss, und darauf ist ein großer Mann mit Kapuze zu sehen. Niemandem sonst im Haus ist er aufgefallen. Wir glauben, dass er ohne Dr. Stiles' Wissen in ihre Wohnung eingedrungen ist und ihr ein Betäubungsmittel in ein Getränk gegeben hat.«

»Zu meiner Zeit nannte man das einen Mickey Finn«, sagte die Queen.

»Ja, ich glaube, das habe ich schon mal gehört. In diesem Fall war es mit großer Wahrscheinlichkeit ein Beruhigungsmittel namens Rohypnol, das traurigerweise benutzt wird, um Frauen … ähm … zu attackieren, Ma'am. Es senkt die Angst, kann aber auch dazu führen, dass jemand vergisst, was passiert ist. Und am Tag danach kann man sich ziemlich übel fühlen. Wir denken, Dr. Stiles wurde an dem Abend damit ausgeschaltet, und am Morgen dachte sie, sie hätte eine Grippe. Sie schickte ihrem Kontakt beim Seidenstraßentreffen eine entsprechende Nachricht, aber da war noch etwas – wir haben herausgefunden, dass sich jemand in ihr E-Mail-Programm gehackt hat. Sie wissen, was ›Hacken‹ ist, Ma'am? Verstehe. Sie hat die Mail zwar abgeschickt, aber sie ist nie angekommen.

Folgen wir dem Videomaterial, war der Mann mit der Kapuze immer noch in der Wohnung. Wir denken, der Plan war, ein Auge auf Dr. Stiles zu haben, während Miss Moodie ihre Rolle im Schloss spielte, ihr aber zu erlauben, sich hinterher von ihren grippeartigen Symptomen zu erholen und sie zurück in ihr normales Leben zu lassen. Der Körper baut das Rohypnol relativ schnell ab. Dr. Stiles hätte eine etwas wirre Erinnerung zurückbehalten, wäre sonst aber körperlich wieder in Ordnung gekommen. Mr Brodskys Tod hat die Komplizen dann jedoch umdenken lassen. Es ist schon eine Ironie. Miss Moodie tat alles, damit Rachel Stiles nichts von dem Mord erfuhr und jemandem erzählte, dass sie gar nicht im Schloss gewesen war. Aber dazu wäre es sowieso nicht gekommen. Fühlen Sie sich nicht gut, Ma'am?«

»Doch, doch, Commissioner. Ich trinke vielleicht einfach

noch eine Tasse Tee. Ich danke Ihnen sehr.« Die Queen nickte dem Diener zu, der ihr nachschenkte.

Singh war besorgt. Sie sah etwas grau aus, ganz plötzlich, und er war noch nicht einmal zum wirklich hässlichen Teil gekommen. »Also … bitte, stoppen Sie mich, wenn es zu viel wird …«

»Nein, bitte, fahren Sie fort.«

»Ma'am.« Er wartete, bis sie einen Schluck genommen hatte. »Der Eindringling verließ kurz Dr. Stiles' Wohnung, kehrte aber bald darauf wieder zurück. Wir glauben, er ließ sie betäubt in ihrem Schlafzimmer liegen, bis Anita Moodie im Wohnzimmer mit DCI Strong geredet hatte. Aber jetzt steckten sie in der Klemme. Wie von ihnen befürchtet, gingen wir davon aus, dass Brodsky ermordet worden war. Was hieß, dass jederzeit jemand von Strongs Leuten zurückkommen konnte, um weitere Fragen zu stellen. Und sie konnten Dr. Stiles nicht auf unbestimmte Zeit aus der Sache heraushalten. Im Übrigen waren mittlerweile drei Tage vergangen. Wenn sie zu sich kam, würde sie wissen, dass es nicht einfach nur eine Grippe war, und sich womöglich an etwas von dem erinnern, was man mit ihr gemacht hatte. Also blieb er. Noch drei Tage. Wir denken, er hat sie weiter betäubt gehalten, während sie ihre E-Mail benutzten, um ihre Freunde und Arbeitskollegen wissen zu lassen, dass es ihr nicht gut gehe. Sie wollten ausreichend zeitlichen Abstand, damit das, was mit ihr geschehen würde, nicht mit dem Schloss in Verbindung gebracht wurde. Die Hacker machten sich jetzt auch nicht mehr die Mühe, die hereinkommenden Nachrichten umzuleiten. Sie wussten, Dr. Stiles würde sie nicht mehr lesen.«

Die Queen drückte ihren Fuß etwas fester gegen den warmen Körper des schlafenden Hundes. »Wie ist sie am Ende gestorben?«

»Wodka, Ma'am.« Singh seufzte schwer. »Vermischt mit

noch mehr Rohypnol. Die Flasche stand noch in ihrer Wohnung. Sie muss zu sediert gewesen sein, um sich wehren zu können. Und er hat ihr auch noch Kokain im Mund verrieben. Genug, um sie einen Herzinfarkt erleiden zu lassen.«

Die vergoldete Uhr tickte. Die Hunde schnüffelten. Die Queen wirkte niedergeschlagen.

»Man muss … Ich würde gerne …« Sie hustete und erholte sich wieder. Als sie weitersprach, saß sie völlig aufrecht, und die glockenhelle Klarheit war in ihre Stimme zurückgekehrt. »Dr. Stiles wurde im Dienst an der Öffentlichkeit getötet. In *meinem* Dienst eigentlich. Ich hoffe, ihrer Familie mein Beileid aussprechen zu können. Und dass ich ihr versichern kann, dass wir alles tun, ihr Gerechtigkeit widerfahren zu lassen.«

Humphreys hatte länger geschwiegen, als er vorgehabt hatte. Er beschloss, dass es an der Zeit war, Ihre Majestät etwas aufzumuntern.

»Das Kokain war deren Fehler, Ma'am«, warf er ein. »Sie waren zu theatralisch, ein wenig wie Anita Moodie. Hätten sie Stiles nur mit Alkohol und Beruhigungsmitteln vollgepumpt, hätte der Staatsanwalt vielleicht an einen Selbstmord geglaubt. Aber ihre Mörder dachten, in der City nehmen sie Kokain, und so würde es damit noch natürlicher aussehen. Stattdessen geriet der Fall dadurch in die Schlagzeilen, und Sir Peter Venn hörte davon und dachte an sie, als er mit DCI Highgate redete, und … Nun, es hat uns dahin gebracht, wo wir jetzt stehen.«

»Und wo ist das genau?«, fragte die Queen.

Humphreys machte eine Geste zu seinem Schaubild hin.

»Wir haben von drei Fällen gesprochen. Anita Moodie ist ebenfalls tot, Ma'am. Sie starb, bevor wir auf sie aufmerksam wurden. Ihre Leiche wurde zwei Tage nach der von Rachel Stiles entdeckt. Es sollte wie ein Selbstmord aussehen, aber zufällig wissen wir, dass sie Angst um ihr Leben hatte.«

»Ach?«

»Ein alter Freund rief die Polizei an, um sie zu informieren. Wahrscheinlich derselbe, der auch den Tipp mit der Spionage gegeben hat.«

»Hmm.«

»Und Moodie hatte recht. Sie hatte es vermasselt. Sie ahnte, dass man sie dafür bestrafen würde, und so war es. Auch von ihrer Tür gibt es Videomaterial, und darauf ist ein blonder Mann zu sehen, der am Tag ihres Todes in ihre Wohnung geht und eine halbe Stunde später wieder herauskommt. Es gibt keinen Hinweis auf ein gewaltsames Eindringen, keine DNS, die uns weiterbringen würde, keinen wirklichen Beweis, dass es kein Selbstmord war, trotzdem sind wir sicher, dass sie umgebracht wurde. Sie hat ihren Führungsleuten eine Menge Ärger gemacht, und am Ende haben die sich um sie gekümmert, Ma'am. Ich glaube, sie hatten einen Sinn für poetische Gerechtigkeit. Moodie hatte Brodsky stümperhaft aufgehängt, daraufhin haben die sie ebenfalls gehängt, aber professionell.«

Der Blick der Queen besagte, dass sie darin weder Poesie noch Gerechtigkeit sah. »Wie fürchterlich.«

»Ja, aber wir sind dadurch ein wichtiges Stück weitergekommen. Das Videomaterial beweist, dass es derselbe Mann war, der auch bei Dr. Stiles gewesen war.«

»Ah, ich verstehe.« Endlich schien sich die Miene Ihrer Majestät ein wenig aufzuhellen.

»Und das Material, das vor Moodies Wohnung aufgenommen wurde, ist weit besser. Da trug er keine Kapuze. Wir haben ihn als Jonnie Haugen identifiziert, einen kleinen Verbrecher, der von Fazals Geheimdienstleuten dafür angeheuert wurde, sich um die Dinge in London zu kümmern, ohne sie dabei ins Bild zu bringen. Nur wissen wir, dass sie ihn benutzen, und so *kommen* sie damit ins Bild. Wir lassen Haugen über Scotland Yard suchen, für den

Mord an Stiles. Wir haben seine DNS in ihrer Wohnung gefunden. Er hat versucht, sie zu entfernen, aber es ist schwer, sich so lange irgendwo aufzuhalten und keine Spur zu hinterlassen, ohne dass es auffällt, dass da jemand mit dem Dampfreiniger am Werk war. Ich bin nicht sicher, ob wir ihm Moodies Tod anhängen können, aber die Polizei arbeitet daran.«

Singh nickte bestätigend.

»Und die Person, die Stiles' Tasche aus ihrer Wohnung geholt und sie Moodie gegeben hat, war ein Fahrer der Botschaft«, fuhr Humphreys fort. »Weil der Prinz ein weit größerer Amateur in solchen Dingen ist, als er selbst denkt. Der Fahrer wird morgen abgeschoben. Nach diesem Gespräch mit Ihnen informiere ich den Premierminister. Der Prinz selbst ist wieder zu Hause, und wir hätten ihn sowieso nicht belangen können, aber dem König wird sehr klargemacht werden, dass sein Neffe ein gefährlicher Narr ist, der sein Land in Verruf bringt. Wenn Sie ihm gegenüber diese Botschaft unterstreichen könnten, Ma'am ... Vielleicht hört er darauf, wenn sie von Ihnen kommt.«

»Vielleicht. Man kann es versuchen. Und was ist mit dem Maulwurf, wenn ich fragen darf? Dem im Außenministerium?«

»Der ist gestern verhaftet worden, beim Versuch über Heathrow auszufliegen«, sagte Humphreys. »Es ist eine hübsche Ironie, dass sein Flug wegen eines Sturmes in Südfrankreich um mehrere Stunden verschoben werden musste. Aber wir hätten ihn sowieso bekommen. Es hat uns nur eine Reise und einiges an Formalitäten erspart.«

»Gut, und jetzt denke ich, dass ich zurück an die Arbeit muss.«

Die Queen strich sich über den Rock und stand auf. Alle um sie herum schossen in die Höhe. Sie schob sich die Handtasche über den Arm und lächelte die beiden an. »Gut gemacht. Drei Morde … wie äußerst clever, sie alle aufzuklären. Bitte danken Sie auch Ihren Leuten für ihre harte Arbeit. Wir waren doch alle sehr beunruhigt. Es ist schön zu wissen, dass man jetzt wieder ruhig schlafen kann.«

»Es war uns eine Ehre, Ma'am«, sagte Singh mit einer leichten Verbeugung.

»Eine Ehre«, stimmte Humphreys ihm zu.

Apropos Ehre … *Sir Gavin Humphreys* … Die Worte klangen in seinem Kopf wider, während er nach seinem kleinen Schaubild griff. Er dachte, dass ihn nun diese Art von Ehre ereilen müsse, wenn auch vielleicht erst in fünf, sechs Jahren. Sir Gavin Humphreys. Seine Frau würde sich freuen wie ein Kind. Er hatte eine Spionin aufgespürt und dabei ganz nebenbei, ganz allein, auch noch drei Mordfälle aufgeklärt. Was blieb Ihrer Majestät da am Ende anderes übrig?

Sie ging hinaus, mit ihrem Stallmeister und den Hunden im Schlepptau.

KAPITEL 31

Die Queen saß ruhig in der Kapelle, als sie ein Geräusch an der Tür hörte und Philip hereinkommen sah. Er blieb kurz stehen.

»Stört es dich, wenn ich mich zu dir setze?«

»Bitte, komm.«

Er trat zu ihr und zog seinen Lieblingsstuhl näher heran.

»Tom sagt, du hast dich mit dem Idioten von der Box getroffen.«

Er hielt inne, sie sagte nichts, und so fuhr er fort. »Er sagt, der Kerl hat den Fall gelöst. Wer es war und so weiter. Kein Schläfer.«

»Kein Schläfer, nein. Ein Maulwurf.«

»Klingt, als lebten wir in einem Le-Carré-Roman. Oder auf einer durchwühlten Wiese.«

Er grinste über seinen kleinen Witz, sie nicht. Er nahm es nicht persönlich. Er wusste, das jetzt würde kein leichtes Gespräch werden.

»Er sagt, es waren drei. Tom, meine ich. Alle in ihren Zwanzigern. Und dass alle ziemlich unangenehm das Zeitliche gesegnet haben.«

»So ist es.«

Er sah zum Altar hinüber, wo die Muttergottes mit ihrem Kind auf einem Renaissancegemälde zu sehen war. »Man sollte denken, dass sie noch siebzig Jahre vor sich gehabt hätten.«

»Ich bin sicher, dass sie das geglaubt haben …« Sie verstummte. Vor den meisten Leuten tat sie das nicht. Da brachte sie die Energie und die Kraft auf fortzufahren. Aber es machte nichts, wenn Philip sah, wie sie zu kämpfen hatte. Man war schließlich nicht aus Stein. Er wusste das.

»Tom sagt, Humphreys hat die Geschichte aufgeklärt«, sagte er. »Hätte nicht gedacht, dass er zu so was fähig ist.«

»Ja, es war eine ziemliche Überraschung.«

»Ein verdammter Schock, würde ich sagen. Weißt du, ich glaube, da hat ihm einer was gesteckt.«

»Ach, ja?« Sie musterte ihren Mann mit düsterer Miene.

»Gott, ja«, sagte er und nickte entschieden. »Irgendein Wasserträger. Kein Zweifel. Ungeheuer intelligent, aber nie befördert. Macht die Arbeit, und Freund Humphreys fährt die Ernte ein. Glaubst du nicht?«

Sie entspannte sich etwas. »So in etwa.«

»Trotzdem kriegt *er* den Orden, oder?« Philip verzog das Gesicht.

»Ich denke, das muss er wohl.«

»Das wird ihn natürlich noch unerträglicher machen.«

Sie lächelte. Wahrscheinlich hatte er recht, aber wenn jemand gelernt hatte, das Unerträgliche zu ertragen, dann sie.

Philip streckte den Arm aus, nahm ihre Hand und drückte sie. Seine Haut war kühl und weich. »Nun, wenigstens ist der Fall gelöst. Haben sie die Männer, die dahinterstecken?«

»Nicht alle waren Männer. Aber ja.«

»Freut mich zu hören.« Er drückte ihre Hand noch einmal.

Sie sagte ihm nichts von Prinz Fazal. Noch nicht. Sie war immer noch zu wütend, um seinen Namen auszusprechen, nicht nur wegen dem, was er getan hatte, sondern auch, weil er sich der gerechten Strafe entzog – wobei ihm die Demütigung, erwischt worden zu sein, einiges an Bauchschmerzen bereiten würde. Wenigstens hoffte sie das.

»Ich gehe dann mal wieder. Esse heute Abend in der

Stadt und habe vorher noch ein paar Dinge zu erledigen«, sagte Philip und erhob sich.

»Warte. Ich komme mit.«

Er bot ihr seinen Arm an, und gemeinsam gingen sie den Gang hinunter, auf das Fenster zu. Sein Fenster. Es stellte Zeitlosigkeit dar, Erholung und Hoffnung. Es nahm ihr zwar nicht ihr tiefes Mitgefühl für den jungen Mann oben im Dachgeschoss, die unschuldige junge Frau in ihrer Wohnung und auch für die andere, die vor ihrem Tod sicher schlimme Ängste hatte durchleiden müssen, aber doch die Kraft, zurück ins Schloss zu gehen, in dem sie das Zentrum war.

In zwei Tagen würde sie mit der Hälfte des Haushalts in die Stadt zurückkehren, um sich auf die Eröffnung des Parlaments vorzubereiten. Das Leben ging unvermindert weiter. Man tat, was man konnte. Und jetzt war unbedingt die Zeit für einen kleinen Gin.

»Wissen Sie, ob der Mörder jener war, der auch Sie töten wollte?«

Aileen Jaggard war auf Rozies Einladung ins Schloss gekommen. Sie standen oben auf dem Runden Turm, fernab von allen neugierigen Blicken.

Rozies Mund verzog sich zu einem Lächeln. »Billy MacLachlan hat das für mich herausgefunden. Der Mann in der Zelle hatte eine verletzte Hand. Drei gebrochene Finger, die ihm einige Schmerzen bereitet haben.«

Aileen sah sie an. »Der Ärmste.«

»Was ich nicht verstehe«, sagte Rozie und wechselte das Thema, »warum Gavin Humphreys? Ausgerechnet er. Ich dachte, die Chefin hasst ihn.«

»Sie hasst niemanden. Sie mag allenfalls ein wenig wütend gewesen sein.«

»Aber wenn Sie an das Elend denken, das er verursacht

hat«, setzte Rozie noch einmal nach. »Alle haben es gespürt, und sie *wusste*, dass er mit seiner Putin-Geschichte falschlag, von Anfang an.«

»Sie muss entschieden haben, dass er der richtige Mann für die Aufgabe war. Da würde sie sich von persönlichen Gefühlen nicht ablenken lassen.«

»Wie kann das sein?«

»Erfahrung. Im Übermaß. Sie ist eine brillante Politikerin – wie, glauben Sie, hat sie all die Jahre durchgestanden? Sie denkt langfristig. *War* Humphreys der Beste für die Aufgabe?«

Rozie sah zum Horizont. In der Ferne konnte sie die Wolkenkratzer der City sehen. Ohne es zu wollen, markierten sie die gut dreißig Kilometer bis zum Tower, von Festung zu Festung, wie Wilhelm der Eroberer es geplant hatte, mit London in der Mitte. Sie überlegte. »Vielleicht«, gab sie zu. »Ich meine, die Chefin hat herausgefunden, wer die Morde begangen hat, aber ich glaube nicht, dass sie hätte beweisen können, wer dahintersteckte. Als sie sah, dass es tatsächlich eine Spionagegeschichte war, war MI5 die richtige Adresse, nehme ich an.«

»Da haben Sie die Antwort.«

»Aber warum hat sie ihm nicht gesagt, wie weit sie gekommen ist? Ich habe ihr dabei zugesehen. Sie hat all diese … diese kleinen Hinweise ausgesät, ohne dass er etwas davon mitbekommen hätte. *Sie* hat *ihm* von Allingham erzählt. *Sie* hat MacLachlan beauftragt, die anonymen Anrufe wegen Anita Moodie zu tätigen. Und jetzt lässt sie Humphreys sich das als Verdienst anrechnen, sogar vor sich selbst.«

Aileen grinste. Sie schob sich eine Haarsträhne aus den Augen. »Jepp. Das klingt ganz nach ihr. Hat mir einen kleinen Schock versetzt, als ich sie es das erste Mal habe tun sehen, aber je öfter ich es erlebt habe, desto besser habe ich es verstanden. Sie will nicht als jemand gesehen werden, der sich in Dinge einmischt.«

»Es ist ihr eigenes Schloss!«

»Aber sie hat die Untersuchung nicht geleitet. Stellen Sie sich vor, sie hätte ausgesprochen, was sie zusammen mit Ihnen herausgefunden hat. Das hätte bewiesen, dass sie grundsätzlich bezweifelte, was er sagte – was natürlich der Fall war. Doch das hätte seinem Selbstbewusstsein nicht gutgetan.«

»Es geht also vor allem um sein Ego?«

»Überlegen Sie mal: Wenn sie ihn widerlegt und ihm einen Dämpfer versetzt hätte, was wäre dann beim nächsten Problem? Er würde sich ständig sorgen, dass sie es wieder täte. Er würde aufhören, ihr zu vertrauen, und Vertrauen ist für Ihre Majestät *alles*. Weit mehr als ein kleiner Punktgewinn. Er würde anfangen, ihr Dinge zu verschweigen. Was wäre daran gut?«

»Also wird er zum Ritter geschlagen und denkt auch weiter, dass sie eine beschränkte alte Lady ist, die in einem hübschen Schloss lebt?«

»Eine beschränkte alte Lady, für die er sich die Seele aus dem Leib arbeitet, ob er nun richtig- oder falschliegt.«

Rozie schüttelte den Kopf. »So ganz verstehe ich es immer noch nicht. Ich meine, wer hat so viel …«

»Selbstdisziplin?«

»Ja.«

»Ein Mensch auf dieser Welt, würde ich sagen. Genießen Sie es, solange es so ist.«

Sie warfen einen letzten Blick über den Langen Weg hinaus nach Südosten, zur Stadt im Westen und zum Fluss hinunter, der stetig und würdevoll aus Oxfordshire Richtung Meer zog. Der Himmel über ihnen war saphirblau, mit einzelnen Zirruswolken überzogen. Es war fast Juni, und bald würde sich das Schloss auf Ascot vorbereiten.

»Ich nehme an, sie hat Ihnen gedankt«, fügte Aileen auf der Treppe zurück nach unten hinzu. »Haben Sie das Kästchen bekommen?«

Rozie lächelte. »Jepp. Habe ich.«

Vor einer Woche hatte die Queen sie in den Oak Room gebeten. Auf etwas formellere Weise als bei ihren gewohnten persönlichen Gesprächen. Als Rozie ankam, war die Chefin frisch frisiert, trug ihren Lieblingsrock und ihre Lieblingsjacke und strahlte Rozie mit einem Lächeln an, das ihrer jungen Sekretärin das Herz erwärmte.

»Ich schulde Ihnen noch Geld«, sagte sie.

Es stimmte, aber Rozie erschreckte es dennoch, sie das sagen zu hören. »Oh, Eure Majestät, Sie …«

»Sie dachten, ich hätte es vergessen, aber hier ist es. Lady Caroline hat mir gesagt, wie viel es war.«

Das muss das Geld für die Geschenkkörbe von Fortnums sein, dachte sie. Die hatten ein Vermögen gekostet, und Rozie hatte sie aus eigener Tasche bezahlt, weil sie nicht wusste, was sie sonst tun sollte. Sie hätte nichts gesagt.

Aber die Queen gab ihr keinen Umschlag, sondern eine schmale blaue Pappschachtel, die auf dem Tisch vor ihr stand. Sie war überraschend schwer.

»Machen Sie sie auf.«

Drinnen war ein längliches Kästchen aus Silber und blauer Emaille, etwa so groß wie eine kleine Abendtasche, mit dem königlichen Monogramm unter dem Verschluss. Rozie öffnete sie – der Coutts-Scheck darin war exakt auf den richtigen Betrag ausgestellt. Aber das Kästchen selbst war das, was Rozies Aufmerksamkeit fesselte. Genauso eines hatte sie auf einem Beistelltisch in Aileens Wohnung in Kingsclere gesehen. Ihres stand jetzt auf ihrem Nachttisch, in welcher königlichen Residenz sie auch gerade arbeitete. Sie stellte sich vor, die Erste zu sein, die in so etwas Sheabutter für ihre Hände aufbewahrte.

»Sie gibt einem nicht nach jedem neuen Fall eine, oder?«, fragte Rozie.

Aileen lachte. »Nein. Sie lässt sich jedes Mal etwas anderes einfallen. Aber sagten Sie nicht, Sie wollten mit mir einen Ausritt in den Park machen? Ich habe meine Reitsachen dabei. Genießen wir das Wetter.«

KAPITEL 32

Ein Jahr verging. Ein weiterer Easter Court, ein weiterer Geburtstag. Mit der Ehrenliste zum neuen Jahr hatte Sir Gavin Humphreys tatsächlich die gute Nachricht erhalten, auf die er nicht zu hoffen gewagt hatte – was ihn jedoch nicht davon hatte abhalten können, es insgeheim zu tun. Sir Ravi Singh war eher überrascht, und DCI Strong freute sich ebenfalls sehr über seinen OBE. Jetzt rückte der Termin der Horse Show näher.

Vor Beginn der Festivitäten wollte die Queen noch ein paar Leute persönlich sprechen. Der Erste war ein junger Mann, den Rozie nicht so schnell hatte aufspüren können. Am Ende hatte sie ihn in einem Hostel in Southend ausfindig gemacht, wo er gelegentlich arbeitete. Er hatte verschiedene Rehamaßnahmen durchgemacht und sich in keinem Job länger halten können. Der Tod seiner Mutter, als er noch pubertierte, hatte ihn offenbar tief getroffen. Sein Vater war bereits gestorben, da war er erst sieben Jahre alt gewesen. Seine ältere Schwester hatte getan, was sie konnte, um ihn mehr oder weniger in der Spur zu halten, doch jetzt war auch sie tot.

Als Rozie ihm die Einladung überbrachte, war seine erste Sorge, dass er nichts Angemessenes anzuziehen hätte.

»Keine Sorge«, versicherte sie ihm. »Das macht ihr nichts. Leihen Sie sich nur irgendein Jackett aus. Dann ist es leichter.«

Er war voller Angst, als er sich dem Schloss näherte, scheute vor der Polizei draußen vor dem Tor zurück und fürchtete die Uniformierten, von denen er wusste, dass es sie dahinter gab. Er war es mittlerweile gewohnt, sich vor jedweder Autorität zu fürchten, und hier schien es sie in all ihren Ausprägungen zu geben, konzentriert in einem verdammten Schloss. Als er jedoch seine Einladung zeigte, wurde er wie eine Art Promi an allen Schlangen vorbeieskortiert, und die Lady, die bisher nur mit ihm telefoniert und ihm die Einladung geschickt hatte (die absolut heiß war, groß und von schwarzer Hautfarbe und ganz und gar nicht das, was er sich vorgestellt hatte), kam ans Tor, um ihn abzuholen. Sie ging einen speziellen Weg mit ihm hinauf, der die offiziellen Zugänge mied, bis sie den Teil des Schlosses erreichten, in dem die Queen wohnte. Er konnte es kaum glauben.

Die große Lady führte ihn seitlich an einem riesigen rechtwinkligen Rasen inmitten all dieser grauen, steinernen Gebäude entlang zu einem Turm, den sie den Brunswick Tower nannte. Darin ging es eine Treppe hinauf, und er dachte, dass er nun sicher ewig würde warten müssen, doch stattdessen klopfte seine Führerin an eine Tür, jemand sagte: »Herein«, und sie traten ein – und drinnen war … die Queen.

Die echte Queen. Genau dort. Persönlich. Allein, oder doch fast, da war nur noch ein Mann mit Handschuhen, der neben einem Tisch mit Getränken stand. Und der Raum war nicht groß, ziemlich dunkel und voller Möbel, wie man sie bei der Queen erwartete – also alt und sehr, sehr teuer aussehend, als hätte sie das alles aus einem Museum, und durchs Fenster konnte man in der Ferne lange Baumreihen mit Leuten erkennen, die dazwischen entlanggingen, normale Leute, die normale Dinge taten und nicht wussten, dass er, Ben, hier in einem Zimmer mit Ihrer Echten Majestät stand.

Er hatte das Gefühl, sich von außen zu betrachten, und war ernsthaft froh, dass ihm der Geschäftsführer des Hostels ein Paar Lederschuhe geliehen hatte. Turnschuhe hätten es hier einfach nicht gebracht.

»Guten Morgen, Mr Stiles. Danke, dass Sie gekommen sind. Ich hoffe, die Herfahrt war nicht zu kompliziert?«

»Nein, Eure Majestät«, sagte er. Die große Lady, die auch noch dort stand, hatte ihm erklärt, zunächst »Eure Majestät« zu sagen, und dann »Ma'am«, so wie es sich auf »Ham«, also Schinken, reimte, und nicht auf »Farm«. Und sich zu verbeugen. Was er getan hatte. Himmel noch mal! Etwas spät, aber immerhin. Und Ihre Majestät lächelte. Sie sah echt nett aus, wenn sie lächelte. Und winzig war sie. Im Fernsehen kam sie einem viel größer vor. Und sie strahlte irgendwie. Er hätte nicht sagen können, wie sie das machte, aber es war fantastisch.

»Rozie, könnten Sie Major Simpson bitten, für fünf Minuten zu uns zu kommen?«, sagte sie.

Die große Lady verschwand, und die Queen setzte sich und deutete auf einen Stuhl. Also setzte er sich ebenfalls, und der Mann mit den Handschuhen kam und fragte ihn, was er trinken möge. Er hatte einen weichen, schottischen Akzent und schien wirklich nett zu sein. Ben mochte ihn gleich. Allerdings hatte er keine Ahnung, was er ihm antworten sollte, und so sagte er einfach: »Irgendetwas«, und der Mann brachte ihm ein Glas kaltes, frisches Wasser mit einer Zitronenscheibe, und das war okay.

Und sie redeten miteinander – er und die Queen, und der Mann mit den Handschuhen sagte nichts weiter, sondern stand nur wartend im Hintergrund. Ob so eine Minute oder eine halbe Stunde verging, Ben hätte es nicht sagen können. Und er konnte sich später auch an nichts von dem erinnern, worüber sie geredet hatten. Nur, dass sie so nett gewesen war, und dann sprachen sie noch etwas über seine Schwester und seinen Dad, und die Queen sagte, wie schwer es gewesen sein müsse, ohne Vater aufzuwachsen, was verdammt noch mal richtig war, und wie tapfer er gewesen sei und wie leid ihr das mit seiner Schwester tue. Und er spürte, dass es stimmte. Sie meinte es wirklich ehrlich. Und irgendwann verließ ihn seine Angst, und er fühlte sich fast wie … ja, zu Hause. Als wäre das hier jetzt das, was man eben so an einem Dienstagmorgen tat. Es war okay.

Die große Lady kam mit diesem anderen Mann zurück, der wirklich die unfassbarste Uniform trug, die man sich vorstellen konnte – alles rot und schwarz, mit goldenen Borten und Litzen und Orden und glänzenden Schuhen, wie im Kino, und die Queen stand auf, und Ben also auch, und sie ging an einen Tisch mit einem Kissen, und der Mann in der Uniform nahm das Kissen und gab es ihr, und darauf lag ein kleines schwarzes, mit schwarzem Samt ausgeschlagenes Kästchen, in dem zwei silberne Kreuze steckten, eines mittelgroß und eines kleiner.

Die Queen sah Ben an und sagte: »Stellen Sie sich hier hin«, und deutete direkt vor sich hin. Sie klang streng, aber nicht fies, und Ben gehorchte, und sie sagte: »Mr Stiles, ich weiß, dass die Version dieses Kreuzes, das Ihrer Mutter verliehen wurde, im letzten Jahr verloren gegangen ist. Es tat mir leid, das zu hören. Auch Ihre Schwester ist im Dienst für dieses Land gestorben, und ich möchte Ihnen sagen, wie äußerst dankbar ich für diesen Dienst bin und für das Opfer Ihres Vaters. Und wie leid es mir tut, dass auch Ihre Mutter gestorben ist.« Sie schüttelte ihm die Hand, nahm das Kästchen vom Kissen und gab es ihm.

Er sah darauf hinunter, wobei zwei Tränen auf ihren Daumen fielen, was ihm peinlich war. Seit dem Tod seiner Mum bekam Ben seine Tränen nicht in den Griff. Das war eins von all den Dingen. Aber die Queen schien es nicht zu bemerken, oder es machte ihr nichts. Sie sorgte nur dafür, dass er das Kästchen sicher in die Hand bekam. Dann trat sie einen Schritt zurück, lächelte ihn freundlich an, und Ben wusste nicht, was er sagen sollte, und so sagte er: »Danke, äh, Ma'am. Weiß das zu schätzen.«

Und er begriff, dass das, was sie ihm gegeben hatte, nicht wirklich dieses Kreuz samt einer Miniaturausgabe davon war, sondern die Zeit, die sie mit ihm hier in diesem Raum verbracht hatte – zehn Minuten, oder vielleicht auch zwei Tage, er fühlte sich wie in einer Zeitschleife. Aber jetzt weinte er richtig, und es war wahrscheinlich besser zu gehen. Sie sagte noch etwas, das er nicht genau hörte. Die große Lady brachte ihn hinaus, und kaum dass sie aus dem Zimmer waren, wandte er sich ihr zu und drückte sie an sich, fest. Was absolut nicht erlaubt war, und das wusste er, aber manchmal ging es einfach nicht anders, und sie umarmte ihn ebenfalls einen Moment lang und fragte, ob alles in Ordnung sei. Ja, das sei es, sagte er, weil es eine lange und eine kurze Version gab, und die kurze war immer die einfachere. Sie drückte seinen Arm, als hätte er ihr die lange erzählt, und hielt ihn auch weiter gefasst, während sie den Korridor hinuntergingen. Sie sagte etwas von einer Urkunde, die er noch bekomme, aber das interessierte ihn im Moment nicht so.

So bekam er das Elizabeth Cross zurück, und das alles war so seltsam. Nach dem Tod seiner Mutter hatte er geschworen, dass er es niemals tragen würde. Rachel hatte nichts dagegen gehabt, aber ihr waren so Sachen auch wichtiger. Ben war sicher gewesen, er würde es nur verlieren. Jetzt wusste er, das hier würde er nicht wieder hergeben. Niemals.

Die andere Besucherin war Meredith Gostelow. Sie hatte auf die persönliche Bitte der Queen hin einen Grabstein für ein sehr ungewöhnliches Grab entworfen, das die Queen ihr zeigen wollte.

Sie trafen sich beim Schloss, und die Queen fuhr die Architektin durch den Home Park nach Frogmore House zum Königlichen Friedhof. Dort lagen viele Mitglieder der Familie begraben, darunter auch Victoria und Albert, die es sich ausdrücklich gewünscht hatten, sowie der Onkel der Queen, Edward VIII., den die Familie kaum anderswo hätte begraben können.

Die königlichen Gräber im Schatten des Mausoleums von Queen Victoria wurden sorgfältig gepflegt, aber die Queen brachte Meredith Gostelow zu einem etwas abseits gelegenen Platz, halb versteckt hinter Bäumen, direkt nördlich vom Frogmore Lake. Wenn man nicht danach suchte, würde er einem kaum auffallen. Ein Stück Gras zwischen blühenden Glockenblumen mit einer asymmetrischen weißen Marmorplatte, auf der mit Messingbuchstaben »Maksim Brodsky. Musiker. 1991–2016« geschrieben stand.

Die Architektin begutachtete ihr Werk mit kritischem Blick. Es war das erste Mal, dass sie den fertigen Stein an seinem Platz sah. Es war äußerst einfach gehalten und wich sehr von ihrem gewohnten Stil ab, seine Einfachheit jedoch hatte ungeheuer viel Arbeit bedeutet: das genau richtige Weiß zu finden, den perfekten Marmorblock, die ansprechendste Asymmetrie, Stil und Größe der Beschriftung mit den angemessenen Abständen. Und natürlich den besten Steinmetz, um das Werk zu vollenden. Der Entwurf selbst hatte Tage beansprucht, das Nachdenken darüber Wochen.

»Sind Sie damit zufrieden?«, fragte sie.

»Ich finde ihn sehr gut«, sagte die Queen. »Sie nicht?«

»Oh, es gibt immer Dinge, die ich noch ändern würde.« Meredith spürte, dass das nicht die Antwort war, die sich die Queen wünschte, und so fügte sie noch hinzu: »Aber im Ganzen tut er, was ich wollte. Ich denke, er wird ihm gerecht. Ich hoffe es.«

»Und ich hoffe, es hat Sie nicht irritiert, dass ich Sie darum gebeten habe«, sagte die Queen.

»Ich muss zugeben, dass es mich ziemlich überrascht hat.«

»Ich bewundere Ihre Arbeiten. Darum hatte ich Sie auch zu jenem Abend eingeladen. Und Sie kannten Mr Brodsky.«

Meredith spürte, wie ihr das Blut ins Gesicht stieg. »Das könnte man so sagen.«

Gemeinsam betrachteten sie den Stein. »Sie haben auch mit ihm getanzt«, sagte die Queen, um der Frau die Hitze aus den Wangen zu holen. Sie wollte sie nicht beschämen.

Es schien zu wirken. Meredith lächelte. »Das habe ich. Und war er nicht ein Traum?«

»Ja, das war er.«

»Ich habe gehört, aus gewissen Quellen, dass man seinen Mörder gefunden hat«, sagte Meredith.

»Ja«, stimmte ihr die Queen zu. »Ich nehme an, Ihr Name ist in die Untersuchung geraten. Das war nicht meine Absicht.«

»Bitte, entschuldigen Sie sich nicht.« War es eine Entschuldigung? Es klang so. »Solange der Gerechtigkeit Genüge getan wurde.«

»Bis zu einem gewissen Punkt.«

Schweigend standen sie eine Weile da. »Ich mag die Glockenblumen«, sagte Meredith. »Den Ort hier. Es ist wirklich friedlich.«

In dem Moment dröhnte eine 737 über sie hinweg, ließ sie beide in die Höhe blicken, und Ihre Majestät musste laut lachen, aber es stimmte – von den Flugzeugen mal abgesehen, war das hier ein äußerst ruhiger, geschützter, waldiger Ort. Die Queen hatte sich Zeit dafür genommen, den besten Platz zu finden.

»Und wie kommt es, dass er hier begraben wurde?«, fragte Meredith. Es war die Frage, die sie gleich gestellt hatte, als sie den Auftrag für den Stein bekommen hatte. Bisher hatte sie ihr niemand beantworten wollen. Alle schienen so verblüfft darüber wie sie. So etwas gab es nicht und hatte es noch nie gegeben.

»Es gab keinen anderen Ort für ihn«, sagte die Queen mit einer ihre Worte unterstreichenden Geste.

Niemand hatte seine Leiche eingefordert. Am Ende hätte die Botschaft ihn natürlich abholen lassen, aber sie wusste nicht, was dann mit ihm geschehen wäre. Er hatte niemanden in einer Heimat, der ihn betrauert hätte. Nach all dem Rachmaninow hatte er Besseres verdient, dachte sie.

»Ich denke, er ist hier glücklich«, verkündete Meredith, ging, mit einiger Mühe, in die Hocke, beugte sich vor und tätschelte den Stein, unter dem Maksims Asche ruhte. »Oder vielleicht auch ganz russisch unglücklich glücklich. Ich meine, wow, ich würde hier sehr gerne liegen. Wer nicht? Es fühlt sich … sicher an, oder?«

Vögel zwitscherten in den Bäumen, Insekten summten, und in der Ferne waren Pferde zu hören. Sie standen noch eine Weile da und nahmen die Sonnenstrahlen in sich auf, die zwischen den Blättern hindurchfielen. Sah man von dem weißen Marmor und dem Kondensstreifen am Himmel ab, schien es, als könnte dieser Platz hier unter diesen Bäumen schon seit tausend Jahren so ausgesehen, so geklungen und sich so angefühlt haben.

Die Queen wandte sich schließlich wieder dem Pfad zu. »Sollen wir gehen?«

Und gemeinsam brachen sie zurück zum Schloss auf.

DANKSAGUNG

Dank vor allem an Königin Elizabeth II., die mir eine ständige Quelle der Inspiration ist, beim Schreiben und darüber hinaus.

Meinen Eltern, Marie und Ray, die mir so viele wertvolle Dinge geschenkt haben, darunter die Liebe zu Kriminalromanen und eine Unmenge Anekdoten über die britische Königsfamilie.

Meinem fabelhaften Agenten, Charlie Campbell, und dem Team von Kingsford Campbell: *sine qua non*. Neben Charlie bin ich auf ewig Grainne Fox und den Leuten von Fletcher & Company zu Dank verpflichtet, Nicki Kennedy, Sam Edenborough und allen von der ILA. Ich schreibe dies, vier Monate, nachdem wir uns zum ersten Mal getroffen haben und während die letzten Korrekturen für die englische und amerikanische Ausgabe ausgeführt werden – wie weit wir in der kurzen Zeit gekommen sind!

Meinen Lektoren, Ben Willis im Vereinigten Königreich und David Highfill in den Vereinigten Staaten, und den Leuten von Zaffre Books und William Morrow, mit denen es vom allerersten Augenblick an ein Vergnügen war zusammenzuarbeiten. Das alles begann mit dem Lockdown, und so haben wir uns noch nicht persönlich getroffen – ich kann es kaum erwarten.

Für ihre Freundschaft und großzügigen Einsichten: Alice Young, Lucy Van Hove, Annie Maw, Michael Hallowes, Fran Lana, Abimbola Fashola und denen, die lieber anonym bleiben.

Mark und Belinda Tredwell, die mich bei einer Schreibklausur beherbergt haben, als ich eigentlich ein anderes

Buch schreiben sollte, aber mich in die Idee für dieses hier verliebt habe.

Dem Place, der Sisterhood, den Masterminds und all meinen Student*innen und Schriftstellerkolleg*innen. Ihr wisst, wer gemeint ist. Ein Riesendank an Annie Eaton, die ihre Liebe zu Kunst, Geschichte, Mode und Büchern mit mir teilt und die einige tolle Agenten kennt.

Dem National Health Service, der Alex und mich im letzten Jahr am Leben gehalten hat. Ein ewig währendes Danke.

Dem Book Club, ganz besonders Poppy St John, deren frühe Begeisterung mich bei der Stange gehalten hat, als die Geschichte noch eine bloße Idee war und die ersten Absätze noch nicht funktionierten.

Dank an Emily, Sophie, Freddie und Tom, die sich der gutartigen Vernachlässigung ergaben, wenn ich in meiner Schreibstube war. Und an Alex, meinen ersten Leser, die Liebe meines Lebens und den Mann, der mir sagte, dass die erste Version dieser Geschichte noch nicht gut genug war … die zweite dann aber schon.

LESEPROBE

Wenn Ihnen dieses Buch gefallen hat, blättern Sie um und wecken Sie die Vorfreude auf den neuen Fall Ihrer Majestät, der Queen – mit einer Leseprobe zum dritten Band der Serie:

S. J. BENNETT

EIN HÖCHST ROYALER MORD

Erscheinungstermin voraussichtlich September 2023

KAPITEL EINS

Die Queen fühlte sich absolut fürchterlich, körperlich wie geistig. Sie betrachtete Sir Simon Holcrofts entschwindenden Rücken mit einer Mischung aus Bedauern und heilloser Wut und holte ein frisches Taschentuch aus ihrer neben dem Schreibtisch stehenden Handtasche, um sich die in Strömen laufende Nase zu putzen.

Der Arzt ist unerbittlich … Eine Zugreise kommt nicht infrage … Der Duke sollte keinesfalls auf Reisen gehen …

Wenn der Kopfschmerz nicht so heftig in ihr wüten würde, hätte sie die richtigen Worte gefunden, um ihren Privatsekretär von der einfachen Tatsache zu überzeugen, dass man immer den Zug nach Sandringham nahm. Die Reise von London nach King's Lynn stand schon seit Monaten im Kalender. Der Bahnhofsvorsteher und seine Mannschaft erwarteten sie in viereinhalb Stunden und hatten jedes bisschen Messing poliert, jeden Quadratzentimeter Bahnsteig gefegt und zweifellos ihre Uniformen in die Reinigung gegeben, damit sie dem Anlass entsprechend bestens aussahen. Man warf nicht alle Pläne wegen eines Schniefens über den Haufen. Wenn keine Knochen gebrochen, kein naher Verwandter gestorben war, machte man weiter.

Doch er war heftig, ihr Kopfschmerz, und ihr kleines Plädoyer war durch einen üblen Hustenanfall ruiniert worden. Zudem hatte Philip ihr nicht den Rücken stärken können. Er lag im Bett, wie schon gestern den ganzen Tag. Er hatte sich den teuflischen Bazillus zweifellos bei der Vorweihnachtsfeier für die größere Familie im Buckingham Palace von einem der Urenkel eingefangen. »Kleine Petrischalen« nannte er sie. Es war natürlich nicht ihr Fehler, aber sie brachten nun mal unvermeidlich alles mit, was im Kindergarten und in der Schule umging, und gaben es, pausbäckigen biologischen Waffen gleich, umgehend weiter. Welcher jungen Familie sollte sie die Schuld geben? Sie alle hatten völlig gesund gewirkt.

Sie griff nach dem Telefon und bat die Vermittlung, sie zum Duke durchzustellen.

Er war wach, aber angeschlagen.

»Was? Sprich lauter, Frau! Du klingst, als riefst du vom Boden eines Sees aus an.«

»Ich sagte …«, sie machte eine Pause, um sich die Nase zu putzen, »dass Simon meint, wir sollen morgen nach Sandringham fliegen, statt heute den Zug zu nehmen.« Dass Simon empfohlen hatte, Philip solle im Palast bleiben, überging sie.

»Mit dem Hubschrauber?«, bellte er.

»Eine 747 können wir kaum nehmen.« Ihr Kopf schmerzte, und sie war gereizt.

»In der Navy war es uns verboten …«, keuchte er, »mit einer Erkältung zu fliegen. Ist verdammt gefährlich.«

»Du musst ja den Hubschrauber nicht fliegen.«

»Wenn meine Trommelfelle platzen, kannst du Simon persönlich dafür verantwortlich machen. Verdammter Narr. Weiß nicht, wovon er redet.«

Die Queen verzichtete auf den Hinweis, dass Sir Simon Hubschrauberpilot bei der Navy gewesen und der Arzt, der ihn beriet, durchaus bei Verstand war. Er hatte seine Gründe, zu einer kurzen Reise durch die Luft statt einer langen mit der Eisenbahn zu raten. Philip war fünfundneunzig – es war kaum zu glauben, aber wahr. Er sollte mit seinem hohen Fieber das Bett eigentlich nicht verlassen. Oh, was für ein Jahr 2016 gewesen war und wie dieses Ende dazu passte. Trotz ihrer wundervollen Geburtstagsfeierlichkeiten im Frühling war sie froh, wenn es vorüber war.

»Es ist entschieden, fürchte ich. Wir fliegen morgen.«

Sie tat so, als hörte sie Philips keuchendes Einatmen nicht, das ohne Zweifel der Anlauf zu einem ganzen Katalog von Beschwerden sein sollte, und legte auf. Weihnachten näherte sich im Eiltempo, und alles, was sie sich wünschte, war die vertraute ländliche Behaglichkeit Sandringhams und sich wieder auf ihre Papiere konzentrieren zu können, ohne dass sie ihr vor den Augen verschwammen.

Der Herbst und die ersten Tage des Winters waren voller Unsicherheiten gewesen. Das Brexit-Referendum und die Wahlen in den USA hatten tiefe Gräben zwischen Whitehall und Washington zum Vorschein gebracht, deren Überwindung nach einer äußerst sicheren Hand verlangte. Die ganze Zeit über hatte die Queen Präsidenten und Politiker bewirtet, hatte Botschafter empfangen, Orden verliehen und Wohltätigkeitsveranstaltungen ausgerichtet – meist im Buckingham Palace, der für sie ein vergoldeter Bürokomplex an einem Kreisverkehr war. Aber jetzt lockte Norfolk mit seiner Weite, seinen Nadelwäldern, zahllosen Marschen, dem schier unendlichen englischen Himmel und frei dahinziehenden Vögeln.

Seit Tagen träumte sie davon. Sandringham war Weihnachten. Ihr Vater schon hatte die Festtage dort verbracht, sein Vater vor ihm und wiederum dessen Vater vor ihm. Als die Kinder noch klein waren, war es eine Weile lang leichter gewesen, in Windsor zu feiern, aber in ihren eigenen Kindheitserinnerungen blieb Weihnachten untrennbar mit Norfolk verbunden.

Am folgenden Tag trug der Hubschrauber das Königspaar mit Decken auf den Knien und Hunden zu Füßen vorbei an Cambridge, den großartigen mittelalterlichen Türmen der

Kathedrale von Ely, bekannt als »Ship of the Fens«, und weiter nordöstlich in Richtung King's Lynn. Bald schon wurden die Feuchtgebiete von Farmland abgelöst, von Kiefernwäldern, Pferdekoppeln und Naturstein-Cottages. Kurz tauchte unter ihnen die muschelrosafarbene Regency-Villa von Abbotswood auf, wo sie zu ihrer Überraschung Rehe über den Rasen streifen sahen. Danach kamen die stoppeligen, makellosen Felder und kleinen Gehölze von Muncaster, dessen letzte Ausläufer bis an eine der königlichen Farmen reichten, und dann schließlich die Felder, Deiche und Dörfer von Sandringham selbst. Während der Hubschrauber zum Anflug ansetzte, sah die Queen kurz Meerwasser in dem fernen Wash aufblitzen, und eine Minute später tauchte Sandringham House mit seinen geometrisch und natürlich angelegten Gärten, seinen Seen, weitreichenden Rasenflächen und ausreichend Landeplatz hinter einem Kiefernkamm auf.

Das Haus war für Edward VII. gebaut worden, als er Prince of Wales war, und entsprach der Vorstellung eines viktorianischen Architekten, wie ein jakobethanisches Haus aus roten Ziegeln auszusehen hatte. Menschen, denen etwas an Architektur lag, waren im Allgemeinen entsetzt, wenn sie es sahen. Aber die Queen mochte wie schon ihr Vater die eigenwilligen Winkel und Ecken sehr. Philip, der seine eigenen strengen Maßstäbe in Sachen Architektur pflegte, hatte früher einmal wenig erfolgreich vorgeschlagen, alles niederzureißen. Worauf es der Queen aber wirklich ankam, waren die das Anwesen umgebenden zwanzigtausend Morgen Sumpf- und Marschland, der Wald, das bebaubare Land und die Obstgärten. Die Queen war eine geborene Landfrau, und hier konnten sie und Philip sich in aller Ruhe der Landwirtschaft widmen. Nicht wie Bauern, die im niederpeitschenden Regen Zäune reparierten oder bei Sonnenaufgang schon Lämmer auf die Welt brachten, nein, das nicht, aber sie kümmerten sich gemeinsam um das große Ganze und liebten es, weil es ein kleiner Teil dieses Planeten war, der ihnen gehörte. Hier im nördlichen Teil Norfolks konnten sie aktiv an dem Versuch teilhaben, die Welt zu einem besseren Ort zu machen, für die Tierwelt, die Abnehmer ihrer Ernten, die Menschen, die auf dem Land arbeiteten, für die Zukunft. Es war ein stilles Vermächtnis, eines, über das sie in der Öffentlichkeit nicht redeten (Charles' Erfahrungen in dem Bereich zeigten deutlich, warum), aber eines, das ihnen äußerst wichtig war.

In ihrem Büro im »Arbeitstrakt« des Hauses hob Rozie Oshodi den Blick von ihrem Laptop und sah den Hubschrauber über die Bäume heranfliegen. Die stellvertretende Privatsekretärin der Queen war bereits früher am Morgen mit dem Zug angekommen. Im Moment war Rozie nicht nur für die Bedienstetenquartiere mit ihrem funktionalen edwardianischen Mobiliar, sondern in gewissem Maß für das ganze Haus, und ja, die Nation verantwortlich. Zumindest so, wie Rozies Mutter es sah. Sir Simon, der über die Befähigung zum Admiral wie zum Botschafter verfügte und das Privatbüro der Queen eigentlich leitete, war für den ersten Teil der Weihnachtspause in die Highlands gereist. Ihm und seiner Frau Sarah war in Anerkennung seiner bewährten Arbeit für die Festtage ein Cottage in Balmoral zur Verfügung gestellt worden, was dazu führte, dass Rozie zwei kostbare Wochen lang für ihn einsprang. »Es liegt jetzt alles bei dir«, hatte ihre Mutter gesagt. »Kein Druck. Aber bedenke, dass du die erste schwarze Frau in der Rolle Thomas Cromwells bist. Du bist ihre rechte Hand. Deine Augen und Ohren sind ihre Augen und Ohren. Vermassle es nicht.« Rozie hatte nicht gewusst, dass ihre Mutter ein so großer Fan der Tudors war. Hilary Mantel hatte da für einiges geradezustehen.

So kurz vor Weihnachten rechnete Rozie nicht damit, viel zu tun zu haben. Da es heute keine Klöster mehr aufzulösen oder königliche Ehen auszuhandeln galt, bestand die Hauptaufgabe des Privatbüros darin, die Verbindung zur Regierung zu halten, die Kommunikation nach außen sowie die öffentlichen Auftritte der Queen zu managen – und Whitehall und die Downing Street stellten ihren Betrieb über die Feiertage praktisch ein. Die Medien waren an Weihnachtsgeschichten interessiert, und die nächste öffentliche Verpflichtung der Queen stand erst in drei Wochen an, lediglich eine Einladung zum Tee im Dorf. Thomas Cromwell wäre das alles sehr fade erschienen. Rozie arbeitete hauptsächlich die übrig gebliebenen E-Mails ab, die es nie auf die »Dringend«-Liste in ihrer Inbox geschafft hatten. Vor einer Stunde war allerdings eine neue dazugekommen, und vielleicht wurden die Feiertage am Ende ja doch nicht so ruhig wie angenommen.

Draußen vor der Eingangshalle standen Mrs Maddox, die makellose Haushälterin, und ihre Mannschaft aufgereiht, um das königliche Paar willkommen zu heißen. Heute roch es herrlich nach dem Kaminfeuer, das im großen Gesellschaftszimmer knisterte und knackte, wo sich die Familie später zu Getränken und Spielen einfinden würde. Die Hunde tapsten glücklich voran, voller Freude, zurück zu sein, während Philip sofort ins Bett verschwand.

Die Queen hatte gerade genug Energie, um sich weiter hinten im hellen, luftigen Salon an ein paar frisch gebackenen Mince Pies und einer Tasse Darjeeling gütlich zu tun. Aus den großen Erkerfenstern sah man hinaus auf den Rasen. In einem der Erker stand ein Weihnachtsbaum, dessen Zweige bereits hier und da rot und golden geschmückt waren. Wenn der Rest der Familie morgen kam, würden sie ihn fertig schmücken. Gewöhnlich suchte sie den Baum selbst aus, aber in diesem Jahr hatte ihr die Zeit dazu gefehlt. Was ein geringer Preis für einen angenehmen, ruhigen Nachmittag war, den sie so sehr gebraucht hatte.

Sie hatte gerade mit Mrs Maddox die letzten Vorbereitungen für die nächsten Tage besprochen, als Rozie in der Tür des Salons erschien. Ihre stellvertretende Privatsekretärin machte einen Knicks, und die Queen sah, dass sie, ziemlich Unheil verkündend, einen Laptop unter dem Arm hielt. »Eure Majestät, haben Sie einen Moment Zeit?«

»Gibt es ein Problem?«, fragte die Queen und hoffte, dass dem nicht so war.

»Nicht unbedingt, aber etwas, von dem Sie wissen sollten.«

»Oje.« Sie sahen einander an, und die Queen seufzte. »Im kleinen Salon, denke ich.«

Sie ging voraus in den nächsten Raum, dessen geblümte Seidentapeten eine sanfte, feminine Atmosphäre schufen. Prinz Philip bewahrte einige auffällige Vogelskulpturen darin auf, die nicht ganz dazu passten, ihn aber an eine seiner Freuden hier in Sandringham erinnerten.

Rozie schloss die Tür hinter ihnen. Die Queen sah zu ihr auf. Rozie, eine eindrucksvolle Frau von dreißig Jahren, war in ihren charakteristischen hochhackigen Schuhen über einen Meter achtzig groß, und die Queen war es in ihrem Alter mit nur mehr knapp einem Meter sechzig gewohnt, zu fast allen aufzublicken … rein äußerlich. Sie fand nichts dabei, nur wenn sie zu tauben Herzögen und Ministern hinaufschreien musste. Glücklicherweise hatte Rozie ein ausgezeichnetes Gehör.

»Also dann. Was ist es? Es hat doch nichts mit dem neuen Präsidenten zu tun?«

»Nein, Ma'am. Die Polizei hat sich gemeldet. Ich fürchte, es hat einen Fund gegeben.«

»Oh?«

»Eine Hand wurde gefunden, gestern Morgen im Watt von Snettisham Beach.«

Die Queen war bestürzt. »Eine menschliche Hand?«

»Ja, Ma'am. Sie ist wohl von einem Sturm angetrieben worden, eingepackt in eine Plastiktüte.«

»Meine Güte. Keine Vorstellung, woher sie gekommen sein mag?«

»Von Ocado, Ma'am. Die liefern Lebensmittel für Waitrose aus.«

»Ich meine die Hand.«

Ihre Sekretärin zog die Brauen zusammen. »Noch nicht. Sie hoffen aber, das Opfer bald zu identifizieren. An einem der Finger steckte ein ungewöhnlicher Ring, der dabei helfen könnte.«

»Es ist also eine Frauenhand?«

Rozie schüttelte den Kopf. »Eine Männerhand. Es ist ein Siegelring.«

Jetzt verstand die Queen, warum ihre Sekretärin einen Laptop dabeihatte. Sir Simon wäre ohne gekommen. Ihr Privatsekretär ersparte ihr gern jede »Unannehmlichkeit«. Aber nach neunzig Jahren, einer Abdankung, einem Weltkrieg, dem frühen Verlust ihres Vaters und einer reichen Anzahl Skandale in der Familie verstand sie besser mi t»Unannehmlichkeiten« umzugehen als die meisten anderen. Rozie war realistischer. Frauen verstanden einander, fand die Queen. Sie wussten um die gegenseitigen Stärken und Schwächen und unterschätzten sich nicht.

»Kann ich ihn sehen?«, fragte sie.

Rozie stellte den Laptop auf einen kleinen Schreibtisch am Fenster. Als sie ihn öffnete, erwachte der Bildschirm zum Leben, und vier grausige Fotos erschienen. Die Queen setzte ihre Gleitsichtbrille auf, um sie genauer in Augenschein zu nehmen. Die Bilder waren in einem Spurensicherungslabor aufgenommen worden und zeigten eine linke

Hand, eindeutig eine Männerhand, samt Handgelenk. Unter den Knöcheln wuchsen feine helle Härchen, die Haut war totenblass, aufgedunsen, aber weitgehend intakt. Die Hand sah wie eine grausige Theaterrequisite aus oder etwas, um jemandem einen Streich zu spielen. Der Blick der Queen blieb am letzten Foto hängen, einer Nahaufnahme des kleinen Fingers. Tief ins gespenstige Fleisch gebettet, saß der goldene Ring, von dem Rozie gesprochen hatte. Er war in der Tat ungewöhnlich, groß für seine Art, mit einem rötlich schwarzen ovalen Stein, in den ein Wappen graviert war.

Rozie erklärte die Situation. »Die Hand wurde von einem Mädchen aus dem Ort gefunden, Ma'am. Sie war mit dem Hund unterwegs, wie ich es verstehe. Die Polizei sitzt an der Identifizierung, und es sollte nicht länger als ein paar Tage dauern, trotz der Feiertage. Sie denken, sie könnte von einem Drogendealer sein, da ein Stück weiter den Strand hinunter eine Sporttasche mit Drogen angespült wurde. Eine Annahme ist, dass das Opfer entführt und die Hand als eine Art Botschaft abgetrennt wurde, vielleicht, um Lösegeld zu erpressen. Es geschah mit einiger Brutalität, aber es gibt keinen Beweis dafür, dass der Mann tatsächlich tot ist. Die Polizei legt ihre Suche weit an. Sie …«

»Ich kann ihnen die Mühe ersparen«, sagte die Queen und hob den Blick.

Rozie zog die Stirn kraus. »Ma'am?«

»Die Mühe einer breit angelegten Untersuchung. Das ist die Hand von Edward St Cyr.«